To Moringa

투 모링가

-제 1 권-

<뱅커스 뱅크와 사라진 마지막 층>

TO. MORINGA
Book Written, Design, and Drawings By J.RHOM

Copyright © 2025 J.RHOM
All rights reserved.

J.RHOM asserts the moral right to be identified as the author of this work.
This is a work of fiction. All the names, characters, businesses, places, events and incidents in this book are either the product of the author's imagination or used in a fictitious manner. Any resemblance to actual persons, living or dead, or actual events is purely coincidental.

*저작권법에 의해 보호를 받는 저작물이므로 져자와 출판사의 동의 없이 무단 전재와 무단 복제를 금합니다.

To. Moringa

뱅커스 뱅크와 사라진 마지막 층

투 모 링 가

1

저자. 제이롬
J.RHOM

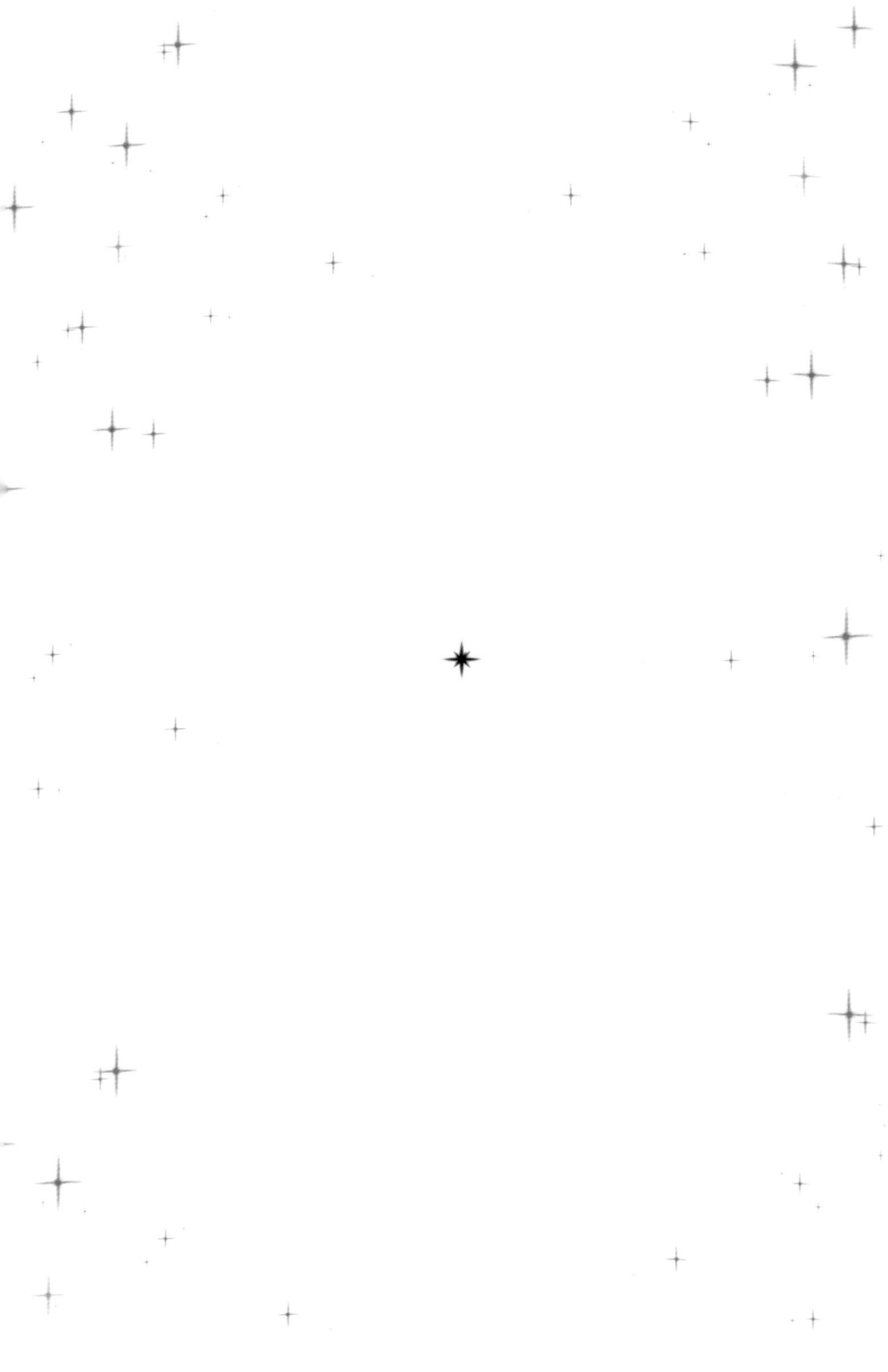

CONTENT

프롤로그.	눈동자들의 이야기
Chapter 1.	검은 안경을 쓴 소녀, 에밀레
Chapter 2.	문을 여는 소년, 뤼오
Chapter 3.	겨울 바다에서 4년 뒤
Chapter 4.	마지막 층
Chapter 5.	모노센더 연쇄 실종 사건
Chapter 6.	할로우 휠즈
Chapter 7.	칸델라
Chapter 8.	인터뷰
Chapter 9.	포 시그마 행동지침
Chapter 10.	뱅커스 뱅크 사거리
Chapter 11.	첫 출근
Chapter 12.	딜러 부스
Chapter 13.	장 마감
Chapter 14.	To.모링가
Chapter 15.	모든 경우의 수 층
Chapter 16.	검은 두 눈동자, 모링가
에필로그.	뱅커스 뱅크 남쪽 입구

모링가에게

제이롬의 첫번째 이야기

Before the Chapter Begins...

눈동자들의 이야기

〈 죽은 그림자들을 위한 찬송가 〉

눈동자는 세상을 비추는 거울이지
너의 시점에서 우리의 세상을 비추는 거울이지
세상을 보는 시점은 너의 눈동자 색에 달렸지
세상이 너를 보는 시점 또한 너의 눈동자 색에 달렸지
맞아,
모든 것은 너의 눈동자에 달렸지
봐 봐,
역으로 성립하는 명제보다 단단한 것은 없지
그렇지?
역으로 성립하는 명제보다 단단한 것은 없지

눈동자 색깔에 따라 도시와 계절이 나뉘고 각 도시의 환율에 따라 빈부가 나뉘는 참담한 이 세계의 이름은

죽은 자들이 빛을 밝히는 도시, 일명 그림자 시장

    피라미드 모양의 정삼각형 도시는 여름 바다, 봄 바다, 가을 바다, 그리고 차가운 겨울 바다로 나뉘지. 시민들의 삶이 철저히 구분이 된 그림자 시장에서 오늘도 죽은 자들의 영혼이 별이 되거나 혹은 그림자가 되어 밤을 만든다네.

    만일 그대가 나에게 누구냐고 묻는다면, 나는 그대에게
"검은 눈동자, 이름 없는 모링가."
이렇게 대답하겠지.
그대가 다시 나에게
"아니, 이름이 없는 모링가라면 대체 모링가는 누구인가?"
어이없다는 듯 반박한다면, 나는 그대에게
"역으로 성립하지 않는 명제, 모순이지."
이렇게 웃으며 답할 거야.

    언제부터 그래왔는지 나 역시 잘 모르지만, 맥락 없는 이 세계에 눈을 뜬 이래로 마주하게 된 비참한 현실이 몇 가지 있다네.

    그림자 시장의 운명론에 따르면 시민들의 사회적 계층과 직업 그리고 거주지는 여기 나열된 네 가지 눈동자 색깔들로 나뉘지.

플라밍고^Flamingo, 메리 골드^Marigold, 아발론^Avalon 마지막으로 이름 없는 모링가^Nameless\ Moringa.

핏빛 눈동자의 플라밍고에게 붉은 다이아몬드를
금색 눈동자의 메리 골드에게 금괴를
은빛 눈동자의 아발론에게 은구슬을
검은 눈동자의 모링가에게 검은 유리 동전을
노동의 대가로 지불한다.
이어, 플라밍고는 여름 바다
메리 골드는 봄 바다
아발론은 가을 바다
이름 없는 모링가는 겨울 바다에 거주한다.

외부로부터의 이민자들은 각 바다에 거주 가능한 경제적 기반이 취업, 결혼, 특정 재산의 형태로 증빙이 되면 입주가 허가된다.

보석들은 그림자 시장의 화폐가 되고 시민들은 화폐를 환전하며 필요한 물건들을 바다 건너 사고, 팔지. 간단히 예를 들어볼까? 그림자 시장에서 붉은 다이아몬드 하나면 금괴 열 개를 살 수 있지. 가장 최근 환율 지표를 보면 보석의 가치는 붉은 다이아몬드, 금괴, 은구슬, 그리고 유리 동전 순으로 나뉜다네.

그중에서도 유난히 빈부격차가 심한 겨울 바다. 가치가 낮은 검은 유리 동전.

유리 동전 백 닢으로 은구슬 하나를 살 수 있을 정도이니, 말하지 않아도 이름 없는 모링가들의 빈곤한 삶을 엿볼 수 있겠지?

주문을 외우기만 하면 소원이 이루어지는 그림자 시장의 유일한 유리 지폐 핍스$^{Pips\ (Paper\ for\ Prayers)}$, 갖가지 보석들의 환율을 결정하는 기준이 되지. 역으로 성립하는 명제를 외우고 성냥불을 유리 거울로 만들어진 지폐 모서리에 붙이면 말하는 소원이 이루어진다네. 물론 주문을 외우는 순간, 성냥불에 타버린 핍스는 한 줌의 재가 되어 사라지지.

슬프게도 모링가들의 사전에 핍스는 없는 단어라네. 요동치는 물가 덕분에 유리 지폐는 고사하고 당장 내일 구할 식량조차 문제이니 모링가들은 오늘도 희망 앞에 나약해질 수밖에 없지. 그렇다면 가난한 삶으로부터 몸부림치는 자들을 위한 도피처는 정말 단 한곳도 없는 걸까? 좋은 질문이군.

다행히 이 실없이 각박해 보이는 세상에도, 모든 규칙과 섭리를 거스르는 하나의 예외가 있지. 예외가 되기 위한 기준은 간단하다네.

"단, 모든 모노센더^{Monoscender}들은 이 규칙에서 제외된다."

단 하나를 의미하는 모노, 올라가는 사람을 의미하는 어센더, 그리고 이 둘을 합한 모노센더.

오직 겨울 바다 시민들을 대상으로 평생 단 두 번의 기회만 주어지는 토너먼트 형식의 시험 '모노Mono'. 이 시험에서 우승한 최종 합격자를 모노센더라 부른다네. 이들에게는 그림자 시장 꼭대기에 위치한 뱅커스 뱅크Banker's Bank의 직원, 포 시그마 Four Sigma로 신분 상승할 기회가 주어지지.

여름 바다 끝에 위치한 뱅커스 뱅크의 고급 인력 포 시그마들은 핍스를 관리하고, 각 바다의 화폐 유동성을 확보하며, 시장의 균형을 바로잡는다네.

하지만, 이 기회를 과연 다행이라 말할 수 있을까, 아니면 또 다른 불행의 연속일까? 신분 상승을 위한 겨울 바다 아이들의 학구열은 그야말로 하늘을 치솟았지. 4년마다 치러지는 시험에서 단 한 명만이 모노센더가 될 수 있었기에 겨울 바다 부모들은 자녀들에게 밤이 모자랄 만큼 책을 외우게 했다네.

안타깝게도 뱅커스 뱅크는 이미 플라밍고와 메리 골드 기득권들의 차지였고 교육받을 여유가 없었던 낮은 계층의 시민들은 오히려 제대로 된 배움을 받지 못해 앞서간 이들보다 훨씬 뒤처지기 일쑤였지.

어디를 가야 할지, 빛을 잃은 저 그림자처럼 존재가 무의미해진 사람들, 그 가운데 빛을 좇아 모노센더가 되기 위해 요동치는 검은 눈동자들, 그 앞에 모순을 외치는 그림자 시장의 색깔들.

좋아, 그럼 이제부터 제대로 된 이야기를 시작해 볼까?

나의 주인은 글을 읽는 장님, 이름 없는 모링가.
낮에는 검은 안경을 쓰고, 밤에는 비밀의 서재에 갇혀
어머니의 금색 눈동자 아래 빛을 받으며
역으로 성립하는 명제를 외우지.

나약한 검은색이기에 오늘 밤도 눈물로 버티는 나의 에밀레.
이 책을 읽고 있는 그대의 눈동자 색깔을 나는 알 수 없네

그러기에 이제부터 펼쳐질 이야기는
초콜릿처럼 달콤할 수도
감기약처럼 쓸 수도 있지.

하지만 잊지 말아야 하는 이 세계의 규칙만 기억한다면
벌써부터 겁낼 필요는 없네.

역으로 성립하는 명제보다 단단한 것은 없지.
그렇지?
역으로 성립하는 명제보다 단단한 것은 없지.

I

검은 안경을 쓴 소녀, 에밀레

어느 고요한 겨울밤, 색을 잃어버린 아이에게
색을 만드는 어른들이 다가와 말했다.

"아이야, 너는 빛이 나는 그림자를 가졌구나.
네 그림자를 우리에게 팔지 않을래?
대가로 너에게 이 보석들을 줄게."

"반짝이는 보석들은 관심 없어요. 색이 없는 나에게 보석은
돌멩이와 다름없어요. 대신 나에게 색을 만들어 주세요.
그럼 내 그림자를 줄게요."

"하지만 너는 이름 없는 모링가인걸. 흑은 모든 색을 삼켜버리지.
네가 색을 갖게 된다면 모순이 되어 사라질 거야."

"상관없어요. 어차피 그림자 없는 사람은 모순인걸요."
"좋아, 색을 만들어주는 대신 세상의 모든 색을 없애 주마."

어른들이 그림자를 가져가자 아이의 주위로
죽은 그림자들이 몰려들었다.

"색이 없는 세상은 더 이상 외롭지 않을 거야."

그림자 시장의 시간을 알리는 '에밀레종'에서 이름을 따온 아이, 검은 눈동자를 갖고 겨울 바다에서 태어난 이름 없는 모링가, 에밀레. 어릴 적 들었던 자장가가 악몽이 되어 건조한 잿빛 아침을 깨운다. 특별한 것 없는 그녀의 일과는 단 네 번의 종소리면 끝이 난다.

뎅 – 첫 번째 종소리

겨울 바다 도심 한가운데 어색하게 위치한 에밀레종이 여름 바다 끝까지 울리면 그림자 시장의 하루가 시작된다.
종소리에서 나는 진동이 침대를 얕게 흔들자 에밀레는 익숙한 듯 잠에서 깨어나 검은 안경부터 찾는다. 한겨울에 선글라스라니, 모순은 언제나 진실을 숨기기 위해 존재한다. 그녀의 흑색 눈동자가 언제나 불만이었던 엄마는 그녀가 세상 밖으로 나오기 전 검은 안경으로 눈동자 색을 가려주었다. 세상 사람들은 그녀를 장님이라 부르지만 사실 그녀에게는 남들이 알지 못하는 비밀이 있을 뿐이다.

　에밀레는 겨울 바다 아이들과 함께 유리 공장에서 하루를 시작한다. 밤하늘의 은하수처럼 반짝이는 유리 동굴은 오늘도 분주함과 고요함이 공존한다. 연필로 글씨를 쓰듯 사각사각 유리 조각들이 맞부딪히는 소리, 유리 동굴의 배경 음악이다. 규칙적으로 울리는 트라이앵글 소리, 시간을 알 수 없는 유리 동굴 안에서 시간의 흐름을 알려준다. 다른 이들보다 앞서 나가기 위해 몸을 분주하게 움직이지만, 제자리걸음인 이 공간은 겨울 바다 아이들의 생존이 달린 일터이다.

　유리공장에 고용된 아이들이 맡은 업무는 대부분 단순 반복 노동이다. 초보자들은 검은 유리 동전들의 무게를 재거나 가치가 떨어져 버린 유리 조각들을 부수고 녹이는 기초적인 업무를 맡는다. 조금 더 경력이 쌓인 아이들은 녹인 유리들로 공예품이나 생필품을 생산한다. 그녀는 일주일 전까지만 해도 온종일 서서 천장 위에 붙어있는 유리 고드름을 제거했지만, 오늘부터는 자리에 앉아 유리 장미를 선물 상자에 엮어 바다 건너보내는 일을 시작한다. 겨울 바다에서만 피는 유리 장미들은 생명 없는 꽃이기에 가치를 인정받지 못해 대부분 상자와 함께 버려진다. 끝없이 반복되는 일상이 지루하긴 하지만 시간당 열 개의 유리 동전을 보상받는 단순노동은 엄마와 단둘이 사는 그녀에게 꽤 쏠쏠한 수입이다.

하지만 바람에 힘없이 흩날리는 낙엽처럼 곤두박질치는 유리 동전의 가치가 언제까지 그들을 버티게 할지는 장담하지 못한다. 시간이 흐를수록 빠른 속도로 점점 늘어만 가는 유리 동전. 동굴 창고에 쌓여가는 유리를 관리하는 것조차 겨울 바다 사람들에게는 짐이다. 그러나, 하루살이처럼 오늘도 내일도 간신히 살아가는 겨울 바다 사람들은 허탈하겠지만 불평하지 않는다. 에밀레 또한 마찬가지다.

항상 그래왔듯 그녀는 입술을 다물고 두 귀는 닫은 채 검은 안경 아래 검은 눈동자를 뜨면서 체념한 듯 그림자 시장을 마주한다.

뎅 – 두 번째 종소리

에밀레종이 두 번 울리자 겨울 바다 아이들의 휴식 시간이 시작된다. 아이들은 기다렸다는 듯 책상 위에 어질러진 유리 조각들을 정리하고 각자 점심들을 꺼내 책과 함께 올려놓는다. **〈역으로 성립하는 명제 – 14권〉**, 명제와 관련된 책을 가져왔다면 물어볼 것도 없이 모노 준비생이다.

재미로 백과사전을 읽는 아이라, 굉장히 드물지 않을까. 물론 그런 아이가 있다면 모든 겨울 바다 부모의 로망이겠지만. 에밀레도 책은 가져왔지만, 정신은 다른 곳에 놓여있다. 자신의 뒤꽁무니를 졸졸 쫓아오는 그림자들과 놀아주느라 정신 없는 에밀레.

자신을 유일하게 좋아해 주는 신기한 아이들이다. 살아있는 사람 중 자신에게 따뜻한 손길 한 번 내어준 사람 없었는데 이상하리만치 자신을 따라다니는 죽은 그림자들에게서 그녀는 온기를 느낀다.

남에게 지나치게 관심이 많은 겨울 바다 사람들은 혀를 끌끌 차면서 그녀를 정신병자라 부르기도 한다. 에밀레는 그런 사람들을 뚫어지게 쳐다보다 공포영화에 나오는 관절 인형처럼 고개를 꺾는다. 한심한 장난에 놀라서 도망가는 저 사람들은 자신들이 얼마나 멍청해 보이는지 알까? 검은 안경이 아니라 눈을 도려내고 남은 두 눈구멍이 자신들을 쳐다보는 귀신같다나 뭐라나. 정작 두려워해야 할 건 사라져 가는 그들의 그림자들일 텐데 말이다.

뎅- 세 번째 종소리

지하 동굴처럼 거대한 유리 공장에 입구만 존재할 뿐 출구는 존재하지 않는다. 세 번째 종소리가 울리면, 아이들은 유리 공장의 유일한 문 앞으로 개미 떼처럼 몰려가 각자 외워야 할 명제가 담긴 책들을 한 아름 가슴팍에 품고 답답한 유리공장을 빠져나간다.

겨울 바다에서의 유일무이한 생존 법칙인 모노센더가 되기 위해 아이들은 오늘도 각자의 방 안에 들어가 자신을 스스로 책 속에 가둔다. 에밀레 또한 사람의 체온이 느껴지지 않는 차가운 의자에 앉아 비밀의 서재에서 책을 외운다. 물론 명제들이 머리에 들어오지 않을 때 에밀레 나름의 기분 전환하기도 한다.

가끔 밤이 찾아오면 에밀레는 어머니가 술에 취한 채 잠든 틈을 타 가로등 안에 고이 잠든 그림자들을 깨우러 나간다. 양말까지 얼어붙는 차가운 겨울밤, 한밤중 그림자들과의 산책은 그녀 인생의 유일한 낙이다.

그림자 시장에서 가로등은 죽은 사람들의 무덤이다. 그 무덤은 밤에 가로등 불빛을 밝히고 몇몇 선택받은 고인들은 밤하늘의 별이 된다. 돈이 없어 장례를 치르지 못한 사람들은 그림자가 되어 어둠을 만든다.

겨울 바다에서 죽은 그림자들의 손가락은 대부분 앙상하고 가늘며 날카롭다. 보통 죽은 자들의 그림자는 겨울 바다 시민들에게 공포의 대상이다. 사람들은 손가락만 남은 그림자들을 도우$^{\text{Death of Whom}}$ 라 부른다.

적어도 에밀레에게 도우는 죽은 사람이기 전에 유일한 친구이다. 죽은 자들은 말이 없지만 산 자들의 말을 듣는다. 에밀레는 도우를 가로등 밑으로 안내하며 책에서 읽었던 구절 대신 길지 않은 자신의 인생에 관해 이야기한다.

그녀가 태어난 날,
그녀의 검은 눈동자가 부모의 웃음을 집어삼켰다.
그녀가 세 살이 되던 해,
엄마는 에밀레를 방안에 가두고 책을 외우게 했다.
그녀가 네 살이 되던 해,
엄마는 그녀에게 검은색 안경을 쓰여주었다.
'그 누구에게도 들켜서는 안 돼, 너의 검은 두 눈동자를'
그녀가 다섯 살이 되던 해,
엄마와 아빠는 돈을 문제로 싸우기 시작했다.
그녀가 일곱 살이 되던 해,
아빠는 자신의 유리공장을 파산 신청했다.
그녀가 아홉 살이 되던 해, 아빠는 도박을 시작했다
그녀가 열한 살이 되던 해,
엄마는 술을 마시면 에밀레를 때리고 욕하기 시작했다
그녀가 열세 살이 되던 해,
엄마와 아빠가 싸우고 난 뒤 피비린내가 나기 시작했다.
그녀가 열다섯 살이 되던 해, 아빠는 그림자가 되었다.
그녀가 열일곱 살이 되던 해, 엄마는 노래를 부르기 시작했다.
'모든 날이 죽기 딱 좋은 날이야.'
그녀가 스무 살 성인이 되던 해, 처음 치른 모노에서 낙방하자
엄마는 칼을 들고 에밀레의 두 눈을 뽑으려 했다.

자신의 이야기가 끝나면 에밀레는 웃으며 그림자들에게 묻는다
"산다는 게 원래 다 이런 거겠죠?"
물론, 죽은 자들은 말이 없다.

아버지는 가난한 모링가였고 어머니는 유리 공예사인 그와 행복한 결혼을 꿈꾸었던 아름다운 메리 골드였다. 집안의 불같은 반대에도 불구하고 그녀는 남편의 검은 눈동자에서 한 줄기의 빛을 발견했다. 어머니는 그 빛이 에밀레 일 거라 확신했지만 그들의 아이 또한 모든 빛을 삼키는 어둠, 검은 눈동자의 모링가였다. 에밀레가 태어난 이후로 집에 검은 어둠이 물들기 시작했다. 엄마는 항상 그녀의 두 눈동자를 멸시하듯 노려보았고 집안 사정은 아버지의 도박 이후 점점 더 기울어져만 갔다. 에밀레가 겨울 바다의 모노센더가 되는 길만이 유일한 희망이라 믿었던 엄마는 그녀를 점점 더 심하게 옥죄었다. 폭력에 중독된 엄마와 도박에 중독된 아빠가 가난을 문제로 하루가 멀다고 싸웠다. 자신의 회사가 그림자 시장에서 폐지된 어느 날, 아빠는 그림자가 되었고 돌아올 수 없는 강을 건넜다.

오늘도 에밀레는 해가 저물면 비밀의 서재에 갇혀 명제를 외운다. 책장 선반으로 위장한 서재의 문은 온종일 굳게 닫힌 채 이따금 그림자들만 문틈 사이로 드나들었다. 에밀레는 사람들이 거부하는 도우를 친구로 여기며 그림자에 점점 물들어갔다. 언제부

턴가 피부색은 옅어지기 시작했다. 또 전등에 손바닥을 비추어보면 회색빛처럼 보이기도 했다. 상관없었다. 피부색이 어떻든 자신의 현실만큼 어둡지는 않을 테니.

물론, 수용소와 다름없는 서재 속에서 탈출하고 싶은 욕망을 억누르기 힘들 때도 있었다. 옥상에서 떨어지면 이 지옥도 끝이 나지 않을까? 하지만 그때마다 에밀레를 붙잡는 건 부모를 향한 죄책감이었다. 가난한 집안 형편에 버거운 비싼 책들을 다 외우지 못하는 것 또한 죄책감이었다. 그랬기에 어머니가 저주받은 자신을 구타하는 것은 당연한 일이라 믿었다. 자신이 괴물이기에 엄마가 괴롭히는 것이라고 믿었다. 에밀레는 자신의 존재를 부정했다. 그녀의 몸이 점점 짙은 검은색 그림자로 물 들을 때쯤 네 번째 종소리가 울린다.

뎅- 네 번째 종소리

굳게 잠긴 비밀의 서재 문 밑으로 그림자가 아닌 한 줄기 빛이 들어왔다.

"에밀레?"

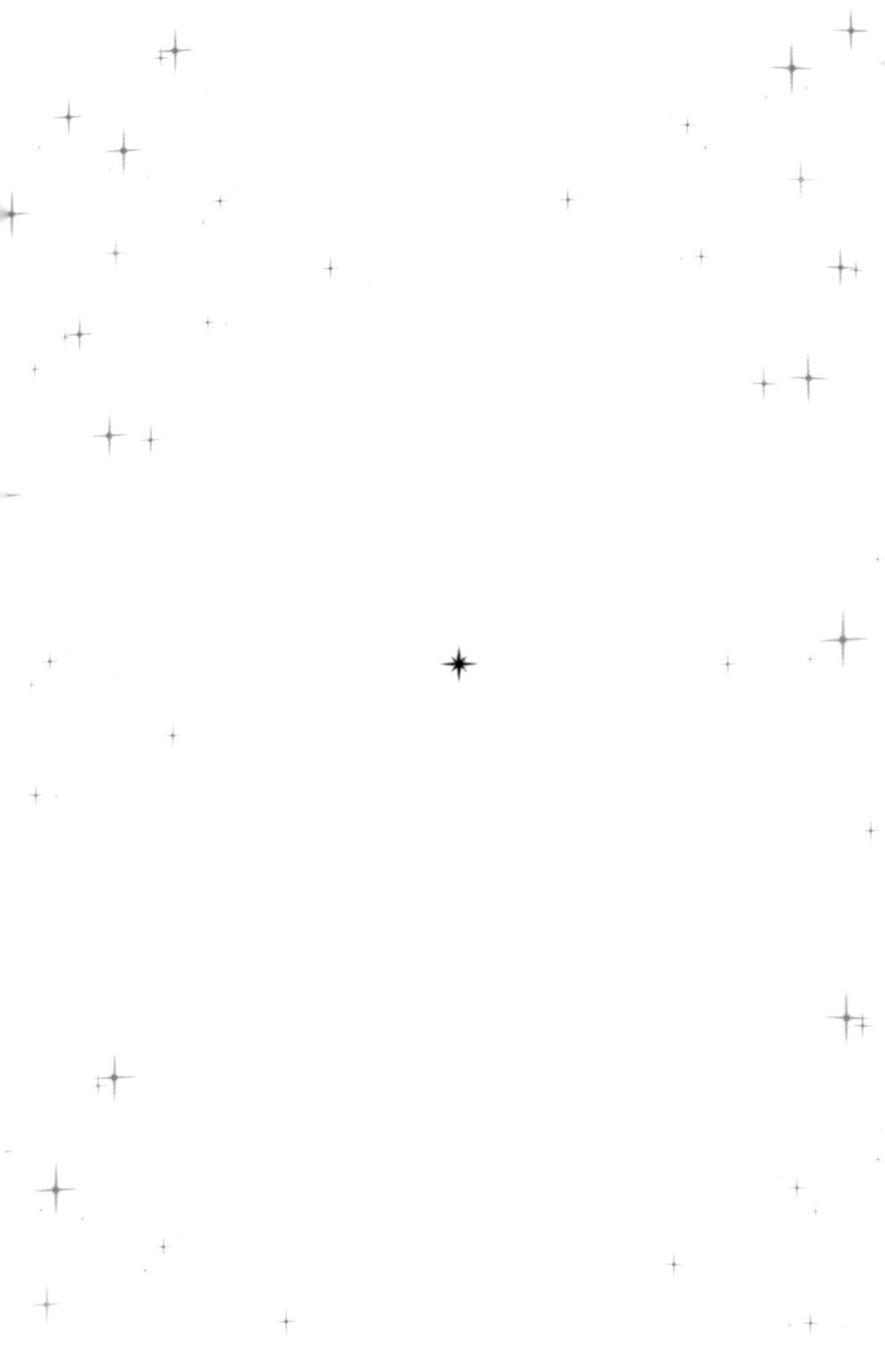

2
문을 여는 소년, 뤼오

금색 눈의 사내가 비밀의 서재 문을 열었다.

놀란 에밀레는 그림자들을 자신의 방 안으로 숨기며 서재로 이어진 통로 아래 서 있는 사내를 내려다보았다. 사내는 특이한 서재 구조를 살펴보다 문 바로 위 난간에 매달려 수줍게 얼굴을 내밀고 있는 그녀를 발견했다.

"안녕?"

낯선 사람이 건넨 인사에 에밀레는 몸을 움츠리고 돌아섰다.

'설마, 눈을 마주쳤나?'

"잠시만!"

윤기나는 금발 생머리 밑에 엷게 수 놓인 양 볼의 주근깨가 왠지 모르게 얄미운 사내가 그녀를 불렀다.

책장 선반까지 오는 큰 키에 튼튼한 골격, 살짝 구김이 졌지만 고급진 원단의 흰색 실크 남방, 여러 번 수선한 흔적이 남은 그녀의 바지와는 다르게 깔끔한 갈색 바지, 값이 나가 보이는 금색 손목시계, 그리고 어머니가 그토록 바라던 금색 눈, 낯선 이에게 건네는 여유 있는 인사, 이유 없어 보이는 친절함까지. 그녀는 왠지 모를 자격지심이 생겼다.

"네 새 오빠가 될 사람이지."

그의 뒤에 서있던 에밀레의 엄마, 켄델 나르시아가 싸늘한 목소리로 덧붙였다.

"보기와는 다르게 예의는 없는 편인가 봐, 남의 집을 허락 없이 돌아다니는 걸 보면."

그녀는 팔짱을 낀 채 뤼오 쪽으로 몸을 돌려 말했다.

"길을 잃었어요."

아무렇지 않은 듯 뤼오가 손목의 시계를 고치며 말했다.

"책장 앞에서?"

"길을 잃기 가장 쉬운 장소죠. 이 많은 책 중 무엇을 골라야 할지 고민되잖아요? 물론, 그저 장식용이라면 말이 달라지겠지만."

지지 않고 뤼오가 대답했다.

"쥐새끼처럼 그만 숨어있고 내려오렴. 새아버지께 인사드려."

매서운 눈은 뤼오에게 고정한 채 나르시아가 명령조로 그녀에게 말했다.

그녀의 한마디에 잔뜩 긴장한 에밀레는 서둘러 자신의 검은 눈동자를 가려줄 검은 안경을 찾았다.

"두 번 말하게 할래?"

언성을 높이며 엄마가 에밀레를 닦달했다.

"자, 잠시만요. 지금 내려가요."

조급해진 에밀레는 책상 위에 널브러진 책들 사이를 더듬으며 안경을 찾아 헤맸다.

"답답하긴, 누굴 닮아서 저렇게 굼뜬 건지."

에밀레와 그녀의 엄마는 메리 골드 가족을 새 식구로 맞이했다. 휠체어에 앉아 몸을 제대로 가누지 못하는 전신마비 아버지와 이제 막 어른이 된 뤼오. 여기에는 잔인한 비밀이 하나 있다.

성인이 되고 난 뒤 태어나 처음 치른 모노에서 에밀레가 낙방한 날 나르시아는 한 가지 제안했다.

'4년 뒤 있을 두 번째 모노에서도 모노센더가 되지 못한다면 눈동자 이식 수술을 받자 에밀레. 이제 그것 말고는 이 지옥 같은 구렁텅이에서 벗어날 수 있는 답이 없어.'

뤼오의 금색 눈동자를 뽑아 딸의 눈에 이식하는 잔인한 계획을 이야기했지만 어디까지나 보험이라 생각했기에 딱히 죄책감도 들지 않았던 짐승만도 못한 모녀였다.

'엄마 말이 맞아. 내가 모노센더만 된다면 아무 일도 일어나지 않을 테니까. 나만 잘하면 아무도 다치지 않을 거야. 나만 잘하면 모두가 행복해질 수 있어. 그렇지?'

인간으로서 배워야 할 도덕성을 명제 속에서 깨우치지 못했던 에밀레는 무엇이든 해야만 했다. 살기 위해서는 죽이고 특별하기 위해서는 특별한 자들의 것을 빼앗아야 했다. 그림자 시장의 순수

값 Net Value 은 0이다. 고로 누군가가 얻게 되면 누군가는 잃는다. 다시 한번 말하지만, 그림자 시장에서는 역으로 성립하는 명제만이 살아남고 존재한다. 그 외의 것은 모순이 되어 사라진다.

"내 이름은 반 뤼오야. 줄여서 뤼오라고 부르면 돼. 만나서 반가워."

분명히 그랬다. 사내를 실물로 보기 전까지 마음속 그 어떤 죄책감도 느낄 수 없었다. 하지만 흔들리는 그녀의 검은 두 눈동자는 무언가 잘못되었음을 말해주고 있었다. 이론을 실물로 접했을 때 느껴지는 이질감일까, 아니면 본능적으로 느껴지는 괴리감일까? 환하게 빛이 나는 이 결백한 사내를 과연 내 손으로 없앨 수 있을까?

"안돼."

얕게 떨리는 목소리로 중얼거리며 검은색 더벅머리에 얼굴을 파묻은 채 그의 시선을 피했다.

"응?"

뤼오는 무언가에 쫓기는 듯 불안한 에밀레의 반응을 살폈다.

"에밀레는 새 가족이 아직 어색해 보이는구나. 당연히 받아들이기 어렵겠지. 하지만 걱정 마 에밀레. 뤼오는 너에게 아주 좋은 오빠가 되어 줄 거야. 나는 새아버지의 좋은 아내가 될 거고. 약속하지 뤼오?"

엄마는 동요하는 에밀레를 압박하며 말했다.

"약속할게, 에밀레."

에밀레를 달래기 위해 뤼오가 부드럽지만 단호한 목소리로 대답했다.

"너도 어서 좋은 동생이 되겠다 약속하렴."

에밀레는 자신에게 점점 더 가까이 다가오는 사내와 새아버지의 휠체어를 문밖으로 밀어내었다.

"에밀레."

살인사건의 용의자가 된 것처럼 불안해하는 에밀레의 어깨를 붙잡으며 뤼오가 그녀의 이름을 말했다.

결국 인내심이 극에 달한 엄마는 장면이 보기 불편한 듯 그 둘을 갈라놓았다.

"에밀레가 새 식구들을 맞이하는데 준비가 아직 안 된 것 같구나. 아버지랑 잠시만 밖에서 기다려줄래?"

"겨울 바다라 밤이 많이 차네요. 안에서 기다릴게요."

뤼오가 단호히 대답했다.

"에밀레와 단둘이 잠깐 할 이야기가 있는데, 그 정도 배려는 해야지?"

뤼오는 불안해하는 에밀레를 잠시 바라보다 아버지의 휠체어를 붙잡았다.

"걱정 마 에밀레, 바로 문 앞에 있을게. 멀리 안 나가."

에밀레는 피가 섞인 가족보다 낯선이에게서 왠지 모를 따스함을 느꼈다. 그녀가 어느 정도 진정이 된 듯 가쁜 숨을 고르자 뤼오는 술병이 질서 없이 세워져 있는 문밖으로 조심히 나섰다.

아래 골목 줄줄이 자리한 유흥업소들이 한창 영업 중이다. 웨스턴 가 사이 어색하게 위치한 에밀레의 집은 반짝이는 네온사인들 사이에 조용히 묻혀 있다. 밀려오는 술 냄새가 역해 휠체어를 이끌고 좁게 자리 잡은 복도를 따라 건물 옥상으로 올라가 보았다. 에밀레의 비밀 서재와 이어진 옥상에 사람의 흔적은 보이지 않았다. 가끔 작은 그림자들이 창문 주위를 배회하긴 했지만, 굴뚝 위로 뿜어져 나오는 연기를 맡으면 곧바로 흩어졌다. 시끌벅적한 유흥 거리에 비해 건물 뒤편에서는 한없이 고요한 겨울 바다 파도 소리만 들렸다. 그림자로 뒤덮인 어둠 속, 한밤중 쾅 닫힌 문소리 외에 한없이 고요한 이곳은 겨울 바다 웨스턴 가 Q 번지.

문이 닫히고 뤼오의 발걸음이 점점 멀어지자 엄마는 에밀레의 뺨을 세차게 때렸다.

"제정신이니? 감히 계획을 망쳐? 그 약해 빠진 정신으로 모노 센터가 될 수 있을 거 같아?"

"사람들을 해치는데 어떻게 좋은 사람이 될 수 있어? 그건 틀린 명제고 모순이야." 에밀레도 지지 않고 말했다.

"틀렸어! 에밀레. 명제 속에서 좋고 나쁨을 구분 짓지 말라고 했지. 그런 건 존재하지 않아."

"죄책감은 너를 더 약하게 할 거야. 엄마가 늘 말하잖니? 다 너를 위한 일이야."

엄마는 달래는 어투로 에밀레를 설득했다.

"이게 정답이라면 차라리 틀리고 싶어. 더 이상 맞추고 싶지 않아…"

에밀레는 떨리는 목소리로 부정했다.

엄마는 난생처음 자기 의사를 굽히지 않는 에밀레를 향해 싸늘하게 굳은 두 금색 눈동자로 그녀를 내려다보았다.

"그렇다면 없어져야지. 너는 특별하지도 특별할 수도 없는 모링가이니까. 평생 유리공장에서만 일하다 네 아빠처럼 거지 같은 인생을 살고 싶니?"

"그럼 차라리 죽여줘, 제발!"

에밀레가 울부짖었다.

"오 이런, 딸아. 너는 아직도 엄마를 모르는구나."

엄마는 책장 선반으로 성큼성큼 걸어가 책 속에 숨겨둔 소총을 꺼내 들며 자신의 머리에 총구를 향했다.

"안돼!"

에밀레가 자신의 검은 머리칼을 쥐어뜯으며 울부짖었다.

"내가 말했지 에밀레? 죄책감은 너를 더 약하게 해. 그림자 시장에서 살아남기 위해 너는 더 강해져야 한단다. 절대 엄마가 나쁜 게 아니야. 그게 이 세상의 진리일 뿐이야. 어서 빨리 모노센터가 되렴. 어서 빨리 책을 외우고 모노에 합격하렴. 그럼 모두가 행복해질 수 있단다."

엄마는 창백해진 에밀레를 꼭 안아주며 숨을 골랐다.

"4년이야. 4년 뒤 모든 것이 결정 나."

그러고는 에밀레의 머리를 붙잡으며 말을 되뇌었다.

"기억해 에밀레. 이 그림자 시장에서 너를 구할 수 있는 건 오직 너 자신밖에 없어. 그 누구도 여기서 믿어서는 안 돼."

◆◇◆

한차례의 소동이 끝난 뒤 엄마는 흐트러진 검은 머리를 뒤로 넘기며 뤼오와 새아버지를 집안으로 들였다.

"오래 안 걸렸지? 어서 들어오렴."

입구부터 느껴지는 칙칙하고 어두운 분위기와 상반되는 새하얀 벽지, 일정한 간격으로 복도에 매달려 있는 은 촛대, 그 좁은 복도를 지나면 작은 거실이 보인다. 여유롭지 못한 집안 사정에 비해 가구들은 꽤 값이 나가 보였다. 아담한 거실 한가운데 위치한 금색 장식의 가죽 소파, 꽃이 수 놓인 검은 카펫 위에 놓인 기다란 유리 탁자, 고개를 들어 정면을 마주하면 커다란 금색 테두리의 거울이 보였다. 그리고 그 거울 속에 비치는 허름한 책장 선반.

"이곳은 에밀레의 방으로 통하는 입구야. 그 아이의 사적인 공간이니 함부로 들어가지 말거라. 보다시피 과민반응하면서 널 내쫓을 거야. 생전 누구랑 말을 섞지 않는 아이라, 괜히 건들지 말고 가만히 내버려 두렴."

엄마는 유심히 관찰하는 뤼오가 내심 신경 쓰였는지 그가 방의 정체를 묻기도 전에 미리 경고했다.

뤼오는 대답 없이 눈썹만 한차례 들썩이고는 휠체어를 마저 끌었다.

거실 좌편에 위치한 주방을 지나면 안방이 보인다. 혼자 쓰기 꽤 널찍한 공간에 새로운 식구인 새아버지가 들어왔다.

"너도 개인 공간이 필요할 것 같아서 주무실 때는 내가 아버지를 모시마. 네 아버지를 모시는 건 부인인 내 몫이기도 하고. 부담 갖지 않아도 돼."

"전혀요."

당연하다는 듯 뤼오가 웃으며 답했다. 휠체어를 새엄마에게 건네면서 한 가지 당부를 덧붙였다.

"아 참, 배변 패드를 자기 전에 한 번 더 갈아주셔야 해요. 번거로우시겠지만 괜히 귀찮은 일이 생기는 것보다는 낫잖아요?"

"걱정 말거라. 주말 예배에서 몇 번 도와드린 적이 있단다. 본인은 굉장히 민망해하셨지만."

주말마다 정기적으로 열리는 예배에서 엄마는 새아버지를 만났다. 전신 마비인 뤼오의 아버지와 에밀레의 엄마가 어떻게 결혼을 약속하게 됐는지 자세한 내막은 그 둘 외에 아무도 알지 못한다. 다만 어느 주말 오후 아버지가 뤼오에게 혼인신고서를 요구했을 때 뤼오는 그제야 아버지의 결혼 소식을 접했다. 막무가내식으로 진행한 결혼에도 나름의 합의가 있었다.

"방금, 민망이라 하셨나요?"

뤼오가 코웃음 치며 말했다. 전신 마비인 아버지가 감정을 표현한다는 것은 소설이나 다름없었으니, 신빙성 없는 그녀의 해석을 더 들을 필요도 없었다. 사실 그 둘의 내막에는 딱히 관심도 없었다. 뤼오의 관심을 사로잡은 건 그 둘이 아닌 검은 안경을 쓴 에밀레였으니.

"에밀레는요?"

뤼오는 화제를 돌려 에밀레를 찾았다.

"방에 있지. 방해하지 말고 따라오렴. 네가 지낼 곳을 알려주마." 엄마는 휠체어를 방 안에 들여놓고는 무심하게 대답했다.

주방을 나와 거실 오른쪽 모퉁이를 돌면 작은 독방이 보인다. 천장 위에 옅은 곰팡이 자국이 생겼을 정도로 오랫동안 창고로 쓰였던 방이긴 하지만 깔끔하게 정리되어 있어 나름 쓸만했다. 엄마는 지친 기색을 내비치며 마지막 당부를 하고 돌아섰다.

"불편한 게 있으면 언제든지 이야기하렴. 다만 에밀레 말고 나에게. 그 아이는 공부에 집중해야 하니까."

"참,"

뤼오가 한마디 덧붙여 말했다.

"학대인 거 아시죠?"

"학대라니? 무슨 그런 무서운 말을 아무렇지도 않게 하니?" 아무것도 모르는 표정으로 엄마가 물었다.

"정말인지 너무나도 코미디예요. 정말 재밌을 것 같아요. 앞으로 가 기대돼요. 진심으로."

뤼오는 뿜어져 나오는 웃음을 주체하지 못하며 말했다.

그의 비웃음에 싸늘한 미소로 엄마가 응답했다.

"네가 원치 않은 집에 들어오게 된 건 안타깝게 생각한단다. 나 또한 봄 바다에서 처음 겨울 바다로 건너온 날이 생각나는구나. 우리는 분명히 공통점도 많을 거야. 같은 봄 바다 출신이니까 좋은 가족이 될 수 있어."

마치 무례한 손님을 너그럽게 봐주듯 엄마가 부드러운 목소리로 대답을 이어 나갔다.

"동거인 정도가 적당하지 않을까요?"

뤼오는 새엄마의 이름 아래 엮인 관계를 단호히 거부했다.

"가족이란다. 법적으로. 너는 오늘부터 겨울 바다 시민이야. 원한다면 모노에도 응시할 수 있지. 뭐, 딱히 관심은 없겠지만."

차가운 냉기가 그 둘의 주변을 감돌자 뤼오는 눈웃음을 치며 저녁 인사말을 건네었다.

"그럼 좋은 밤 보내세요, 나르시아 아줌마."

엄마는 그의 인사를 가볍게 무시하곤 새아버지와 함께 방 안으로 들어간 뒤 문을 잠갔다.

공허한 집 안에 혼자 남겨진 뤼오는 지루해진 듯 휘파람을 불렀다. 웨스턴 가 Q 번지의 적막을 깨우는 그의 휘파람 소리에 응답이라도 하듯 그림자 무리가 강물처럼 일정하게 한 방향으로 흐르기 시작했다. 유리처럼 반짝이는 가구들로 가득하지만, 온기가 전혀 느껴지지 않는 집에 흥미가 생긴 뤼오는 자신의 그림자를 밟으며 에밀레의 서재 가까이 발걸음을 옮겼다. 그 사이 검은색 그림자들은 비밀의 서재 문틈 사이로 새는 빛을 쫓아 흘러 들어갔다.

"생각보다 시간이 더 필요하겠네."

그러고는 이내 서재 문 앞에서 조용히 발걸음을 돌렸다. 이 순간 그녀에게 위로가 되는 건 적어도 처음 만난 낯선 이가 아닌 이 세계의 빛을 비추는 죽은 그림자들일 테니. 그녀의 마음을 보이지 않는 그림자들이 잘 달래주기를 바라며 뤼오는 한 걸음 다가가기보다 물러나기를 택했다.

3

겨울 바다에서 4년 뒤

4년마다 모노센터를 결정짓는 시험 모노
종이와 펜으로 보는 시험이 아닌, 승강기 사다리 게임
각자의 이름이 새겨진 승강기에 탑승하는 응시자
굳게 닫힌 두 승강기 사이 마주 보며 서 있는 두 경쟁자
문 앞에 새겨져 있는 문제를 풀고 승강기 버튼을 누른다.
정답과 함께 먼저 승강기의 문을 여는 사람이 승자
문이 열리는 사람은 패자
정답을 누르면 승강기 문이 열렸을 때 경쟁자가 보이고
오답을 누르면 문이 열렸을 때 아무도 보이지 않는다.
"수고하셨습니다."
"축하드립니다."
두 마디의 인사말과 함께 토너먼트는 종료된다.

정답을 말한 자의 승강기는 점점 여름 바다 끝을 향해가고 오답을 말한 자는 시작 층으로 내려간다.
모노 응시자는 정답과 함께 마지막 12층까지 전부 통과하면 모노센터가 되어 뱅커스 뱅크의 남쪽 입구 앞에 도착한다.
4년 전 그날, 마지막 층 앞에서 에밀레는 길을 잃었다.

매주 화요일마다 정기적으로 모이는 겨울 바다 부모들의 모임. 에밀레의 엄마, 나르시아는 이 모임에서만큼은 누구보다 우아하고 남부럽지 않게 자식 교육을 시킨 메리골드이다. 매번 겨울 바다 모의고사에서 우수한 성적을 유지하는 에밀레의 공부 비법을 사람들이 물어볼 때마다 엄마는 이렇게 답한다.
"저희 아이요? 그저 타고났죠. 어렸을 때부터 책 읽는 걸 좋아했거든요. 어찌나 책을 좋아하던지 손에서 놓는 법이 없었어요. 말 그대로 '책벌레' 죠."
아이러니하게도 에밀레는 책을 싫어했다. 이상하게 책만 보면 목구멍에서는 헛구역질이 올라왔고 눈은 팽이처럼 빙글빙글 돌았다. 이따금 문장을 삼켜내지 못하고 뱉을 때면 그녀는 어린아이가 버텨 내기 가혹한 체벌을 받았다. 가령 예를 들자면, 앞이 보이지 않는 어두컴컴한 옷장 속에 가둬 놓던가, 추운 밤 가로등 하나 들지 않는 거리에 잠옷 바람으로 내쫓기던가, 멍이 들 때까지 대걸레로 때린다거나, 혹은 금방이라도 떨어질 것 같이 아슬아슬하게 창문에 매달린 술에 잔뜩 취한 엄마를 말려야 하거나.

에밀레가 책을 외우지 못할 때면 엄마는 입이 꼬여버릴 정도로 술을 마신 뒤 창틀에 걸터앉아 게슴츠레 뜬 눈으로 밑을 내려다보며 이렇게 말했다.

"너도 네 아빠랑 똑같아. 이름도 없는 모링가, 한심한 패배자 같으니."

단 한 번도 자신의 의지대로 무언가를 해본 적이 없던 에밀레. 공부도, 책 읽기도, 심지어 한숨 쉬는 것조차 에밀레는 자신의 의지대로 해본 적이 없었다.

"에밀레 엄마는 운도 좋다. 집에 수재가 두 명이나 있으니. 아니지, 한 명은 선택받은 아이니까 천재라 봐야겠지? 이번 모의고사도 수석이라면서? 심지어 시험 문제 오류도 찾아냈다던데. 정말인지 겨울 바다의 자랑이야. 그러고 보니 아들 이름이 꽤 특이하던데, 뭐였더라…"

허영심 가득한 에밀레 엄마의 입꼬리를 무색하게 꺾은 양아들, 뤼오. 모의고사를 치를 때마다 만점을 받아오는 천재임에도 불구하고 에밀레 엄마의 입 밖에 자주 오르내리지 않아 사람들이 본의 아니게 헷갈려 하는 에밀레의 새 오빠이자 유일한 경쟁자다.

물론 뤼오와 새아버지를 집안으로 들일 때 그 아이가 천재인 건 계획에 없었다. 그가 겨울 바다에 들어서면서부터 모노에 응시할 자격이 주어졌고 단 한 명만 모노센터가 될 수 있기에 본의 아니게 경쟁자를 집안에 들인 셈이었다.

이름도 모르는 척, 관심 없는 척했지만 겨울 바다 부모들의 이야기 중심에는 항상 뤼오가 있었다. 물론, 그 중심에는 풀리지 않는 수수께끼와 의심도 항상 존재했다. 메리골드인 그가 왜 겨울 바다로 오게 되었을까? 그의 능력으로 충분히 면접을 보고 포 시그마가 될 수 있었을 텐데 굳이 왜 모노를 보는 것일까? 대부분의 시간을 아버지의 연구와 논문에 소비하는 뤼오에게 어떤 특별한 공부법이 있을까? 매번 만점을 받아오는 그에게 시험에 합격하는 의미가 없다면 뤼오의 머릿속에는 도대체 무슨 꿍꿍이가 있는 걸까? 그가 걸친 실크 블라우스와 브로치는 어느 브랜드 제품일까? 재산은 따로 관리하는 걸까? 바브 같은 고민이나 하는 한심한 겨울 바다 아줌마들은 오늘도 이렇게 시간을 허비했다.

"뤼오는 봄 바다 출신이라 그런가, 키도 훤칠하고 늘름하더라. 글쎄, 엊그제 그 애를 도서관에서 마주쳤는데, 웃는 얼굴에서 어찌나 빛이 나던지. 그 아이 주변에는 그림자도 없을 거야."

"부드러운 목소리에 매너는 좀 좋아? 역시 배운 사람은 달라도 뭐가 다르다니까."

따뜻한 모닥불이 환하게 빛나는 아늑한 카페 안에서 에밀레 또래의 여자아이들이 깔깔거리며 노닥거렸다. 남의 이야기가 한창 재미있을 나이인 아이들은 유리 창문에 비친 자기 얼굴을 단장하며 시간을 소비했다. 그들과는 달리 오늘도 유리공장에서 나온 에밀레는 명제가 적힌 책을 방패 삼아 찬 바람을 뚫으며 웨스턴 가로 걸음을 힘겹게 옮겼다. 창문 너머 겨울바람과 힘겨운 싸움 중인 그녀를 발견한 무리의 여자들은 눈을 반짝이며 이야기를 마저 이어 나갔다.

"옆에 서 있던 에밀레는 며칠 굶은 애처럼 비실비실하더라. 종일 방에서 책만 보더니 어깨도 축 늘어지고 키는 크다 말았는지 요리조리 눈치 보는 게 안쓰럽더라고."

"가끔 난 걔 보면 기분이 오싹해. 뼈만 남아서 앙상한데 얼굴은 허옇게 떠서는 허구한 날 입는… 그, 뭐더라?"

"쥐색 후디!"

손뼉을 치며 다들 합창했다.

"그래! 그 칙칙한 쥐색 후디를 머리끝까지 뒤집어쓰고 땅만 보면서 걷는데, 마주치면 보이는 까만 안경이 얼마나 소름 돋던지, 사람도 아니고 귀신도 아닌 도우 같아. 우리 중 단 한 명이라도 그 아이 눈동자를 본 적 있어?"

"없지! 딱히 궁금하지도 않아. 플라밍고든 모링가든 에밀레인 건 변함없는데 무슨 소용이람."

"심지어 죽은 그림자들이 걔 뒤를 졸졸 따라가는데, 으- 생각만 해도 불쾌해."

"머리카락이랑 눈썹은 말해 뭐해? 지저분하게 숱도 안치고 관리는 전혀 안 하는지 볼 때마다 딱해. 차라리 그 시간에 자기 자신을 좀 가꾸는 게 나을 텐데. 책만 들여다보면 답이 나오냐고. 애 늙은이처럼 허리만 굽지."

"모노센더가 되기 위해 젊음을 낭비해야 한다니. 정말인지 너무- 한심해! 과연 누가 저 애를 데려갈까?"

깔깔깔 귀에 거슬리는 웃음소리를 내며 에밀레의 처지를 비웃는 이름 없는 모링가들.

반면 겨울 바다 신문지에 실린 뤼오의 사진을 보며 다들 입을 모아 칭찬한다.

"뤼오는 봐. 그림자 시장 수석인데 심지어 외모는 어쩜 저렇게 수려한 지. 귀족 가문의 도련님 같아."

"이런 말 하기는 조금 그렇지만, 둘이 피 다른 남매인 거 너무 티 나는 거 아니야?"

뒤에서 수군거리는 겨울 바다의 사람들. 이렇게 또 비교당하는 가엾은 겨울 바다의 도둑고양이 에밀레.

반면 뤼오는 어떤 고민을 하고 있을까? 얼마 전 동생에게 크리스마스 선물로 사다 준 브리프 케이스는 그녀의 마음에 들었을까? 브리프 케이스$^{Brief\ Case}$, 줄여서 브리프라고도 불리는 그림자 시장의 소통 단말기이다. 모서리가 점선으로 정성스레 박음질 된 손바닥만 한 크기의 가죽 케이스를 열면 멜로디 박스처럼 빛과 그림자로 이루어진 영롱한 할로우그램이 뜬다. 사람들은 이 할로우그램을 자유자재로 변형시켜 다양한 형태의 메시지를 상대방에게 전달한다. 추가 요금만 지불한다면 더 다양한 기능도 구현할 수 있다. 그림자 시장에 실시간으로 전송되는 뉴스, 심심풀이 게임, 심지어 손바닥만 한 브리프 케이스 안에 온갖 잡동사니를 넣을 수 있는 밖보다 안이 더 큰 저장 공간이라니... 물론, 친구도 없고 게임에는 더더욱 관심이 없는 에밀레에게 딱히 매력적으로 느껴지는 소모품은 아니다.

금빛 테두리가 칠해진 녹색 브리프 케이스를 사다 줄 걸 그랬나? 곧 있으면 모노인데 멍청하게 너무 눈치가 없었나? 뤼오는 책장 선반 구석에서 먼지만 쌓여 가는 브리프 케이스를 가만히 바라보며 고민했다. 오늘은 어떻게 하면 에밀레의 마음을 열 수 있을까? 마찬가지로, 정말 바보 같다.

유리공장에서 근무를 마치고 돌아오는 길, 오늘따라 에밀레의 발걸음이 유난히 더 무겁다. 추운 겨울밤이 시작되자 유흥 거리는 별빛 대신 네온사인으로 반짝인다. 사람들은 하나둘씩 와자지껄하게 무리 지어 술과 함께 하루의 회포를 푼다. 마치 하루살이들처럼 네온사인 주위로 몰려드는 그들 사이에서 에밀레가 터벅터벅 걸어온다.

"이틀에 한 번 시장이 열린다! 에밀레, 헤헤. 이것 봐! T+2 = T+1"

유흥가의 도둑고양이처럼 사람들을 피해 걷는 그녀에게 저 정신 나간 노숙자 외에는 관심을 주지 않는다. 후줄근한 행색의 그는 겨울 바다 은행 앞에서 노숙하며 'T+2=T+1' 말도 안 되는 공식을 들이밀며 옳다고 주장한다. 전 재산을 몰아넣은 투자가 물거품이 되기 전까지만 해도 멀쩡한 수학자였다는 소문이 있다. 가끔 옆 건물 펍 여주인이 창문 밖으로 무지갯빛 담배 연기를 내뿜으며 한 마디씩 던진다.

"저 저, 미치광이 노숙자가 또 왔네. 에밀레, 도둑고양이처럼 주눅 들지 말고 어깨 펴고 다녀. 막말로 네가 죄지었니?"

그녀는 창문 밖으로 뿜어져 나오는 담배 연기를 가볍게 무시하고 무거운 검은 유리 동전 때문에 해진 주머니에 손을 넣은 채 제 갈 길을 간다.

"가엾은 것."

모노센터가 되면 언젠가는 지겨운 이 겨울 바다 유흥가를 떠나겠다 마음먹었지만, 그녀는 사실 요즘 불안하다.

뤼오가 들어오기 전까지만 해도 비교당할 대상은 아무도 없었다. 비교당할 대상은 늘 자신이었기에 자신과의 싸움이었지 타인과의 싸움은 아니었다. 더군다나 둘 중 단 한 명만이 모노센터가 될 수 있다. 가족 중 유일한 경쟁자가 심지어 모의고사 때 매번 수석을 차지했기 때문에 에밀레의 신경은 날이 갈수록 곤두섰다.

"왔구나. 오늘 하루 기분은 좀 어때?"

그녀는 현관문 앞에 놓인 빨간 봉투로 동봉된 뤼오의 성적표를 식탁 위에 무심하게 던져 놓는 것으로 대답을 대신했다. 모의고사에서 수석을 차지한 응시자에게 뱅커스 뱅크로부터 빨간 봉투가 주어진다. 에밀레의 신경이 극에 달할 법하다.

굳이 뜯어보지 않아도 그 빨간 봉투가 어떤 의미인지 알기에 뤼오는 재빨리 화제를 돌렸다.

"내가 사 준 브리프 케이스는 좀 쓸만해? 오늘은 테이프도 몇 장 구해왔는데. 이게 시장에서 요즘 유명한 음반이래. 줄이 두 블록 넘어서까지 길게 서 있더라니까. 이 조그마한 게 뭐라고, 그렇지?"

에밀레는 대놓고 그를 무시하며 가방만 식탁 위에 무심하게 올려놓았다.

"있지, 우리 모노가 끝나면 봄 바다로 놀러 갈래? 그곳에 오래된 도서관이 하나 있는데 꼭 보여주고 싶어. 작고 아담한 도서관이야. 낡은 책 냄새로 가득해. 따뜻한 햇빛이 스며드는 창가 옆에는 검은색 그랜드 피아노가 놓여 있고 그 앞에는 앉아서 책을 읽을 수 있는 붉은색 소파도 있어. 물론 가끔 날이 추워지거나 비가 오면 모닥불도 피우며 이야기도 나눌 수 있고. 분명 너도 좋아할 거야. 사람도 굉장히 드물게 오거든."

뤼오는 무심한 에밀레를 달래려 그녀에게 나름 흥미로운 제안을 했다.

"좋겠네. 누구는 시장 갈 여유도 있고, 놀러 갈 궁리만 하고 있고, 정말인지 잘났어."

에밀레는 빈정거리는 말투로 그의 제안을 단칼에 거절했다.

자신은 이름 없는 모링가이기에 낮에는 유리공장을 드나들며 시간을 허비하는 반면 뤼오는 집안에서 아버지와 논문을 연구했다. 대부분의 메리 골드는 학자의 집안이기 때문에 대대로 이어져 내려오는 학문을 연구한다. 또 그것이 이 세상을 살아남는 방법인 명제와 직결했기 때문에 모노를 치르는 데 어느 정도 도움이 되었다. 에밀레는 세상이 불공평하다고 생각했다. 유치하지만 화도 났다. 애써 차오르는 화를 꾹꾹 눌러보았지만, 여유 있는 뤼오의 친절함을 느낄 때마다 마음 깊숙이 묵혀 두었던 자격지심이 터져 나왔다.

"네가 이 집에 들어오기 전까진 말이야, 적어도 비교당할 일은 없었어."

에밀레는 머리를 이마 끝까지 쓸어 넘기며 뤼오에게 화풀이를 시전했다.

"점수 때문에 기분이 안 좋구나. 개인적인 이유로 시험은 보지만 모노센더가 될 생각은 없어. 그러니 걱정하지 않아도 돼."

그의 태도가 거만하게 느껴지는 건 에밀레가 예민해서일까.

"모노센더가 될 생각도 없으면서 모의고사는 대체 왜 보는 거야? 자격지심이라도 심어주려고? 혹시 그런 거라면 굳이 노력하지 않아도 충분히 느끼고 있으니까 작작해, 재수 없으니까."

에밀레도 알고 있다. 지금 뤼오를 감정 쓰레기통으로 이용하고 있다는걸.

'알아, 뤼오의 잘못은 없어. 단 한순간도 그 앞에서 당당해질 수 없는 내 잘못일 뿐. 그러니 내가 더 잘하면 돼.'

하지만 주체할 수 없이 터져 나오는 미성숙한 감정을 설명하기에 에밀레는 아직 어렸다.

마땅히 해 줄 말이 떠오르지 않았던 뤼오는 자리를 비우기로 했다. 그는 책상 위에 펼쳐져 있는 <역으로 성립하는 명제 상편>과 <뱅커스 뱅크의 역사> 서적을 가지런하게 정리하고 의자 위에 걸려 있는 빳빳한 남색 코트를 어깨에 걸쳤다.

"금방 그칠 눈은 아니네, 쏟아지기 전에 책 반납하고 와야겠다. 먼저 저녁 먹고 있어."

뤼오는 그녀에게 혼자만의 시간을 내주었다.

그가 나가고 난 뒤 에밀레는 또다시 혼자 남겨졌다. 말은 모질게 했지만, 그녀는 마음 한구석에서 이렇게 외치고 있었다.

'너마저 나에게서 멀어지지 말아 줘.'

하지만 말은 입 밖으로 나오기 전까지 아무런 힘이 없다.

◆◇◆

뤼오의 말대로 내리기 시작한 눈보라는 그칠 줄 몰랐다. 그가 도서관에 책을 반납하러 간 사이 엄마가 모임에서 돌아왔다. 엄마는 불쾌해 보이는 표정을 노골적으로 내비치며 눈에 젖은 우산을 문 앞에 내던졌다.

"망할 여편네들."

앞뒤가 다른 겨울 바다 여자들의 모임에 신물이 난 듯한 엄마가 혼잣말을 중얼거렸다. 아래층 펍에서 술을 또 진탕 마시고 온 모양인지 잔뜩 붉어진 얼굴은 차가운 겨울밤공기에도 식을 줄 몰랐다.

"죽었다 깨어나도 모노센더가 될 일은 없을 하찮은 모링가들 같으니. 언제까지 이렇게 비참하게 살아야 하는 건지."

에밀레는 더 이상 엄마의 눈치를 보고 싶지 않았다. 사실, 신물이 올라올 정도로 짜증이 났다. 이름 없는 모링가로 태어난 자신을 원망하는 것 같았다. 엄마는 내가 모링가로 태어난 게 나의 잘못이라 믿는 걸까 아니면 그렇게 믿고 싶은 걸까? 엄마의 금빛 눈동자가 자신의 검은 눈동자와 부딪힐 때마다 엄마는 한숨을 내쉬었다. 들끓는 감정이 목구멍 위로 터져 나올 것 같았지만 에밀레는 참았다. 그러고는 굳은 표정으로 엄마를 외면한 채 부엌 안으로 들어갔다.

"그만하고, 식사부터 해요."

"너는 이 상황에 밥이 넘어가니?"

코트를 정리하던 엄마가 그녀를 대놓고 비꼬며 말했다. 에밀레는 대꾸하지 않고 선반 위의 통조림을 꺼냈다.

"한심한 년."

가엾은 나의 에밀레. 무심코 내뱉은 말 한마디가 유리 조각이 되어 에밀레의 심장에 박힌다는 걸 엄마는 정말 모르고 있을까? 심장에 박힌 유리 조각들에 무디어진 듯 에밀레는 엄마의 말을 무시했다.

"이 골동품 쓰레기는 뭐냐? 안 그래도 좁아터진 집구석 공간 낭비하지 말고 갖다 버려."

골동품 쓰레기가 아닌 뤼오가 선물해 준 브리프 케이스다.

날씨도 싸늘한데 괜히 신경전을 벌이고 싶지 않아 후디 주머니 안으로 케이스를 깊숙이 숨겼다.

눈보라가 점점 더 거세지기 시작했다. 에밀레는 식탁 위의 촛대에 불을 밝히고 엄마는 휠체어에 의지한 아버지를 자리에 앉혔다. 엄마는 식전 기도를 하기 전 그릇을 정리하다 식탁에 올려져 있는 우편물을 발견했다. 뤼오 앞으로 날아온 빨간 봉투였다.

"그래, 애초에 무리였어. 이 유리 동전들을 아무리 모아 봤자 보석이 될 수 없는데 모으는 것 자체가 무리수지."

싸늘한 엄마의 말 한마디에 무언가 심장 위로 쿵 내려앉았다. 심장에 박힌 유리 조각들이 동시에 자신을 찌르기 시작했다. 그런 말 한마디쯤은 무표정으로 넘길 만큼 잘 참아왔던 에밀레였다.

하지만 오늘은 달랐다. 잔인한 말들을 내뱉고 두 눈을 감은 채 손을 가지런히 모은 엄마의 무덤덤한 자태가 역겨웠다.

"눈동자는 세상을 비추는 거울이지.
너의 시점에서 우리의 세상을 비추는 거울이지.
세상을 보는 시점은 너의 눈동자 색에 달렸지.
세상이 너를 보는 시점 또한 너의 눈동자 색에 달렸지."

"엄마, 나 이제 그만하고 싶어."

"맞아,
모든 것은 너의 눈동자에 달렸지."

"여기서 멈추고 싶어."

"봐, 역으로 성립하는 명제보다 단단한 것은 없지."

"이제 그만할래요."

"그렇지?"

가지런히 모인 두 손에는 어느새 유리 가위가 쥐어져 있었다. 엄마는 자신도 모르는 사이에 자리를 박차고 일어나 에밀레를 위협하고 있었다. 새아버지는 그 둘을 말리기 위해 안간힘을 쓰며 마비된 근육을 비틀어 보았지만, 소용이 없었다. 에밀레는 자신의 두 눈동자를 향한 날카로운 가위 날을 마주하며 엄마의 두 손을 온 힘을 다해 막았다. 하지만 죽음이라는 공포감 앞에 주체할 수 없이 덜덜 떨리는 두 손은 자꾸만 미끄러졌다.

"역으로 성립하는 명제보다 단단한 것은 없어. 넌 그날 아빠를 따라갔어야만 해. 아니, 너만 없었으면 지긋지긋한 가난에서도 벗어날 수 있었어. 너만 없었으면 아무 일도 없었을 거야. 다 너 때문에 벌어진 일이야. 고로 너만 없어진다면, 아무 일도 없을 거야. **역으로 성립하는 명제보다 단단한 것은...!**"

"에밀레!"

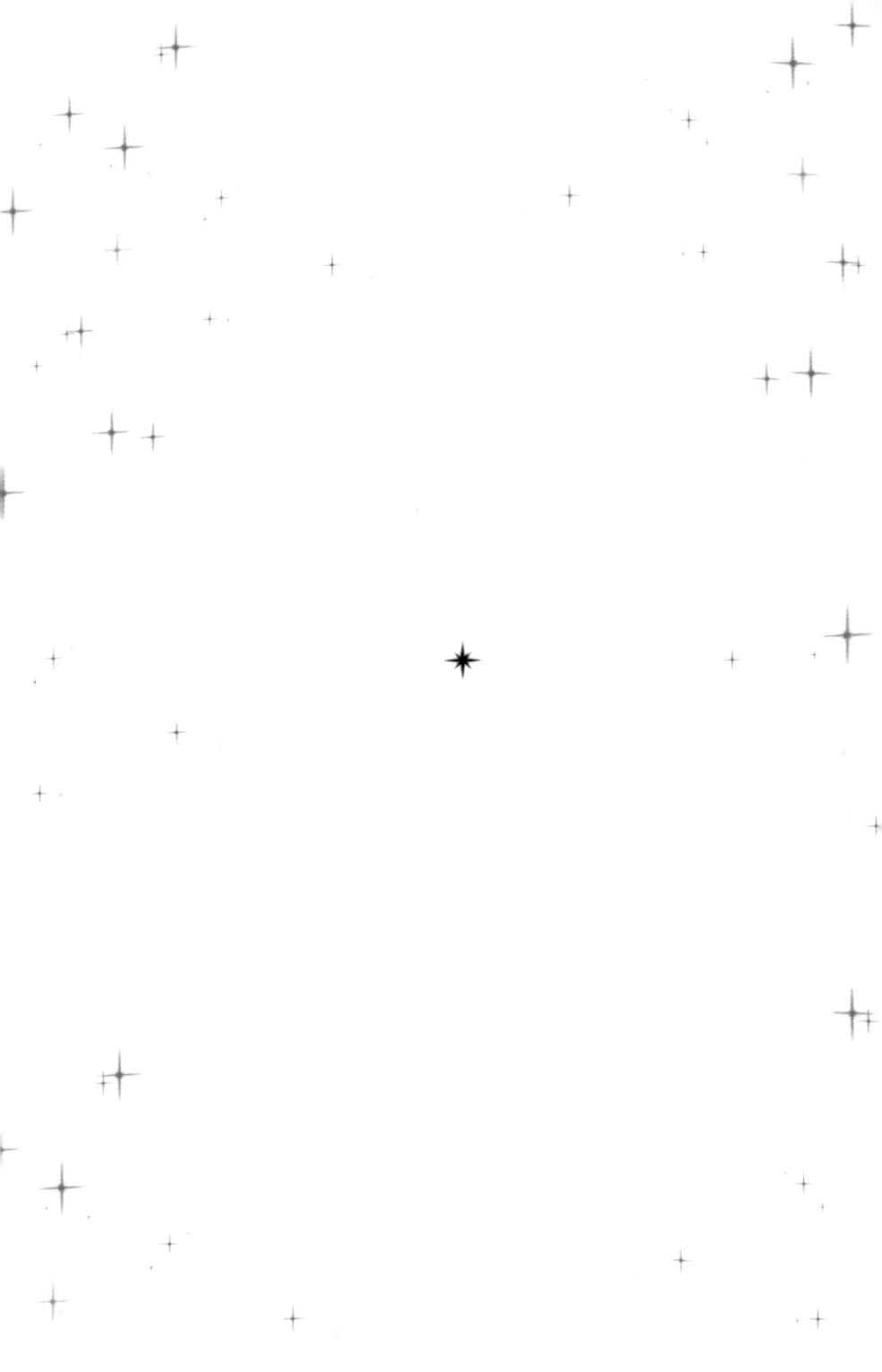

아프지 않았다. 칼에 찔리면 아픔보다 차가움이 먼저 느껴진다는데, 시간이 멈춘 듯 고요함 만이 그녀를 감쌌다. 에밀레는 질끈 감은 두 눈을 살며시 떴다.

뤼오가 온몸으로 에밀레를 감싼 채 한 손으로는 그림자로 변해가는 그녀의 손을 그리고 다른 한 손으로는 그녀의 눈을 가렸다. 그의 손에서 역한 피 냄새가 진동했지만, 자세히 들여다보니 어느새 뤼오의 얼굴에서도 피가 새어 나왔다.

고개를 돌려 에밀레와 두 눈을 마주한 뤼오.

"귀가…"

에밀레는 말문을 잇지 못했다.

오른쪽 귀에서 피가 분수처럼 터져 나왔다. 바닥은 금세 붉은색으로 물들었고 역한 비린내는 부엌 밖까지 진동했다.

엄마는 손을 덜덜 떨며 전화기 대신 담배를 찾았다. 그녀가 포장지가 다 뜯어진 담뱃갑에서 마지막 남은 한 개비를 찾자 안도의 한숨을 내쉬었다. 그걸 본 에밀레는 검은 두 눈동자가 선홍빛으로 물들 만큼 겪어보지 못한 분노에 가득 찼다. 심장에 박혀 있던 유리 조각들이 동시에 요동치기 시작했고 피는 거꾸로 솟았다. 에밀레는 경멸스러운 눈빛으로 담배 연기를 연신 내뿜는 엄마를 쳐다보았다. 그리고 시선은 바닥에 던져진 피로 물든 유리 가위에 꽂혔다. 그녀의 판단력이 흐려지기 시작했다. 그래서일까, 에밀레 주위로 죽은 그림자들이 몰려들기 시작했다. 결국 서로 뭉친 그림자들이 하나의 큰 형체를 이루어 유리 가위에 손을 뻗는다.

아, 그녀의 세계가 무너져 내린다.

순간 웅장한 에밀레종소리가 그림자 시장을 울렸다.

뎅 – 뎅 – 뎅

때마침 울린 종소리와 뒤섞인 요란한 사이렌 소리가 에밀레를 망각 속에서 깨웠다. 영업을 시작한 아래층 펍 주인이 심상치 않은 소란을 눈치채고 경찰에 신고한 모양이다. 둔탁하게 문을 두드리는 소리와 함께 구급 요원들이 도착했다. 바닥은 온통 피로 흥건했고 식탁은 엉망이 되었다. 재미있는 구경이라도 난 것처럼 유흥가 주변을 맴돌던 사람들은 계단 앞에 하나둘 모이기 시작했다.

사람들이 에밀레에게 말을 걸었지만, 오로지 이명 소리만 그녀의 귀를 울렸다. 참을 수 없는 울렁거림에 더 이상 자신을 스스로 지탱하기 힘들었던 에밀레는 뤼오의 품 안에서 잠이 들었다.

♦◇♦

그리고 얼마나 많은 시간이 흘렀을까. 문틈 사이로 들리는 어른들의 시끄러운 언쟁이 그녀를 깨웠다. 에밀레는 베개 위에 파묻힌 고개를 살며시 들어 올렸다. 맞은편 거울 속 자신과 눈이 마주치자 흠칫 놀란 그녀는 고개를 양옆으로 두리번거렸다.

'임시 휴게실 - 동쪽 겨울 바다 - 42번지 경찰서'

그제야 상황 파악이 된 에밀레는 사람들이 들어오기 전 선반 위에 놓인 검은 안경을 황급히 썼다. 손을 뻗어 살짝 벌어진 문을 열자 한밤중 끊임없이 울리는 전화벨 소리와 경찰서에 붙잡힌 사람들의 고성이 이제 막 정신이 든 그녀의 머리를 울렸다.

"이틀에 한 번 시장이 열린다!"

아니나 다를까 정신 나간 노숙자가 이번에는 경찰서 안에서 난동을 피운다.

"누가 저 미친 술주정뱅이 좀 조용히 시켜!"

"아저씨, 여기서 이러시면 안 된다고 몇 번을 말해요. 계속 말 안 들으시면 업무방해죄로 체포영장 발부합니다."

"하하, 바보들. 평생을 그렇게 겨울 바다에서 썩겠구나!"

간신히 그를 저지한 형사들이 또 다른 언쟁을 시작했다.

"그래 봤자 고작 겨울 바다 촌구석이야. 위에서 누가 관심이나 가지겠어? 그냥 조용히 처리하는 게 여러 사람을 위하는 일이야. 괜히 일 복잡하게 하지 말라고, 시끄러워지니까."

"무슨 소리입니까? 그게. 아니, 지금 사람이 저 지경이 됐는데 조용히 처리하라뇨. 명백한 피해자가 있고 가해자가 있는데 그게 가당키나 합니까?"

"그래서 그걸 어떻게 증명할 건데? 그 자리에 있었던 식물인간 박사가 증명하겠어, 아니면 딸내미가 하겠어. 더군다나 자기

엄만데? 어느 자식이 제 입으로 자기 부모를 신고하겠어?"

"그래도 심문은 하셔야죠, 절차대로."

"일 복잡하게 만드는 게 네 일이야? 괜히 여러 사람 귀찮게 하지 말고 늘 하던 대로 해, 요새 여유가 좀 있나 보다? 인사 발표가 곧 인 걸 몰라?"

문을 다시 닫으려 몸을 움직이는 순간 한쪽 눈에 검은 안대를 낀 푸른 눈동자의 외눈박이 형사가 문을 당겼다.

"망할 놈들,"

그는 불만 가득한 목소리로 미간을 잔뜩 찌푸린 채 말했다.

담뱃불을 꺼내려 가죽 재킷 주머니를 뒤적이다 자신을 가로막는 에밀레를 발견했다. 에밀레는 초점 없는 눈동자로 그를 외면했다. 어른들에게 거짓말을 들킨 아이처럼 외눈박이 형사가 담뱃갑을 황급히 주머니 속에 다시 욱여넣고 목소리를 가다듬었다.

"네가 에밀레구나. 정신이 좀 드니? 새파랗게 질린 것 봐. 많이 놀랐을 텐데... 차라도 마실래?"

에밀레는 고개를 저었다.

말없이 고개를 젓는 그녀가 신경 쓰였는지 형사는 몇 마디 덧붙여 말했다.

"난 폴리라고 해. 이번 사건의 조사를 맡게 되었단다."

지칠 대로 지쳐버린 에밀레는 아무런 반응도 할 수 없었다.

"자리에 조금만 앉아있으면 그 망할 경감,"

그는 잠시 머뭇거리더니 마른세수하며 문장을 이어 나갔다.

"파나쉬 경감님이 오실 거야."

폴리 형사는 그녀의 회복이 우선이라 생각했기에 목소리를 낮춰 그녀를 안심시켰다.

"몇 가지 질문을 하실 텐데, 부담 가질 필요는 없어. 중간에 필요한 것이 있다면 언제든지 말하렴."

순간 정신이 든 에밀레는 혼잣말을 외우며 뤼오를 찾았다.

"뤼오…"

폴리 형사는 고개를 숙인 채 그녀를 위로했다.

"너무 걱정하지 않아도 된다, 지금 천천히 회복 중이니."

'나 때문에 죄 없는 뤼오가 다쳤다. 이 죄책감을 또 어떻게 견뎌야 할까?' 몰려오는 죄책감이 점점 에밀레의 숨을 죄어왔다.

'왜 이 세상은 나에게서 가장 소중한 것만 가장 중요한 순간에 빼앗으면서 나를 죽이려 하는 걸까. 조금만 더 손을 뻗으면 닿을 것 같은 이 행복에, 왜 또다시 멀어지게 하는 걸까. 행복에 대해 간절함을 왜 좌절감으로 변질시키는 걸까. 아, 도대체 내가 얼마나 큰 죄인이길래, 나를 벗어날 수도 없는 이 절망의 구렁텅이 빠뜨리는 걸까. 아니, 애초에 내가 태어나지 말았어야 하는 걸까.'

둔탁한 걸음 소리와 함께 푸른 눈의 경감이 조사서를 들고 책상 앞에 등장했다.

"안녕하세요, 파나쉬 경감입니다. 이 사건의 총괄을 맡게 되었어요."

그가 헛기침하면서 눈치를 주자 외눈박이 형사는 불만족스러운 표정을 지으며 자리를 비켜주었다.

파나쉬 경감은 자리에 앉자마자 펜을 딸깍거리며 두서없이 딱딱한 조사를 시작했다.

"에밀레 양, 질문 몇 가지만 할게요. 형식적인 질문들이니 답변만 잘해줘요."

마치 귀찮은 사건을 맡은 듯 조사를 서둘러 마무리하고 싶어 하는 게 그녀에게 노골적으로 느껴졌다. 아직 방구석에 남아있던 폴리 형사는 기둥에 기대 그 둘을 감시하듯 지켜보았.

"어머니께서 칼을 휘둘렀다고 했는데 전에도 이런 일이 있었나요?" 경감이 몇 가닥 남지 않은 백색 머리칼을 뒤로 쓸어 넘기며 물었다.

"똑같은 일은 아니지만 비슷한 방식으로 위협을 받은 적은 있어요. 특히 제 시험 점수가 좋지 않거나 술을 많이 드셨을 때 돌발적인 행동을 하셨어요."

"흠, 구체적으로 말씀해 주시겠어요?"

언뜻 봐도 까다로워 보이는 형사가 그녀에게 구체적인 진술을 요구했다.

에밀레는 어렸을 때부터 자신이 학대당했던 이야기를 죽은 그림자들에게 풀어놓듯 천천히 읊었다. 모노센터에 과도한 집착이 부른 물리적 그리고 언어적 폭력, 도박 중독과 가난이 초래한 부모님의 이별, 그리고 뤼오와 새아버지까지. 이야기를 모두 마쳤을 때 경감의 표정은 어쩐지 떨떠름했다. 그러고는 굳은 표정으로 입을 뗐다.

"에밀레 양, 이런 말이 납득이 될지는 모르겠지만 경제적 상황이 부모님을 아주 힘들게 한 것 같군요. 아마 그 오랜 시간 동안 에밀레 양에게 거는 기대가 크셨던 모양이에요. 자신을 희생하시면서 모든 걸 에밀레에게 바쳤으니 그만큼 집착도 심해졌고요."

"당장은 힘들겠지만 에밀레 양이 조금만 더 버텨주면 모든 것이 해결될 거예요. 부모님을 조금만 이해해 보는 게 어때요? 그래도 자식과 부모는 천륜인데."

에밀레의 가슴에 구멍이 뻥 뚫렸다.

"언젠가 때가 되면 부모님을 이해할 날이 올 거예요."

경감의 말을 차마 납득하기 힘든 에밀레가 물었다.

"가정에서 벌어진 폭력은 범죄가 아니라는 말씀이신가요?"

"사실 자식을 학대하는 게 법적으로 잘못된 건 아니라 저희로서는 지금 당장 뚜렷한 조치를 내릴 수 있는 게 없네요."

그녀의 노골적인 단어 선택에 살짝 당황한 듯 경감은 무색투명한 안경을 고쳐 쓰며 말했다.

"부모가 자식을 학대하는 게 죄는 아니라는 말씀이시군요."

"물론 윤리적으로는 잘못됐죠. 하지만 법적인 제재를 가하기는 힘들어요. 특히나 가정에서 일어난 불화는 그림자 시장에서 최대한 관여하지 않는 게 옳다고 생각해요. 가정 내에서 일어나는 모든 일들을 관리하기에는 자원이 부족하거든요. 당장 사회에 끼치는 파급력도 크지 않아서 가능하다면 가정 내에서 해결하는 것을 원칙으로 봅니다."

유리에 금이 가기 시작하면 깨지는 건 시간문제다. 가정에 금이 가기 시작하고 아이들의 마음에 금이 가기 시작하면 어른들의 사회가 깨지는 건 시간문제다. 어쩌면 이미 유리에 금은 가기 시작했을지도 모른다. 다만 그 금이 너무 작아 어른들의 눈에서 벗어났을 뿐, 그 금의 끝은 아무도 예측할 수 없다.

"좋아요, 에밀레 양. 그럼 어머니께서 지속해서 학대했다는 증거는 있나요?"

그녀를 설득하는데 지친 듯한 경감은 대답 없는 에밀레에게 물었다.

증거? 모으고 싶지도 않은 끔찍한 과거겠지. 생각지도 못한 반박에 에밀레는 대답 없이 고개만 저었다.

"증거도 없으면서 부모를 범죄자로 몰아가는 나쁜 생각은 그만해요. 이번 사고에 대해 어머니도 많이 당황하신 것 같은데 대화로 사건을 해결하는 건 어떨까요?"

'내가, 나쁜 아이구나.'

초점 없는 눈빛으로 멍하니 벽만 쳐다보는 에밀레에게 마지막 조언을 건넸다.

"좋아요. 단도직입적으로 말하죠. 혹시 에밀레 양도 모노 응시자인가요?"

'모노'. 이 짧은 단어가 순간 정전기처럼 에밀레의 뇌리를 스쳤다.

"모노를 꽤 오랫동안 준비했다 들었는데 만약 부모에게 전과가 있다면 시험에 불리하게 작용할 수 있어요."

"부모에게 전과가 있다면 모노센터가 될 수 없다는 말씀이신가요?"

"…네."

그 말 한마디는 그녀의 쏟아지는 분노를 멈추기에 충분했다. 아니 정정하자면, 이 사회가 그녀의 분노를 강제로 멈추었다. 거짓말이 아니었다. 적어도 뤼오를 만나기 전까지는, 그녀의 주위에는 그녀를 위해주는 따뜻한 어른이 없었다. 그랬기에 그에게서 전해지는 따뜻함은 분명 가식일 거라고, 속셈이 있을 거라 의심하고 또 의심했다. 실상 꿍꿍이는 자신과 엄마한테 있었지만 말이다.

'이대로 가만히 있다가는 분명 미쳐버릴 거야. 아니 이미 미쳐 있었는데 지금이라도 정신을 차려야 하는 건가. 뭐가 정답이지 이제.'

방 안의 시공간이 멈춘 듯 귀가 멍해졌다. 쥐색 후디 안으로 숨고 싶었다. 더 이상 검은 안경만으로는 세상으로부터 자신을 숨길 수 없을 것 같았다. 어떻게 하면 저 그림자들처럼 이 세상에서 사라질 수 있을까, 두 손을 후디 주머니 속 깊이 집어넣자 무언가 만져졌다. 뤼오가 선물해 준 손바닥 크기의 브리프 케이스였다. 자꾸만 그를 밀어내는 에밀레에게 값비싼 브리프 케이스를 선물해 준 이유가 뭘까? 솔직히 묻고 싶은 건 내가 한 발자국 멀어지면 왜 자꾸만 다가오는 걸까? 아, 물어봐야겠다. 이미 지칠 대로 지쳐버린 그녀는 안개처럼 혼미해진 정신을 최대한 집중해 무거운 몸을 일으키며 문을 박찼다.

'그래, 뤼오한테 가야만 해.'

그녀에게도 엄마가 아닌 자신을 위한 목표 의식이 처음으로 생겼다. 항상 모노센터가 되고 싶었다기보다는 엄마의 기쁨이 되고 싶었다. 엄마가 웃는 걸 보고 싶었다. 이제는 잘 모르겠다. 하지만 한 가지 분명한 건, 이 빌어먹을 브리프 케이스는 대체 어떻게 작동시키는 건지 물어봐야겠다. 그리고 알려줘야지, 빌어먹을 집안으로부터 제발 도망치라고. 미쳐가는 사람은 나 하나면 족하다고!

"내가 패륜아를 키웠구나. 감히 부모를 범죄자로 몰다니."

문 앞에서 대화 내용을 듣고 있던 엄마가 날카로운 눈빛과 함께 쏘아붙였다.

"어이, 아주머니. 진정하시고 방으로 들어가시죠. 서에서 소란 피우시는 건 경우가 아니죠."

폴리 형사가 둘 사이를 가로막으며 진정시키려 했다.

"뤼오, 지금 어디에 있어?"

"네가 드디어 미쳤구나."

"뤼오 어디에 있냐고 묻잖아요, 내가!"

분노를 주체하지 못한 에밀레의 두 눈동자에 새빨간 실핏줄이 터지고 눈물이 가득 고였다.

"그림자들한테 물어봐, 그들은 정답을 알고 있지 않겠어? 네가 매번 그랬듯이 그림자들을 따라가 봐, 그들이 안내해 주겠지, 너의 '뤼오' 한 테."

어머니의 비아냥 따위 딱히 거슬리지 않았다. 이 순간 그녀의 신경은 온통 뤼오에게 꽂혀 있었다. 그를 지켜야 했다.

"에밀레, 잠시만!"

폴리 형사는 뛰쳐나가는 에밀레를 붙잡으려 외쳤다. 밤하늘에 흩날리는 눈을 맞으며 정신없이 집으로 향해 달려갔다. 가로등 불빛 사이로 모습을 드러낸 안개꽃 같은 눈보라가 그녀의 발걸음을 저지했다. 정신을 혼미하게 만드는 왠지 모를 불안감에 몇 번 바닥에 미끄러지기도 했지만 에밀레는 신경 쓸 겨를이 없었다.

"에밀레 조심해! 천천히 좀 달려. 아무도 안 쫓아와!"

여느 때 와 다름없이 창문 밖으로 무지갯빛 담배 연기를 내뿜으며 펍 주인이 외쳤다.

"네가 무슨 현상 수배범도 아니고…"

숨이 턱 끝까지 차올랐다. 막판에 힘이 빠진 그녀는 높은 계단을 쉴 새 없이 도둑고양이처럼 기어 올라갔다. 계단의 끝에 위치한 현관문 앞에 '관계자 외 출입 금지' 사인이 새겨진 노란색 줄이 에밀레를 가로막았지만, 그녀는 가볍게 손사래를 치며 선을 넘었다. 그리고 조심스럽게 문을 열자 시간이 멈춰버린 공간처럼 집 안은 정지되어 있었다. 식어버린 스테이크, 꺼져버린 초, 식탁 위에 칼과 바닥에 범벅인 된 핏자국, 그리고 땀에 젖은 그녀를 발견한 뤼오는 사건이 일어난 부엌 식탁에 기대 애써 웃어 보였다.

"아, 안돼."

크리스마스의 기운이 채 가시지 않은 어느 날, 뤼오는 한쪽 귀를 영원히 잃었다.

"오, 이제 조금 브리프 케이스에 흥미가 생겼나 봐?"

분명 브리프 케이스에 관해 물으려 했는데 이상한 감정이 휘몰아쳤다. 목이 메어 말이 나오기는커녕 눈물부터 고였다. 에밀레의 세상은 분명 흑백이었는데 뤼오가 등장하면서부터 그녀의 인생에 자극적인 색들이 등장했다. 다양한 감정을 처음 접한 에밀레는 당황스러웠다. 처음에는 의심, 질투, 견제, 죄책감, 그리고 -

"뭐야, 이제 내 앞에서 울기도 하는 거야? 영광인데?"

호감. 사람에게 호감이 생겼다. 뤼오에게 드디어 마음을 연 에밀레는 굳이 눈물을 멈추지 않았다.

"다 내 탓이야. 내가 태어나지 않았으면 아빠도 죽지 않았을 거고, 엄마도 미치지 않았을 거고, 너도 나를 만나서 귀머거리가 되지는 않았을 거야."

뤼오의 품 안에 얼굴을 파묻은 채 에밀레는 난생처음 남 앞에서 펑펑 눈물을 흘렸다.

"네 탓이 아니야 에밀레."

그녀의 머리카락을 쓰다듬으며 말했다.

"듣기 싫은 소리는 오른쪽 귀로 듣고, 듣기 좋은 소리는 왼쪽 귀로 듣지 뭐."

그녀의 검은 두 눈동자를 살며시 마주하며 뤼오가 위로했다.

"걱정하지 마. 네 목소리는 항상 왼쪽 귀로 들을 거야."

"그러니 두 번 다시 '네 탓'이라 하지 마. 그건 오른쪽 귀로 들을 테니."

뤼오의 오른쪽 귀가 검은색으로 물들기 시작했다.

하늘이 보랏빛으로 물들었다. 악몽 같았던 새벽, 뤼오는 에밀레의 등을 부드럽게 토닥였다.

문 앞에서 망설이다 에밀레가 조심스럽게 입을 열었다.

"들어올래?"

에밀레는 아무에게도 보여주지 않았던 서재의 문을 열었다. 문 뒤의 커튼을 젖히면 긴 통로가 보인다. 공허함이 가득한 복도 안에 뤼오가 들어왔다.

"내 상처로 가득한 공간이라 사람들한테는 보여줄 수 없었어. 여기서 더 초라해지기 싫었거든."

습기와 곰팡이가 가득한 벽지는 얼룩져 있었고 군데군데 매달려 있는 은 촛대 주변으로 그림자들이 색깔을 칠했다.

"무서워하지 않아도 돼. 그저 죽은 그림자들일 뿐이야. 아무도 해치지 않아. 인간들보다 안전해."

촛불을 만지듯 그림자에게 조심스레 손을 뻗는 뤼오. 사람의 손길이 익숙하지 않은 그림자가 날카로운 검은 유리 조각 형상으로 변해 그를 위협했다.

"뭐, 건드리지만 않으면,"

수긍한 뤼오는 서재 안으로 발걸음을 옮겼다.

"오, 서재가 옥탑방으로 이어지네. 생각보다 운치 있는데?"

오르막길 복도 끝에 다다르자 어둑한 서재가 보였다. 서재 밖 창문으로 옥탑방에서 보았던 전망이 펼쳐졌다.

왁자지껄한 술집 골목 뒤로 한없이 고요한 겨울 바다. 시간이 흘러도 계절은 그대로인 겨울 바다. 그림자 시장에서 유일하게 크리스마스가 존재하는 겨울 바다. 어쩌면, 크리스마스 따위는 필요하지 않은 여름 바다. 그곳으로 향하는 에밀레의 눈동자. 그녀를 바라보는 뤼오의 눈동자.

그녀의 방 안은 색 유리창 액자들과 유리 공예 작품들로 가득했다. 심지어 질감마저 세밀하게 제작된 몇몇 개의 오브제들은 꽤 창의력 있어 보였다. 책상 위에 널브러진 유리 장미 파편 조각, 달빛에 투영되어 반짝이는 유리창 액자 조각, 그리고 유리를 마음대로 자를 수 있는 유리 가위. 에밀레가 작업실 책상 위에 놓인 유리를 부드럽게 자르며 직접 시범을 보여주었다.

"유리를 자기 마음대로 자를 수 있다니 신기한데?"

유리가 종이처럼 부드럽게 잘리다니, 그 신비함에 매료된 뤼오가 유리 가위를 이리저리 어루만지며 살펴보았다.

"혹시 유리 말고 다른 것도 자를 수 있나? 예를 들면…"

의미심장한 표정을 짓는 에밀레를 보며 뤼오가 말끝을 흐렸다.

"아니다- 오, 이건 뭐야?"

그는 이내 유리 가위를 책상에 놓으며 재빨리 화제를 돌렸다.

침대 옆 커튼을 젖히자 벽 대신 자리 잡은 커다란 창문이 찬 공기를 머금고 있었다. 창 위에 손바닥을 갖다 대자 찬 공기와 따뜻한 온기가 어우러져 자국을 남기었다.

자신의 방을 마음대로 휘젓고 다니는 뤼오가 싫지만은 않았는지 에밀레가 커튼을 벽 끝까지 젖혀주었다. 한 폭의 그림처럼 창문 밖에는 겨울 바다 은하수가 끝없이 펼쳐져 있었다.

"온종일 방 안에서 뭐 하나 했더니 별구경하고 있었구나."

"밖에서 별구경하다가 얼어 죽을 일 있어. 가끔 방 안에서 공부하다가 하늘을 올려다볼 수 있어서 좋아. 어두컴컴한 방의 유일한 장점이지."

침대에 걸터앉아 별들의 행진을 감상하고 있는 뤼오와 에밀레 주변으로 그림자들이 천천히 다가왔다. 물론 분위기를 깨고 싶지 않아 인기척을 내지 않게 조용히 다가갔지만 이내 에밀레의 시야에 들어와 들키고 말았다.

"난 죽으면 도우처럼 앙상한 그림자가 되겠지? 차가운 어둠이 되어 이 그림자 시장을 떠돌아다닐 거야. 하늘의 별이 될 수 없을까?"

공허한 눈빛으로 품 안 깊숙이 팔짱을 낀 채 그녀가 말했다.

"정작 별은 자신이 빛나는 걸 알지 못하지."

뤼오의 말에서는 온기가 느껴진다. 에밀레는 그에게 숨겨왔던 끔찍한 비밀을 밝히고 싶었다. 엄마와 약속한 어둠 속 비밀이 목구멍 끝까지 올라왔지만, 혹시나 뤼오가 자신을 떠날까 에밀레는 불안했다.

"말하지 못한 비밀이 하나 있어."

비밀이라는 단어에 뤼오가 반응했다.

"사실… "

뤼오는 갈 곳 잃은 에밀레의 검은 눈동자를 가만히 바라보았다.

"사람들이 뒤에서 수군거리는 소리가 너무 듣기 싫어서 겨울 바다를 떠나고 싶었어. 상처가 너무 많은 곳이야 이곳은."

뤼오를 지키고 싶었던 마음보다 혼자 남는 두려움이 앞섰던 에밀레는 끝내 비밀을 말하지 못했다. 그런 그녀의 마음을 뤼오는 알고 있었던 걸까? 이 순간에도 그녀가 상처받았다는 소리에 마음이 아픈 뤼오는 그녀에게 한걸음 가까이 다가갔다.

"사람들이 그러더라,"

그녀는 한숨을 쉬고 말을 이었다.

"귀족 같은 봄 바다 출신 뤼오에 비해서 동생이 너무 초라 하대. 그들이 뒤에서 수군거릴 때마다 겉으로는 아무렇지 않은 척했지만, 사실은 그게 아니야. 하나도 괜찮지 않았어."

거짓말은 아니었다. 에밀레는 누구보다 뤼오를 닮고 싶어 했지만 다르다는 말에 수도 없이 상처를 받아왔다.

"하긴, 오히려 내가 이 집의 모순 같아. 나만 검은 눈동자이니까."

"무슨 소리야 에밀레, 우린 닮았어. 처음 봤을 때부터 느낌이 왔다니까."

"거짓말."

에밀레가 가벼운 웃음소리를 내었다.

"봐,"

뤼오가 목소리를 가다듬으며 제 생각을 읊었다.

"빗자루처럼 빳빳한 이 머리칼, 드문드문 눈에 띄는 하얀 새치, 툭 튀어나온 뒤통수, 작고 하얀 얼굴, 도톰한 귀, 달걀같이 둥근 이마, 정돈 안 된 두꺼운 눈썹, 바로 밑 쌍꺼풀, 방향이 뚜렷한 두 눈동자,"

"알겠으니까 억지 좀 그만 부려."

왠지 모르게 그가 억지를 부리는 것이 기분이 나쁘지만은 않았던 에밀레. 터져 나오는 웃음을 주체하지 못하고 자신의 생김새를 쉼 없이 나열하는 뤼오를 진정시켰다.

"더 읊어볼까?"

지지 않고 뤼오가 이어 나갔다.

"쓸데없이 긴 속눈썹 밑에 그늘진 반달 모양의 다크서클, 왼쪽 눈 밑에 찍혀 있는 갈색 점, 짧고 둥근 고양이 코, 작지만 도톰한 선홍빛 입술, 살짝 벌어진 입술 사이로 보이는 나비 모양의 앞니,

그리고 왼쪽 목에 붙어있는 뚜렷한 점까지.”

"이 정도면 쌍둥이네!"

신대륙을 발견한 듯 뤼오가 외쳤다.

에밀레는 들뜬 뤼오의 금빛 눈동자를 못 말린다는 듯 바라보았다. 그녀는 라디오에서 흘러나오는 노랫소리가 듣기 좋아 볼륨을 높이려 손을 뻗었다.

"잠깐, 심지어 둘 다 왼손잡이잖아!"

"그리고 웃을 때 완전히 감기는 초승달 눈과 왼쪽만 올라가는 입꼬리, 마지막으로 환하게 보이는 입 동굴."

"너는 웃을 때 정말 예뻐."

한이 서린 겨울 바다의 밤공기는 차가운데 별빛이 따뜻한 건 왜일까? 웃을 때 가장 예쁘다는 말에 눈물이 차오르는 건 왜일까? 이대로 시간이 멈춰버렸으면 좋겠는데 그도 같은 마음일까?

아, 이런 게 말로만 듣던 행복일까?

"그러니 웃음을 잃지마 에밀레, 혹시 알아? 누군가는 반할지도 모르지."

에밀레는 붉게 달아오른 얼굴을 무릎 사이에 파묻었다.

"그러고 보니 홍조까지 비슷하네. 너도 부끄러우면 얼굴 빨개지는구나. 난 그거 콤플렉스인데."

뤼오가 양 뺨을 두 손으로 감싸며 말했다.

"사람들이 빨개진다고 할 때마다 더 빨개진다니까. 정말인지 얼굴이 터지는 줄 알았다고."

고개를 파묻으며 그를 외면하던 에밀레는 그만 웃음이 터지고 말았다.

"그만 웃어 에밀레, 난 진지해!"

눈이 온다. 그림자들도 덩달아 마음이 편안해졌는지 날카로운 손가락들이 부드럽게 무디어졌다. 그녀는 행복한 이 순간을 잔인한 비밀로 깨뜨리고 싶지 않았다.

'괜찮아, 굳이 얘기할 필요 없어. 내가 모노센터가 되면 모두가 행복해질 테니. 지금은 이대로 충분해.'

에밀레는 비밀을 결국 입 밖으로 내뱉지 못했다. 대신 그녀는 자신의 곁에서 늘 한결같이 믿어주는 그에게, 금빛 눈동자도 햇살처럼 따뜻할 수 있다는 걸 알려준 그에게, 마음의 문을 열 수 있는 용기를 준 그에게 맹세했다. 이 다짐은 에밀레가 자신의 인생 처음으로 내건 약속이다. 어쩌면 모노센터가 되겠다는 다짐보다 더 강한 힘이 숨겨져 있을지도 모른다.

"뤼오, 내가 약속할게."

그녀의 검은 두 눈동자가 반짝였다.

"다음에는 무슨 일이 있어도 내가 지켜 줄게. 나를 한 번만 믿어줘."

날이 밝아오고 에밀레종이 맑은 종소리를 한 번 울렸다. 뤼오의 맑은 두 금빛 눈동자도 그녀의 두 눈을 마주했다.

"그럼, 널 믿어 에밀레."

그 겨울은 에밀레의 인생에서 가장 따뜻한 계절이었다.

4
마지막 층

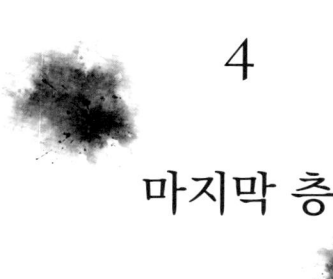

시간은 흐르지만, 계절은 그대로다.

옥탑방 창문에 낀 서리, 옥상에 아슬아슬하게 매달린 고드름, 피부마저 눈처럼 하얗게 트는 건조함. 반복되는 추위가 익숙해질 법도 한데 에밀레는 아직도 적응하지 못한 듯하다. 날씨에 어울리지 않게 얇은 쥐색 후디를 머리끝까지 뒤집어쓴 채 좁은 어깨에 가방을 대충 둘러메었다. 칠이 벗겨진 책상 위에 얌전히 자리 잡은 라디오에서 귀를 때리는 전파 소리와 함께 음성이 흘러나온다.

"… 마지막으로 겨울 바다 일기 예보입니다. 오후부터 동쪽 도시에서 눈이 쏟아질 것으로 예상됩니다. 특히나 모노를 치르는 시민 여러분은 안전하게 시험을 마치고 신속하게 귀가하시기 바랍니다. 다음 소식 전하기 전에 에밀레종이 한 번 울렸음을 알립니다."

모노가 시행되는 날에는 에밀레종도 울리지 않고 그림자 시장도 열리지 않는다. 4년마다 찾아오는, 어쩌면 겨울 바다 아이들에게 인생이 걸린 시험이기 때문에 모두가 예민해질 수밖에 없다. 다만, 눈치 없게 온몸을 파고드는 시린 추위는 수그러들 줄 몰랐다. 하지만 익숙해지기 힘든 이 추위도 곧 있으면 벗어나게 되겠지. 인내심을 시험하기에 4년이면 충분했다. 마지막으로 요약집을 한 번 훑어보려는데 누군가 에밀레의 비밀 서재에 문을 두드린다. 물론, 두말할 것 없이, 뤼오다.

"유리 가위 좀 빌릴 게 에밀레."

평소와는 다르게 단정히 정리된 책상, 에밀레는 마음이 심란하거나 불안할 때 여기저기 어질러져 있는 물건들을 가지런히 정리하는 습관이 있다. 초점 없이 멍한 검은 두 눈동자만 보아도 에밀레가 무슨 생각을 하는지 전부 꿰뚫어 보는 뤼오. 하물며 모노를 앞둔 에밀레의 심란함을 그가 눈치채지 못했을까?

"불안하구나."

"불안할 일이 뭐가 있어. 오히려 빨리 해치웠으면 좋겠어, 이 지긋지긋한 모노."

책상 위에 널브러진 연습장을 정리하며 그녀가 심드렁하게 말했다.

'모노센터가 되면, 이 집을 벗어날 수 있을 거야. 이 집을 벗어나게 되면 그때는 정말 자유가 될 거야. 자유로운 그림자가 될 거야. 자유로운 그림자가 되면 분명 행복할 수 있어.'

겪어보지 못한 이상, 에밀레에게 행복이란 불확실한 미래였다.

'그렇지?'

사실, 에밀레의 불안감은 극에 달했다.

'4년 뒤 모노센터가 되지 못한다면 눈동자 이식 수술을 받자 에밀레.'

자신이 모노센터가 되어 웨스턴 가 Q 번지를 벗어나는 것 외에는 선택지가 없었다. 뤼오와 에밀레 모두 잔혹한 현실 속에서 도망칠 수 있는 유일한 정답이라 그녀는 믿었다.

여전히 들리지 않은 오른쪽 귀를 앞머리로 가린 채 뤼오가 그녀에게 다가갔다. 크리스털처럼 반짝이는 유리 지폐를 쥐여주며 그가 말했다.

"에밀레, 네가 정말 소원을 빌어야 할 때 이걸 기억해. 역으로 성립하는 명제를 외치면 네 소원은 이루어질 거야."

"그러니 불안해하지 말고 앞으로 나아가기만 해."

주문이 이루어지는 유리 지폐 핍스였다. 에밀레는 난생처음 핍스를 만져보았다. 금색 선으로 둘러싸인 완벽한 대칭을 이루는 유리 거울 지폐. 트럼프 카드만 한 두께에 알파벳 'P'가 금색 점선을 사이에 두고 마주한 채 그려져 있다. 점선을 따라 거울을 접어 두 개의 알파벳이 맞닿으면 역으로 성립하는 명제가 이루어진다. 물론 주문을 외우고 난 뒤 지폐에 불을 지피는 걸 잊어서는 안 된다. 소원은 지폐가 타는 순간만 유효하다. 지폐가 모두 다 타면 소원은 한 줌의 재가 되어 사라진다.

갑자기 소원 지폐를 건네는 이유가 뭘까. 에밀레의 불안함을 달래 주기 위해서일까. 온종일 풀어야 할 문제들이 산더미다. 벌써부터 복잡하게 머리 쓸 필요는 없다. 이 질문들에 대한 답은 나중에 찾기로 하자. 에밀레는 핍스를 주머니에 넣었다. 4년 전 모노에서 한 번 쓴맛을 본 그녀는 오직 이날 만은 모노에 집중하기로 했다. 대신 밀려오는 불안함을 감추기 힘들 때면 소원을 외우는 대신 혼잣말을 외우며 주머니 속 지폐를 만지작거렸다.

"서둘러 에밀레. 시험장 앞에 가서 책이라도 한 자 더 읽어야지, 괜히 집에서 시간 낭비하지 말고. 긴장감은 필수다. 귀걸이는 금이 나오려나…"

무시당하고 싶지 않았던 엄마는 아침부터 요란하게 치장하면서 훈수를 두었다. 시험을 보러 가는 건지 파티를 하러 가는 건지 도무지 알 수 없다.

"뤼오, 너는 우리 없는 동안 아버지 잘 돌보고. 박사님이 곧 정기 점검하러 오실 거야. 건강은 회복될 기미를 보이지 않으니 매번 지출만 늘어나는구나."

화장대 앞 거울에 비친 뤼오를 흘겨보며 엄마가 불만을 늘어놓았다.

"걱정하지 마세요. 아버지 명의로 남아 있는 펀드 해지하면 여유자금이 생길 거예요. 중도 해지하는 거라 어느 정도 수수료랑 부가세는 감안하셔야 하지만…"

겉으로 티는 내지 않았지만 뤼오는 그녀가 한심해 보였다.

"그래, 그 저번에 내가 말한 부동산 중개인이랑은 연락해 봤고? 집 오랫동안 비워두면 안 좋다. 차라리 제값 쳐 줄 때 빨리 처분해 버리는 게 나아."

입꼬리가 올라간 엄마는 신이 나서 말을 더했다. 그녀는 지긋지긋한 겨울 바다를 하루빨리 벗어나고 싶었다. 봄 바다에 남아있는 저택을 팔고 남은 돈이면 다른 바다로 이사도 가능했다. 그리고 오늘이 바로 엄마의 오랜 염원이 이루어지는 날이다. 딸이 모노센터가 되어 겨울 바다를 벗어나고 자신 또한 거지 같은 동네를 벗어날 기회. 오늘은 겨울 바다 시민들의 희망, 구원, 그리고 유일한 탈출구, 모노가 열리는 날이다.

"안 그래도 이따 오후에 만나 뵙기로 했어요. 이건 보호자 동의가 필요해서 따로 오셔야 해요. 아무래도 아버지가 정상적인 의사소통이 가능하신 상황이 아니니."

"물론이지, 에밀레만 데려다주고 바로 돌아올 거야. 어차피 에밀레는 시험이 끝날 때쯤이면 모노센터가 되어서 여름 바다에 도착해 있을 테니."

흥이 난 엄마는 손뼉을 치며 답했다.

"오늘은 왠지 모든 일이 잘 풀릴 것만 같구나!"

벨이 울렸다. 전날 밤 예약해 두었던 택시가 도착했나 보다. 웬만하면 돈을 아끼기 위해 대중교통을 이용하겠지만 오늘은 달랐다.

"저기 뤼오,"

우물쭈물하던 에밀레가 말을 이어 나갔다.

"시험이 끝나면 그때 말했던 봄 바다 도서관, 데려가 줘."

모든 사람의 심리가 그렇듯, 에밀레 또한 불안을 잠재우기 위해 최대한 긍정적인 결과와 미래만 상상했다.

"물론."

뤼오는 언제나 그랬듯 따뜻한 한마디로 조급해진 그녀의 마음을 진정시켰다.

"빨리 내려와 에밀레!"

이미 택시에 탑승한 엄마는 그녀를 재촉했다.

베란다에 걸터앉아 무지개 연기가 나는 담배를 피우던 펍 주인이 뤼오에게 쪼르르 달려가 말했다.

"오늘이 모노구나! 어쩐지 저 아줌마가 아침부터 요란하다 했어."

에밀레가 무사히 떠난 걸 확인한 뤼오는 답하지 않고 집 안으로 들어갔다.

"누가 남매 아니랄까 봐…"

"겨울 바다 북쪽 입구로 가주세요."

여름 바다로 향하는 해저터널이 위치한 북쪽 입구. 그곳이 바로 4년마다 모노가 열리는 시험장이다.

겨울 바다와 여름 바다를 잇는 기다란 지하 통로, 이 해저 터널 아래 사다리 모양으로 움직이는 승강기 수천 대가 설치되어 있다. 시간의 흐름이 느껴지지 않는 무의 공간, 혹은 지로아워 Zero Hour라고도 불린다.

바로 이곳에서 모노센터를 결정짓는 토너먼트가 실시된다. 반짝이는 흑연으로 만들어진 복도를 걷다 보면 구름처럼 몽실한 밤하늘을 걷는 느낌이 든다. 꿈과 현실의 경계가 흐릿해지기 시작하면 응시자의 이름이 금으로 새겨진 검은색 승강기가 눈앞에 보인다. 열림 버튼을 누르고 승강기 안에 들어서면 불이 켜지면서 동시에 모노는 시작된다. 복도 안으로 들어서기 전 감독관들이 입구 앞에서 시험자들의 신원을 한 명씩 조회한다.

"어이 거기, 모자는 벗어 주셔야 합니다. 모자 반납해요. 다음!"

그녀의 신분증을 확인한 감독관이 한쪽 눈썹을 치켜세우며 말했다.

"검은 안경, 4년 전 너구나."

"저를 기억하세요?"

"당연하지. 하마터면 못 알아볼 뻔했어…세월이 참 빠른 건지…"

사실 에밀레 또한 그를 기억한다. 4 년 전, 마지막 층을 앞두고 열한 번째 층에서 길을 잃고 주저앉아 울고 있을 때 감독관 아저씨가 눈물범벅이 된 그녀를 승강기 밖으로 끌어냈다.

"미안, 오지랖이 넓었지. 행운을 빈다." 에밀레의 미적지근한 반응에 머쓱해진 감독관은 그녀를 무의 공간 안으로 들여보냈다.

주머니 속 뤼오가 쥐여준 유리 지폐를 확인하고 에밀레는 복도 안으로 걸어 들어갔다.

거대한 유리 공장에서 가공되길 기다리는 유리 동전처럼 복도 한가운데 일정한 간격으로 나열된 있는 응시생들. 그리고 그 사이에 홀로 놓인 에밀레. 숨을 깊게 들이마시고 내쉬기를 반복한 지 서너 번, 시험이 시작되었다.

시간의 흐름이 멈춘 공간 안에서 바깥의 소리는 완벽히 차단되었다. 승강기 내부는 마치 직사각형의 개인 도서관 같았다. 오픈 북 시험이었기에 응시자들은 승강기 내의 모든 책을 이용할 수 있다. 다만 누가 먼저 문제를 해결하는지 속도가 관건이기에 책에만 의존할 수는 없다. 순발력과 응용력, 강한 정신력과 체력을 모두 요구하는 시험, 오로지 토너먼트 속 승자만이 그림자 시장의 꼭대기에 올라갈 수 있는 지름길, 그게 바로 모노다.

토너먼트에서 실패한 사람들은 깔끔하게 패배를 인정하며 닫힘 버튼을 누르기도 하고, 또 다른 사람들은 4년의 세월이 물거품이 되었다는 괴로움에 울부짖기도 한다. 그들의 울음소리가 사그라들 때까지 닫힘 버튼을 누르지 않는 것이 예의이기도 하다. 1번, 2번, 한 문제씩 토너먼트에서 승리할 때마다 승강기는 여름 바다 방향으로 한 칸씩 이동한다.

"수고하셨습니다."

어느덧 열한 번째 층 앞에 다다른 에밀레는 승강기 바닥에 잔뜩 어질러진 연습장들을 정리했다. 최후의 결승전을 앞두고 후보자들에게 잠시 숨돌릴 시간이 주어졌다.

그녀는 종이들을 차곡차곡 정리하며 주위를 둘러보았다. 4년 전과 비교했을 때 이 공간은 달라진 것 없이 여전하다. 셀 수 없이 무수한 책들로 둘러싸인 좁은 공간 안에 홀로 선 에밀레는 승강기 문 너머 똑같이 긴장하고 있을 경쟁자를 생각했다. 차가운 겨울 바다를 탈출하고자 하는 이름 없는 모링가들, 그림자 시장의 순수 값은 '0' 이기에 누군가 올라가면 누군가는 내려가야 한다. 이 치열한 경쟁 속 살아남는 자만이 모노센터라는 이름을 갖게 된다. 과연, 에밀레는 그 이름을 움켜쥘 수 있을까? 검은 안경 너머 다른 세상을 볼 수 있을까? 잡생각이 머릿속을 점점 더 휘몰아치자 타이밍 좋게 다음 문제가 응시자들에게 주어졌다.

이번에도 비슷한 양상의 추리 명제 질문이다. 전제와 결론을 가지고 결론을 성립하게 하는 또 하나의 전제를 찾아내는 문제. 망설일 것 없이 그녀는 머릿속으로 벤다이어그램을 그렸다. 그러고는 얼마 지나지 않아 자신 있게 정답이 쓰인 승강기 버튼 중 하나를 눌렀다.

"문이 열립니다."

이번에도 손쉽게 문을 연 에밀레, 왠지 예감이 좋다.

예의상 상대방에게 인사말을 건네려는데 낯이 익은 얼굴이다. 채도가 높은 눈 화장, 상한 초록빛 곱슬머리, 몇 번 입지도 않은 것 같은 정장, 아이러니하게도 에밀레의 처지를 한심하다며 카페 유리창 너머 조롱하던 겨울 바다 여자아이들 무리 중 한 명인 '카밀라'. 겉으로는 뤼오같은 메리 골드를 선망하며 외모를 가꾸는데 정신이 팔려 보였지만 뒤에서는 몰래 모노를 준비했던 걸까? 아마 그녀의 비웃음 깊숙이 어딘가 초라한 자격지심이 섞여 있었을지도 모른다. 어떻게 해서든 겨울 바다를 탈출하려는 그 간절함은 모든 이름 없는 모링가들의 바람인 건 변함없다.

"수고 많았어, 카밀라."

"진심도 아니면서 가식은…"

그녀는 연습장이 널브러진 바닥에서 툭툭 털고 일어나 그녀에게 날카로운 경고를 남겼다.

"명제 속 모순은 그렇게 잘 찾으면서, 정작 네 모순이 뭔지는 모르는구나?"

그녀의 날이 선 말투에 에밀레도 지지 않고 받아쳤다.

"하고 싶은 말이 뭔데?"

"정말로 네가 이겼다고 생각해?"

"문이 곧 닫힙니다."

승강기 문이 닫히려 하자 카밀라는 오싹한 마지막 한마디를 그녀에게 남겼다.

"장담하는데, 너 이 문을 열게 되면 돌아오지 못할 강을 건너게 될 거야."

"... 바다겠지."

그녀들이 자신을 비웃었듯, 에밀레도 똑같이 되갚아주었다.

카밀라는 더 이상 반응하지 않았다. 평소 같았으면 발끈하면서 자존심을 지켰을 그녀지만 어쩐지 조용하다. 그녀는 패배를 인정하고 끝이 보이지 않는 승강기 천장을 한 번 올려다보았다.

"보이지 않는 눈으로 어디 한번 잘해보라고. 검은 안경을 쓴 여자, 에밀레양."

그럼 그렇지. 승강기의 문이 닫힐 때까지 에밀레를 비웃는 그녀의 입꼬리는 내려갈 생각을 하지 않았다.

드디어, 마지막 층만 통과하면 끝이다. 그녀는 숨을 한 번 크게 들이마셨다. 이 문만 통과하면, 책 속에 파묻혀 있던 지난 세월도, 도우들과 다름없이 어두컴컴한 그림자 같은 자신의 인생도, 다 괜찮아질 거다.

'끝까지 집중하자.'

♦◇♦

다음 중 결론이 항상 참이 되게 하는 명제는?

명제 A)
명제 B) 모든 이름 없는 모링가는 모노센더이다.
결론. 어떤 모노센더는 빨간 눈동자이다.

1. 모든 모노센더는 이름 없는 모링가이다.

2. 어떤 이름 없는 모링가는 모노센더이다.

3. 어떤 이름 없는 모링가는 빨간 눈동자이다.

4. 어떤 모노센더는 이름 없는 모링가이다.

당황한 에밀레는 실수로 안경을 떨어뜨리고 말았다. 그녀는 문제를 읽자마자 정답이 나왔다. 하지만 검은색이 빨간색이라고? 거짓인 명제로 결론이 참이 되게 하라니. 문제에 함정이라도 있는 걸까. 에밀레는 문득 엄마와의 약속이 떠올랐다.

'이번에도 시험에서 떨어지면 눈동자 이식 수술을 받자.'

숨겨야만 했던 비밀을 들킨 것처럼 그녀는 등골이 서늘해졌다. 시간이 촉박하다. 긴장을 풀기 위해 에밀레는 마른 손바닥을 쥐었다 폈다 반복했다. 심호흡을 한번 내쉰 뒤 그녀는 다시 한번 노골적인 문제를 읽었다. 간단한 문제다. 명제가 모순이어도 정답만 고르면 그만이다. 그림자 시장이 정해 놓은 명제에 모순은 없을 테니… 그녀는 떨어진 안경을 주우려는데 안내 방송과 함께 승강기 문이 열렸다.

"그리고 드디어, 최종 우승자가 되신 모노센더. 축하드립니다!"

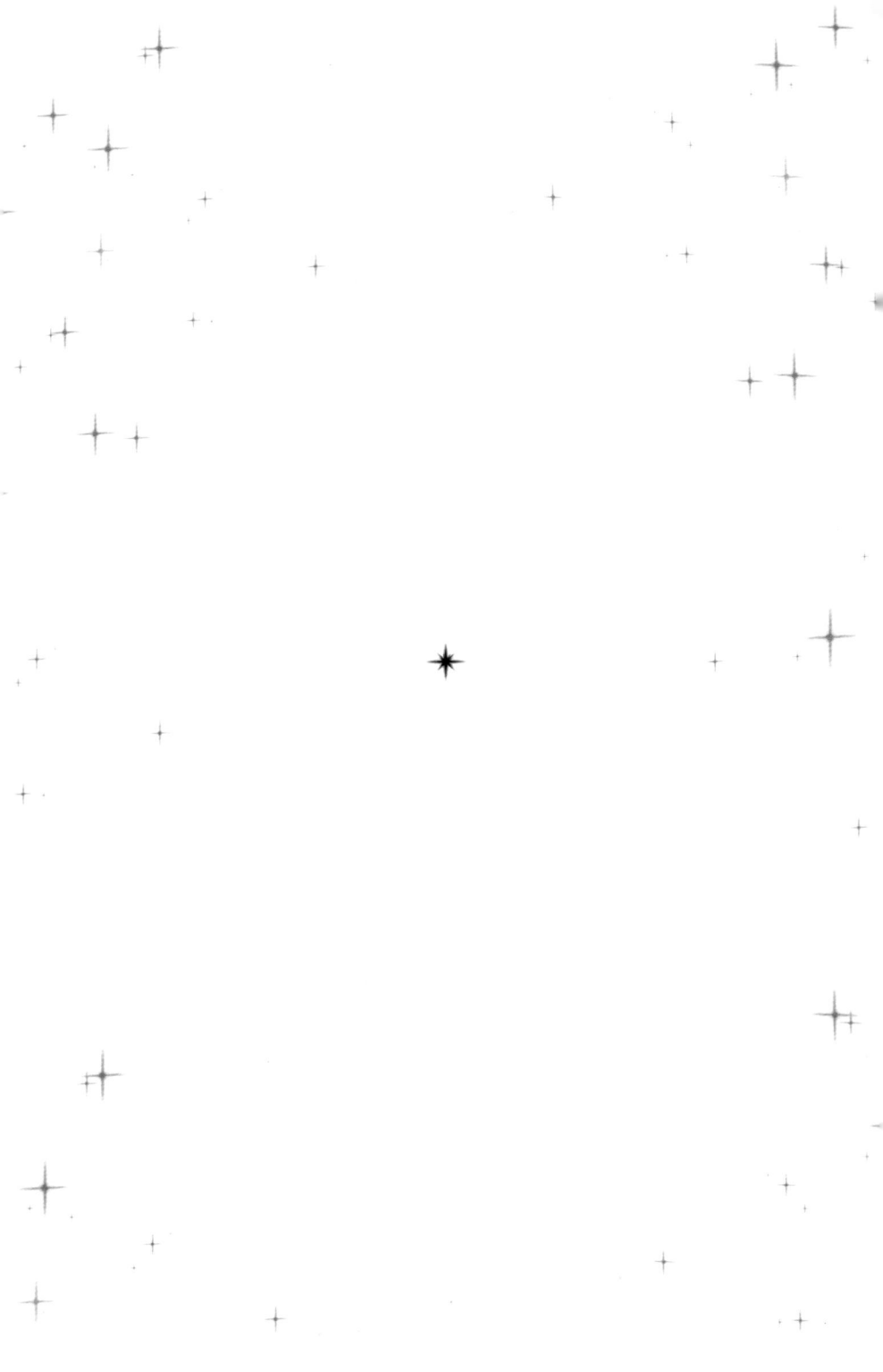

"아… 안돼…"

자신보다 먼저 승강기 문을 연 사람은 바로,

"안녕."

"뤼오?"

"검은 안경을 쓴, 에밀레?"

에밀레는 주저앉고 말았다. 눈앞에 왠지 모르게 낯선 뤼오가 서 있다. 항상 따뜻했던 금빛 눈동자의 온기는 사라지고 독수리처럼 차갑게 식은 노란 눈동자가 먹잇감을 찾은 듯 자신을 내려다본다. 자신이 모노센터가 되지 않는 한이 있더라도 그게 뤼오여서는 안 된다. 그가 이유 없이 자신의 눈앞에 서 있을 리 없다. 그렇다면 정답은 하나, 모녀가 깊숙이 숨겨왔던 잔인한 비밀을 알아챈 것이 분명하다. 자신을 죽이고 금색 눈동자를 훔치려 한 인간이기를 포기한 사람들. 그런데 복수심에 가득 차 있어야 할 그의 눈동자가 왜 슬퍼 보이는 걸까. 뤼오는 무릎을 굽혀 에밀레의 검은 안경을 주웠다.

"처음 봤을 때부터 네 눈동자가 검은색인 건 알고 있었어. 한겨울에 검은 안경이라니 모순덩어리잖아?"

"솔직히 말하면 조금 우스웠어. 사람들이 얼마나 너한테 관심이 없으면 네 눈동자가 무슨 색인지 알지도 못할까."

에밀레의 검은 안경을 이리저리 살피며 그가 비꼬듯 말했다.

"그거 알아 에밀레? 애써 가리지 않아도 아무도 네가 누군지 관심 없어."

"너는 이름 없는 모링가잖아. 안 그래?"

모진 말을 건네면서도 뤼오는 에밀레의 눈동자를 제대로 바라볼 수 없었다.

"아니 어떻게… 우리가 함께했던 시간 동안 아무것도 몰랐던 척할 수 있어? 대놓고 원망이라도 했어야지. 인간이기를 포기했다고, 버러지만도 못하다고!"

그녀가 도리어 절망스럽게 그를 자책하듯 물었다.

"그런데 에밀레, 속은 건 네가 아니라 나 아닌가? 눈동자 이식 수술, 그 눈동자는 어디서 훔쳐 올 생각이었던 거야?"

뤼오 말이 맞다. 4년 동안 그를 속여온 건 뤼오가 아닌 자신이었다. 해줄 수 있는 말이 도무지 생각나지 않았다. 핑계라도 대볼까 고민할 기력조차 없이 정신이 혼미했다.

"언제까지 나를 속일 생각이었어?"

"오늘? 내일? 그것도 아니면, 평생?"

"정말 나를 속일 수 있을 거라 생각한 거야?"

에밀레의 작은 손안에 검은 안경을 쥐여주며 그가 실소를 지었다.

"아니야, 뤼오. 정말 아니야. 모노센터가 되면 다 해결할 수 있을 거라 믿었어. 굳이 그 잔인한 비밀을 밝히지 않더라도 너를 지킬 수 있을 거라 믿었어."

에밀레가 절망적으로 무릎을 꿇으며 고개를 저었다. 목이 멘 에밀레는 무슨 말이라도 해야 했다.

"모노센더, 뱅커스 뱅크, 그리고 그 회사의 부속품 포 시그마…"

뤼오가 단어들을 일렬로 나열하며 승강기 선반 위에 놓인 책들을 툭툭 쳤다.

"간절할수록 더 멀어질 거야. 네가 원하는 것들은 전부 내려놓을 때 너에게 다시 돌아갈 거고. 그걸 깨닫기 전까지는-"

"절대 벗어날 수 없어. 이 차디찬 겨울 바다에서."

그의 차가운 금빛 눈동자가 에밀레의 심장까지 얼어붙게 했다.

"어머니께 안부 전해드리고. 달가워하실지는 모르겠지만 그래도 떠나기 전 마음은 홀 가분 하네. 아버지를 어떻게 처리해야 하나 많이 곤란했거든."

뤼오가 잔인하게 말했다.

"문이 닫힙니다."

시간이 얼마 남지 않았다. 금방이라도 승강기 문은 닫힐 기세였다.

뤼오는 자신의 승강기 안으로 다시 들어섰다. 말없이 고개를 떨구다 바닥에 무릎을 꿇은 채 일어서지 못하는 에밀레를 그는 가만히 바라보았다.

"… 마지막으로 나한테 하고 싶은 말 있어?"

뤼오의 그림자처럼 공허한 금빛 눈동자 안에 원망도 복수심도 아닌 오로지 간절함이 담겨있었다.

마지막으로 하고 싶은 말이라. 그녀는 과연 무슨 말을 할 수 있을까.

에밀레는 초점 없는 공허한 눈빛으로 주머니 속 유리 지폐를 꺼내 들었다.

"역으로 성립하는 명제보다 더 단단한 것은 없지."

"문이 닫혔습니다. 이것으로 모노를 마칩니다.
응시자 여러분 모두 수고하셨습니다."

◆◇◆

웨스턴 가 Q 번지에는 알코올에 중독된 엄마, 전신 마비 새아빠, 그리고 검은 안경을 쓴 에밀레 만이 남았다. 그녀는 집 안을 둘러보았다. 공허함, 창백함, 허무함. 이걸 뭐라 설명해야 할까? 아, 그래. 희망이 없었다.

엄마와의 약속대로 에밀레는 눈동자 수술을 받아야 했다. 선택지가 없었다. 검은 눈동자가 없어지거나 에밀레가 그림자 시장에서 영원히 사라지거나, 둘 중 하나였다. 감각의 색을 없애자, 그녀는 무감각해지기로 했다. 온 세상이 힘을 합쳐 그녀를 외면하는데 굳이 발버둥 칠 이유는 없었다. 그녀의 세상은 점점 잿빛 세상으로 흐려져 갔다.

밤마다 차오르는 그녀의 눈물을 받아내지 못하는 나의 이름은 이름 없는 모링가. 나약한 검은색이기에 오늘 밤도 눈물로 버티는 나의 주인은 죄 없는 에밀레. 이름 없는 모링가는 모순이기에 사라져야 하는 그림자 시장의 운명.

뤼오가 말했다,
"그러니 웃음을 잃지마 에밀레, 혹시 알아? 누군가는 반할지도 모르지?"
검은 눈동자가 사라지면 그녀는 다시 웃을 수 있을까? 그림자 시장이 차갑게 외면한 이 겨울 바다를 벗어날 수 있을까? 소용이 없다는 걸 알면서도 의미 없는 질문을 되풀이한다. 어차피 그림자 시장의 어둠은 그림자 시장의 빛을 이기지 못한다.

여기까지가 나의 이야기, 검은 눈동자의 이야기,
이름 없는 모링가의 이야기.
부디 이 잔인한 이야기가 계속되길 바라지 않는다.
부디 나의 주인 에밀레가 그녀의 행복을 찾아
여느 다른 소설 속 이야기처럼 해피엔딩으로 끝나길 바란다.
지금 이 책을 읽고 있는 그대의 눈동자 색깔을
나는 알지 못한다.

그러기에 이제부터 펼쳐질 이야기는 초콜릿처럼 달콤할 수도
감기약처럼 쓸 수도 있다.
하지만 잊지 말아야 하는 이 세계의 규칙만 기억한다면
벌써부터 겁낼 필요는 없다.

역으로 성립하는 명제보다 단단한 것은 없지.
그렇지?
역으로 성립하는 명제보다 단단한 것은 없지.

5

모노센터 연쇄 실종 사건

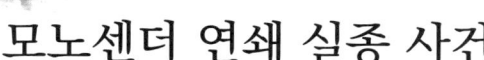

만일 그대가 나에게 누구냐고 묻는다면
나는 그대에게 "도둑맞은 눈동자라네." 이렇게 대답하겠지.

1년이라는 시간이 흘렀다. 에밀레가 다시 눈을 떴을 때 단 한 가지를 제외하고는 모든 것이 그대로였다.

색깔 없는 도시, 무감각한 신경, 멈춰버린 계절. 그림자 시장이 외면한 겨울 바다에서 서로서로 외면하며 사람들은 또다시 하루를 살아간다. 에밀레는 침대에서 일어나 세면대 앞에 놓인 거울을 쳐다보았다. 차가운 바깥공기 때문에 거울에는 김이 서려 있었다. 그녀가 두어 번 손끝으로 거울을 닦아내자 초점 없는 두 눈동자가 그녀를 마주했다.

"황금색…"

완전한 금빛은 아니지만, 엄마가 그토록 바라던 메리 골드다. 검은색 머리칼과 확연하게 대비되는 오묘한 주황빛 눈동자는 정말 뤼오를 닮았다. 한 가지 다른 점이 있다면 그는 우아한 표범 같았고 에밀레는 검은 도둑고양이 같았다. 어찌 보면 당연하다. 그녀의 눈동자는 누군가에게 도둑맞은 눈동자이니까. 그림자 시장에서 눈동자 이식 수술은 명백한 거짓이며 모순이자 불법이다. 그녀가 이제까지 어떠한 비극적인 삶을 살아왔든 핑계가 되지 못한다. 축 늘어진 어깨도 애처롭긴 하지만 위로해 주고 싶지는 않다.

　그녀는 책상 위에 먼지 쌓인 브리프 케이스를 만지작거리다 검은 안경을 집어 들었다. 검은 눈동자일 때나 주황빛 눈동자일 때나 검은 안경은 여전히 에밀레와 한 몸이다.

　현관문을 열자 오랜만의 바깥공기가 물밀듯 들어왔다. 문 밑에 며칠간 쌓여 있던 우편물들과 날짜 지난 신문이 널브러져 있다. 오랜만에 확인한 신문에는 큼지막한 글씨로 '모노센터 연쇄 실종 사건'이 헤드라인을 차지했다. 도미노처럼 잇따른 죽음으로 세간을 떠들썩하게 한 사건이 몇 개월째 계속되고 있다. 입김이 서리자 에밀레는 문을 닫고 거실에 있는 낡은 텔레비전을 틀었다.

"뱅커스 뱅크 앞바다 부근에서 다섯 번째 그림자가 발견되어 또다시 안타까움을 자아내고 있습니다. 나머지 네 명의 시신이 여전히 실종 상태인 가운데 경찰은 다섯 번째 그림자의 신원 파악과 시신 수색에 박차를 가하고 있습니다. 올해로 벌써 다섯 번째, 연달은 모노센더 출신의 포 시그마 실종 사건이 일어난 가운데 뱅커스 뱅크 측에서는 긴급회의를 소집해 특별히 모노센더 들을 향한 강한 우려를 표명했습니다."

　모노센더 실종 사건이 처음은 아니었다.
　<실종된 시신들, 남겨진 그림자>, <모노센더 출신 포 시그마들의 연이은 실종, 도미노 효과>, <뱅커스 뱅크의 괴담>
　충격적인 기사들의 제목만 보아도 시민들은 명백히 알 수 있었다. 모노센더들의 죽음은 더 이상 우연의 연속이 아닌 연쇄적으로 일어난 하나의 사건이 분명했다.
　마치 도미노처럼 첫 번째 모노센더 실종 사건 이후 총 네 명의 모노센더들의 싸늘한 그림자가 여름 바다 앞 부근에서 발견되었다. 다만, 시신은 발견되지 않았다. 죽은 자들이 빛을 밝히는 도시, 그림자 시장에서 죽은 자의 그림자가 움직이지 않고 시신 또한 발견되지 않았다면 실종 사건일 가능성이 높다. 만약 사람이 죽었다면, 그 사람은 이미 그림자가 되어 가로등 주변을 맴돌 테니. 사람은 죽을 수 있어도 그림자는 죽을 수 없다. 멈춰 있는 그림자는 말이 되지 않는다. 사람들은 의아해하기 시작했다. 혹, 누군가 시체를 숨기려 하는 것 아닐까? 만약 그렇다고 하면, 이 사건은 단순 실종 사건이 아닌 타살 사건 아닐까? 그들의 죽음을 비극적인 사고로 일단락시키기에는 무리가 있는 것 아닐까? 죽은 모노센더들의 시신은 과연 어디로 사라진 것일까?

사실 정말 묻고 싶은 건, 무엇이 그들을 이토록 안타까운 비극에 이르게 한 것일까?

'죽은 자들의 그림자가 빛을 밝히는 도시' 겨울 바다의 시민이라면 누구든 한 번쯤 은 꿈꾸고 갈망하는 모노센더, 그들 중 선택받은 모노센더들만이 속할 수 있는 뱅커스 뱅크. 그 거창함 뒤에 숨겨진 거북함을 사람들은 정말 몰랐던 것일까, 아니면 알면서도 외면했던 것일까. 잇따른 모노센더들의 죽음에도 불구하고 뱅커스 뱅크는 시장을 재개했다.

"...저희 뱅커스 뱅크는, 모노센더 출신의 포 시그마 실종 사건을 안타깝게 생각하며 실종자 수색을 위한 지원에 아낌없이 투자하고 대책들을 발굴해 적극적으로 추진하겠습니다. 또한 포 시그마로서 그림자 시장을 위한 그들의 숭고한 정신이 헛되지 않도록 다시 한번 시장의 발전에 이바지할 것을 약속드립니다."

모노센더라는 단어를 들을 때마다 에밀레의 심장이 검게 물들었다. 점점 죄어오는 심장 때문에 숨을 쉬기 힘들었지만, 엄마는 그것이 그저 눈 수술의 후유증이니 쓸데없는 걱정 하지 말라 했다. 하지만 죄책감에 타들어 가는 심장은 그녀를 더 불안하게 만들었다. 심지어 어느 순간부터는 온 세상이 탁해 보이기 시작했다. 눈동자 이식 수술 뒤 밝아질 것 같은 세상이 점점 더 어두워져만 간다.

삐걱 소리를 내는 소파에 앉아 잠시 휴식을 취한 에밀레는 손바닥으로 두 눈을 쓸어내렸다. 크게 심호흡을 한 뒤 책장 뒤에 숨겨진 그녀의 방으로 무거운 발걸음을 옮겼다. 그녀의 한 손에는 편지지 꾸러미가, 다른 한 손에는 식어버린 홍차가 들려 있었다. 좁고 어두컴컴한 가파른 복도, 그 끝에 보이는 외로운 방 하나. 길 잃은 그림자들의 유일한 은신처, 그리고 우두커니 책상 위에 자리를 잡은 손바닥 크기의 브리프 케이스. 찰나였지만 뤼오와의 기억이 자리 잡은 이 겨울 바다를 이제 떠나야 한다. 눈동자 수술을 받은 이상 이곳에 오랫동안 머물 수는 없다. 하지만 그녀는 뤼오를 완전히 놓아줄 수 있을까? 그녀는 멍하니 창밖을 바라보다 이내 정신을 차리고 손에 들려진 편지지들을 차례차례 확인했다.

<미납 고지서>, <법원 소환장>… 답답한 현실에 숨이 턱 끝까지 차올랐다. 에밀레는 가치 없는 화폐를 버리듯 편지지 꾸러미들을 바닥에 가차 없이 던졌다.

그중 그녀의 발 앞에 놓인 빨간 봉투에서 의미심장한 문구를 발견했다.

≪에밀레 양에게,≫

'귀하를 뱅커스 뱅크 인터뷰에 초청합니다!
포 시그마 추가 합격 후보자가 되신 것을 축하드립니다.'

그녀의 손에 들려 있던 찻잔이 깨지자 기다렸다는 듯이 라디오에서 속보가 흘러나왔다.

"다섯 번째로 발견된 그림자 소식입니다. 오늘 오후 여름 바다 앞 부근에서 한쪽 귀가 사라진 채 발견된 그림자가 모노센터 출신인 것으로 밝혀졌습니다. 시신은 여전히 실종 상태입니다. 현장 연결하겠습니다."

떨리는 손으로 에밀레는 편지를 열었다. 검은색 편지지 한 장 그리고 여름 바다행 유령 관람차 티켓이 들어있다.

'할로우 휠즈 747칸 탑승 표가 편지와 함께 동봉되어 있습니다.
빨간 트램 혹은 빨간 택시로 환승하신 뒤
뱅커스 뱅크 북쪽 입구에서 대기해 주십시오.
이른 시간이지만 두 번째 종이 울리기 전까지 도착해야 합니다.

하지만 걱정하지 마십시오.
잊지 말아야 하는 이 세계의 규칙만 기억한다면
벌써부터 겁낼 필요는 없습니다.

역으로 성립하는 명제보다 단단한 것은 없지.

그렇지?

역으로 성립하는 명제보다 단단한 것은 없지.

진심을 담아, 닥터 파오로부터.'

6

할로우 휠즈

"이게 웬 행운이야!"

짐을 싸는 내내 쉬지 않고 노래를 흥얼거리는 아줌마. 이 집에 온 이래로 그녀가 이렇게 행복해 보였던 적은 처음이다.

그도 그럴 것이 에밀레가 인터뷰에 합격만 한다면 뱅커스 뱅크의 직원, 포 시그마 $^{Four\ Sigma}$가 된다. 모노센더가 될 필요도 없이 다른 바다 시민들처럼 면접을 보고 입사할 수 있다는 소리다. 심지어 그들의 은행 계좌로 매달 집 한 채를 살 수 있는 금액이 입금된다며 과장된 소문이 시장에 파다하다. 물론 그 소문이 과장일지 아닐지 포 시그마가 되어봐야 알겠지만, 그 군침 도는 액수에 엄마는 콧노래가 절로 나왔다.

사실, 인터뷰로 추가 합격자를 선정하는 일은 정말 이례적인 일이다. 그림자 시장에서 공급이 넘쳐나는 뱅커스 뱅크에 인원 미달은 상식적으로 말이 되지 않았다. 심지어 에밀레가 추가 합격 후보자로 선정되다니, 가장 신빙성 있는 논리라 하면 모노에서 두 번이나 차선으로 낙방했다는 거, 그것 외에는 왜 겨울 바다 출신인 자신이 갑자기 인터뷰 후보자로 선정되었는지 의문이었다. 추가 합격 후보자라면 여름 바다의 플라밍고, 봄 바다의 메리 골드, 가을 바다의 아발론을 대상으로 걸러도 충분했을 텐데 말이다. 끝까지 의문이 풀리지 않아 골머리 아픈 에밀레였지만 엄마는 아무 생각이 없어 보였다.

"정말 아름다운 아침이야. 안 그러니 에밀레?"

눈보라가 치는 바깥 회색 풍경을 감상하며 그녀가 말했다.

"모든 날이 죽기 딱 좋은 날이라면서요."

에밀레가 책상 위에 넘어진 책들을 정리하며 딱딱한 어투로 말했다.

"그랬었지. 이제는 과거형이야. 드디어 살아야 할 이유가 생겼어. 내 딸이 포 시그마가 된다니!"

그녀가 인터뷰 초청장을 꺼내 들며 말했다.

"뭐, 조금 아쉬운 건 있지. 타이밍이 안 좋아서 눈동자 수술을 괜히 받았지, 돈만 아깝게. 조금만 더 일찍…"

에밀레가 짐 가방을 부수듯 쾅 소리를 내며 내려놓았다.

그녀가 예민함을 대놓고 엄마에게 드러내는 건 드문 일이다. 사실 자신의 예상대로 흘러가는 일이 단 하나도 없었기에 온 신경이 날카롭게 곤두선 상태이다. 오히려 모노를 보러 갔을 때 보다 훨씬 더 긴장되었다. 추가 합격 선정 인터뷰와 모노센더 연쇄 실종 사건, 기가 막힌 타이밍으로 겹친다. 우연이라 하기에는 글쎄, 쉽게 말로 형용할 수 없는 무언가 걸린다. 그리고 한쪽 귀가 사라진 채 발견되었다는 다섯 번째 그림자. 뤼오 말고는 답이 없다. 아니, 뤼오가 분명했다. 그가 모노센더가 되어 뱅커스 뱅크로 떠난 이후로 단 한 번의 교류도 없었지만, 그녀는 확신했다. 분명 그에게 무슨 일이 생긴 거라고. 뤼오가 자기 삶에서 사라진 이후로 에밀레는 그의 흔적을 찾기 위해 애썼다.

"또 뭐가 문제야."

흥얼거리던 콧노래를 멈추고 나르시아가 딸을 매섭게 노려보았다. 어찌 된 일인지 자신만큼 기뻐 보이지 않았던 에밀레가 엄마는 괜히 찜찜했다.

"아직 정해진 거 하나 없어요. 괜히 설레발치다가 또 아무것도 안 되면 어쩌려고요. 그때는 눈동자 이식 수술 말고 뭐가 더 남았나요?"

그녀는 자신의 두 눈동자가 혐오스러웠다. 출처를 알 수 없는 두 금빛 눈동자를 보고 있으면 자신의 존재를 부정당하는 느낌이었다.

"허튼수작 부리지 말고 뱅커스 뱅크에서 하라면 하라는 대로, 시키면 시키는 대로 복종해. 인터뷰에서도 네가 가장 잘할 수 있는 걸 강조하라고. 막말로 네가 다른 애들보다 더 잘할 수 있는 건

절대복종 말고 더 있니? 그것만이 그곳에서 살아남을 수 있는 유일한 길이야. 뉴스에 나온 어느 미치광이 모노센더들처럼 오르는 데 평생이 걸리지만 바닥에 떨어지는 건 한순간이라고."

엄마가 말하는 미치광이란 모노센더 연쇄 실종 사건의 대상들이다. 겨울 바다 시민들은 모노센더 연쇄 실종 사건을 하나의 해프닝이라 생각한다. 한마디로 뱅커스 뱅크에 적응 못한 자격지심 가득한 겨울 바다 출신의 모노센더들이 만들어낸 거대한 연극. 뱅커스 뱅크가 이에 대응하기 위해 모노를 없앨까 노심초사하던 겨울 바다 시민들은 연쇄적으로 벌어진 사건을 세간의 이목을 끌기 위한 쇼라고 주장한다.

"내 말 명심해야 한다. 이 세상에서 엄마보다 널 더 생각하는 사람은 없어."

미쳐버리기 딱 좋은 환경이다. 돈에 눈이 환장한 아줌마에 며칠째 침대에 누워만 있는 새아버지, 아무것도 하지 못하는 나약한 에밀레. 한심하기 짝이 없다.

"그리고 겨울 바다 냄새 밴 쥐색 후디는 갖다 버려. 괜히 이 바닥 출신인 거 티 낼 일 있니?"

유흥가의 술 냄새와 싸한 바다 냄새가 뒤섞인 지독한 겨울 냄새.

"여름 바다에 도착해서 버릴게요. 당장 입고 갈 겉옷이 없는데 어떡해요."

에밀레는 나름의 핑계를 대었다.

아직 확정된 것 하나 없는데 굳이 다시는 돌아오지 않을 것처럼 짐을 챙겨야 하나 싶었지만, 혹시나 빼먹은 물건들이 있을까 봐 에밀레는 짐 가방을 몇 번씩이나 열었다 닫았다 반복했다.

사실, 짐이라 할 것도 얼마 없었다. <뱅커스 뱅크의 역사>, <**역으로 성립하는 명제 –상편**>, <**포 시그마를 위한 행동 지침**> 특색 없는 몇몇 개의 옷가지. 그녀는 빠진 물건이 있나 곰곰이 생각했다. 때마침 책상 위 공간을 차지한 브리프 케이스가 눈에 띄었다. 브리프 케이스 겉면에 튼튼하게 박음질 된 금색 실을 매만지다 세찬 겨울바람에 옅은 진동을 일으키는 뿌연 창문을 멍하니 바라보았다.

뤼오가 떠나기 전 마지막으로 남기고 싶은 말이 없냐 물었다. 승강기의 문이 닫히기 전 역으로 성립하는 명제를 외치려 했던 자신이 한심했다. 아니, 그만큼 간절했던 걸까. 할 수만 있다면 에밀레는 다시 한번 뤼오를 만나고 싶었다. 사실, 모노센더 연쇄 실종 사건이 세간을 떠들썩하게 한 이래로 그가 살아있을지 마저 미지수다. 게다가 한쪽 귀를 잃어버린 모노센더 그림자라니, 언론에서는 기밀 사항인 그림자의 신원을 명백히 밝히지 않았지만, 그녀는 뤼오라는 걸 확신했다.

잠시 고민에 빠진 에밀레는 결심한 듯 마지막으로 브리프 케이스를 짐 가방 안에 넣었다.

자신의 몸집만 한 짐 가방이 꽤나 버거워 보인다. 그녀가 내리막 통로를 힘겹게 통과하며 중얼거렸다.

"여름이 뭔지 잘 모르겠어."

의식의 흐름이 제멋대로 흘러가는 가을은 새들이 멋쩍은 듯 노래하는 봄이 될 수 있고, 바람과 바다가 톱니바퀴처럼 맞물린 여름이 될 수 있으며, 방금 전 녹아버린 눈 꽃송이보다 따뜻한 겨울이 될 수 있음을, 계절은 그저 시간과 빛이 만들어낸 그림자에 불과함을, 에밀레가 알 리 없었다.

겨울 바다에서 태어난 에밀레는 단 한 번도 그곳을 벗어난 적이 없었다. 그림자 시장 가장 귀퉁이에 위치한 겨울 바다, 면적은 가장 넓지만, 사람들에게 외면받는 낡은 도시. 밤이면 사람들이 유흥가로 몰려들고 낮이 되면 공장의 부속품처럼 작동하는 이름 없는 사람들. 그리고 길을 잃고 가로등 불빛 주위를 맴도는 도우, 죽은 그림자들.

웨스턴 가 Q 번지 옥탑방, 길 잃은 그림자들의 안식처, 장식용에 불과한 책장 문을 굳게 닫았다. 가야 할 곳은 정해져 있지만 왠지 길을 잃은 느낌이다. 하긴, 누구 말처럼 책장은 길을 잃기 가장 쉬운 장소이니까. 에밀레도 이 많은 책 중 무엇을 골라야 할지 고민하는 걸까 아니면 그녀가 가야 할 길을 망설이는 걸까. 과연 그녀는 포 시그마가 되고 싶은 걸까 아니면 모노센터 연쇄 실종 사건의 배후가 궁금한 것일까. 정확히 말하자면 뤼오가 아직 살아있을까? 그가 아직 살아 있다면 전해야 할 말이 있는데,

뎅 – 뎅 – 뎅

에밀레종이 세 번 길게 울렸다. 이제는 정말 떠나야 한다.

"정말 자랑스럽구나! 에밀레. 네 모습을 봐. 더 이상 이름 없는 모링가가 아니야. 이제 이 그림자 시장에서 낙오자가 되는 일은 없을 거야."

정말일까? 엄마 말대로 포 시그마가 된다면 행복해질 수 있을까? 자랑스러운 딸을 안아주는 엄마가 그녀의 심장에 박힌 검은 유리 조각을 더 깊숙이 찔렀다. 맞은편에 놓인 거울은 나무 막대기처럼 영혼 없이 짐 가방을 양손에 들고 있는 에밀레를 비추었다.

"예전부터 묻고 싶었는데 새아버지 말이에요."

거울에 비친 방 틈 사이로 누워 계신 새아버지를 손가락으로 가리키며 에밀레가 물었다.

"왜 안 움직이세요?"

뤼오가 갑작스레 떠난 뒤로 언젠가부터 안방에서는 새아버지의 괴상한 신음이 들렸다. 가끔씩 휠체어에 앉아 창밖의 눈보라를 구경하거나 다정한 적은 없었지만 에밀레에게 잔심부름시키기도 했다. 그런데 그는 좀처럼 방 밖을 나오지도 않고 대부분의 시간을 누워서 악몽을 꾸며 보내는 듯했다. 엄마는 다급하게 방문을 닫으며 소음을 차단했다.

"... 마비 증세가 심해지신 듯해. 어쨌든 도착하면 잊지 말고 편지 보내렴. 되도록 좋은 소식과 함께, 무슨 말인지 알지 내 딸?"

그녀는 괜히 인터뷰를 앞둔 딸의 신경에 거슬릴까 봐 말을 돌렸다.

뭐, 항상 물음에 제대로 대답해 주지 않는 엄마가 익숙했다.

'웨스턴 가 Q 번지'

묘한 기분이 들었다. 보기만 해도 음산한 기운이 겉돌지만, 가로등 빛이 유난히 따뜻해 보이는 건조하고 낡은 맨션. 어쩌면 그래서 외로운 그림자들의 아지트이자 마지막 안식처였을지도. 왠지 떠나면 두 번 다시 돌아오지 못할 것 같은 느낌이 들어서일까, 막상 떠나려니 혼란스러운 마음을 바로잡기 힘들었다. 다만, 그리울 것 같다는 말은 못 하겠다. 결국에는 상처로 더 가득했던 공간이기에, 저 가로등 빛처럼 밤이 되면 잠깐이나마 따뜻함이 공존했던 공간이기에, 마지막 정을 담아 안녕을 보낸다.

◆◇◆

소복이 쌓인 눈길 위로 새겨진 바큇자국을 따라 그림자들이 몰려들었다. 가로등 불빛이 유난히 따뜻했는지 추운 겨울 바다 눈을 녹였다. 무덤도 없고 이름도 없는 겨울 바다의 그림자는 이름 없는 모링가.

도로를 따라 일정한 간격으로 세워져 있는 가로등 밑에 고인의 이름이 새겨져 있다. 그림자들은 낮에 세상을 떠돌다 밤이 되면 가로등 안으로 들어가 빛을 밝힌다. 이 빛이 거리를 밝히고 더 나아가 도시를 밝히기 때문에 사람들은 봄, 여름, 가을, 겨울 바다가 합쳐진 그림자 시장을 '죽은 자들의 그림자가 빛을 밝히는 도시'라 부른다.

다닥다닥 붙어있는 빌라들을 지나 오르막길의 끝에 놓인 평지가 보였다. 그리고 멀지 않은 시선의 끝에 자리 잡은 낡은 정류장 간판이 눈을 사로잡았다.

'할로우 휠즈 HALLOWS WHEELS'

겨울 바다, 가을 바다, 봄 바다, 그리고 여름 바다를 이어주는 교통수단, 거대 관람차 할로우 휠즈다. 그림자 시장의 공용 교통수단을 사람들은 줄여서 휠즈라 부른다.

동그란 바퀴 모양의 휠즈 내부는 4~5평 남짓 되어 보이는 넉넉한 공간 안에 두 개의 문이 존재한다. 하나는 휴게실로 통하는 문, 다른 하나는 평범한 출입구. 긴 여정이 될 수 있기에 나름 아늑하게 공간이 짜여 있다. 붉은 벨벳 재질의 부드러운 좌석, 마주 보는 좌석 가운데 깔린 카펫, 독서를 하기 위한 원목 책상 위에 설치된 노란빛 전등까지, 세심한 배려가 돋보였다. 심지어 허공 위에 떠 있는 관람차의 문을 열면 바로 식당으로 이어지는 마법 같은 공간도 있다. 티켓값이 비싼 데에는 나름의 이유가 있다.

다행히도 뱅커스 뱅크에서 푯값을 지원해 준 덕에 그녀는 나름 편하게 인터뷰 장소로 움직일 수 있었다. 후보자에게도 지원이 이렇게 후한데, 포 시그마가 된다면 어떤 보상을 줄까? 에밀레는 문득 궁금해졌다.

분주하게 모여 있는 사람들은 각자 가져온 짐을 한쪽으로 몰아넣기 바빴다. 휘파람을 불며 사람들을 안내하는 승무원들과 뒤죽박죽 던져진 짐 무더기 사이로 작은 꼬마 승무원이 보였다. 언뜻 보기에도 에밀레 보다 훨씬 어려 보였다. 이 작은 체구의 단발머리 소년은 승객들의 목록을 확인하기 바빴다.

"표 주실 때 번호가 보이게 뒷장을 보여 주셔야 합니다."

작은 체구에 비해 야무진 소년이 말했다.

에밀레 또한 승객들 사이에서 자신의 차례를 기다렸다. 빌딩처럼 솟아 있는 사람들 사이에서 휠즈의 번호판을 확인하기 쉽지 않았다. 무질서한 탑승객들로부터 몸을 떠밀린 에밀레는 실수로 꼬마 승무원의 등을 밀쳤다.

"아- 미안…"

그는 뾰로통한 얼굴로 에밀레를 위아래로 흘기더니 이내 그녀의 손에 쥐어진 표를 보고 무심하게 답했다.

"어이, 747번은 다음 거라고. 다음 휠즈를 기다려."

의기소침해진 에밀레는 그의 옆에 다소곳이 서서 다음 휠즈를 기다렸다. 녹이 슨 레일을 꼬마 승무원의 눈치를 보며 몇 번이나 흘겨봤을까, 톱니바퀴가 맞물리는 소리를 내며 커다란 원형체가 대기선 앞에 들어섰다.

마침내 도착한 휠즈를 반기며 짐가방을 들어 올리려는데, 웬 금색 회중시계가 휠즈에서 빠져나와 에밀레 발밑으로 굴러떨어졌다. 시계를 태어나서 단 한 번도 보지 못한 에밀레는 동그란 물체에 의아한 표정을 지었다. 그녀는 짐을 다시 내려놓고 자기 신발 밑으로 굴러떨어진 의문의 물체를 집어 들었다.

"라이터잖아?"

회중시계 안에는 불을 지피는 라이터가 들어있다. 그리고, 라이터가 연결된 금색 체인 끝에는…

7

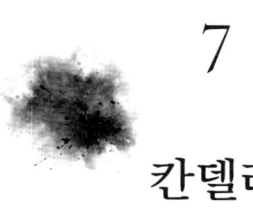

칸델라

신문 사이로 뿜어져 나온 어마어마한 빛의 세기에 눈동자마저 뜨거웠다. 눈을 뜨기는커녕 마치 장님이라도 된 것처럼 끝없는 암흑밖에 보이지 않았다. 땅에 옅은 진동을 일으키는 빛이 점점 수그러들자 휠즈 안에 먼저 자리 잡은 사내가 눈에 들어왔다.

'뤼오...?'

웃을 때 빛이 나는 사람이 뤼오 말고 한 명 더 있다니. 신문 뒤에 가려져 있던 너그러운 미소를 가진 사내가 등장했다.

윤기가 흐르는 웨이브 진 갈색 머리, 사이즈를 잘못 주문한 듯 다부진 가슴팍에 꽉 끼는 검은 셔츠, 뭔지 모를 금색 로고가 새겨진 검은색 가죽 장갑, 녹색 무테안경, 슬퍼 보이는 검은 잿빛 눈동자, 주름 없이 깐 달걀처럼 하얗고 말끔한 피부, 각진 턱 위에 자리 잡은 길고 날 이선 콧대, 그 위에 얹혀 있는 안경을 쓸데없이 매만지는 점잖아 보이지만 어딘가 모르게 엉성한 사람. 그녀는 직감적으로 느꼈다.

'엮이지 말자.'

그는 자꾸만 쏟아지는 무게감 있는 앞머리를 이마 위로 쓸어넘기며 감사의 인사를 건넸다.

"고마워요. 그 새 빠져나갔을 줄이야, 눈치도 못 채고 있었는데 하마터면 큰일 날 뻔했네요."

겨울 바다에서 들어본 적 없는 특이한 억양을 가진 남자다.

"이게 없으면 빛이 사라지거든."

거만한 건지 능글맞은 건지, 멀뚱하게 서 있는 에밀레에게서 시계를 낚아챈 그가 다리를 꼰 채 좌석에 걸터앉아 장난감 공처럼 회중 라이터를 공중으로 던지며 말했다.

그러거나 말거나, 에밀레는 짐 가방을 휠즈 안으로 들어 올렸다.

"제가 도와드리죠. 문턱이 꽤 높아요. 잘못하다 걸려서 넘어지면 창피하잖아요, 그것도 초면에."

의기양양하던 그는 돌덩이가 들었는지 생각보다 무거운 짐 가방에 다리가 절로 휘청거렸다.

"겨울 바다에서 선글라스?"

콧등에 맺힌 땀을 숨기며 그가 물었다.

"안경이에요, 안경. 검은색 안경."

에밀레는 유치하게 안경이라는 말을 재차 강조했다.

"눈이 약해서 외출할 때 종종 써요. 겨울 바다라고 햇빛이 없는 건 아니잖아요."

햇빛이라니, 당황한 에밀레는 그가 캐묻지도 않았는데 터무니없는 핑계를 늘어놓았다.

그는 자리에서 일어나 뜬금없이 얼굴을 들이대고 유심히 에밀레의 주황빛 눈동자를 살폈다.

"그런 것 치고는 눈동자가 마치 새것처럼 반짝이는데,"

그가 에밀레의 얼굴을 조심스레 훑으며 말했다.

"나도 검은 안경을 쓰면 탁한 눈동자가 조금은 맑아지려나."

초록색 무테안경 너머로 보이는 잿빛 눈동자. 이름 없는 모링가. 그런데 이상하다. 겨울 바다에서 나고 자랐지만 에밀레는 난생처음 보는 남자다. 게다가 이 정도로 특이한 성격을 갖고 있다면 좁은 겨울 바다 동네에서 소문이 안 날 리가 없는데… 얼굴을 너무 가까이 들이밀어서 그런지 붉은 입술 위로 난 거뭇한 수염자국이 괜히 눈에 띈다.

"저기, 너무 가까워서 부담스러운데 조금만 뒤로 가줄래요. 될 수 있으면 제자리로…"

에밀레가 맞은편 좌석으로 손짓했다.

"아하- 농담이에요. 농담. 가야 할 길이 멀었는데 어색함 좀 풀자 구. 생각보다 진지한 구석이 있네요."

호기심 많아 보이는 그는 계속해서 에밀레를 장난스럽게 심문했다.

"여름 바다에는 무슨 일로 가는 거예요? 설마, 뱅커스 뱅크?"

조용히 가고 싶었는데 질문이 너무 많다. 한시도 가만히 입을 놔두지 못하는 사내인가, 초면에 무슨 말이 이렇게 많은 걸까. 에밀레는 자신이 사회성이 부족한 건지 이 자가 선을 넘는 건지 구분이 안 갔다.

"아직 확정된 건 아니고, 추가 합격 인터뷰를 앞두고 있어요."

"오, 열심히 준비했나 봐요. 가방이 무겁던데 전부 다 책으로 꽉 차 있는 건가."

"평생을 명제만 공부했는데 당연하죠. 집에 남아있는 책이 훨씬 더 많아요."

"평생을 명제만 공부했다고요? ... 겨울 바다에서?"

에밀레는 왠지 이자에게 말을 아껴야겠다는 직감이 들었다. 자신에게서 뭔가를 발견하기라도 한 걸까? 금빛 눈동자가 어색해 보였으려나. 괜히 말 만 더 늘어놓았다가는 모순 덩어리인 자신의 정체가 들통나는 건 시간문제다. 어떻게 이 상황을 모면해야 하나 고민하던 에밀레는 한 마디를 툭 내던졌다.

"... 저 잘래요."

"응?"

"잘 거니까 말 시키지 마세요."

"... 엥?"

고심 끝에 내던진 말이 '저 잘래요.'라니. 그래도 더 이상 말을 걸지 않는 걸 보니 어색한 침묵을 기회 삼아 그녀는 미리 선을 그었다. 에밀레는 잠깐이라도 눈을 붙이기 위해 이리저리 몸을 뒤척여보았지만 좁은 휠즈 안에 낯선 사내와 둘이 남겨진 이상 편하게 잠이 들긴 글렀다는 생각이 들었다.

"휴게실이 어디죠?"

차라리 휴게실에서 물이라도 한잔 마시며 정신을 차려야겠다는 판단이 선 그녀는 답답한 공간을 벗어나기 위해 몸을 일으켰다.

"왼쪽 문을 이용해요."

잠시 뜸을 들이던 사내가 젠틀한 눈짓을 보내며 답했다.

할로우 휠즈에는 두 가지 문이 존재한다. 하나는 휴게실로 향하는 문, 다른 하나는 외부로 통하는 출입구.

문을 열자 세찬 바람이 밀물처럼 휠즈 내부로 밀려 들어왔다. 불안한 마음에 에밀레는 밑을 내려다보았다. 그런데 웬걸, 그녀의 발은 휴게실로 향하는 카펫 바닥이 아닌 엉뚱한 허공에 떠 있었다.

"어라?"

뒤를 돌아보니 당황하긴 그도 마찬가지인 것 같다.

에밀레는 다급하게 뒤를 돌아보았지만 무게 중심을 잃은 몸을 일으키기에 이미 늦었다.

"이런 - "

아, 아직 인터뷰도 못 봤는데. 그녀는 여기서 떨어져 허무하게 죽게 되면 그림자가 되어서 저 사내부터 찾아가야지 다짐했다.

물론, 에밀레는 초면인 저 사내가 누구인지 알지 못한다. 그런데 이상하다. 저 도움 안 되는 사내는 그녀가 누구인지 이미 알고 있는 듯하다. 그가 문밖으로 손을 뻗으며 외마디를 외쳤다.

에밀레-!

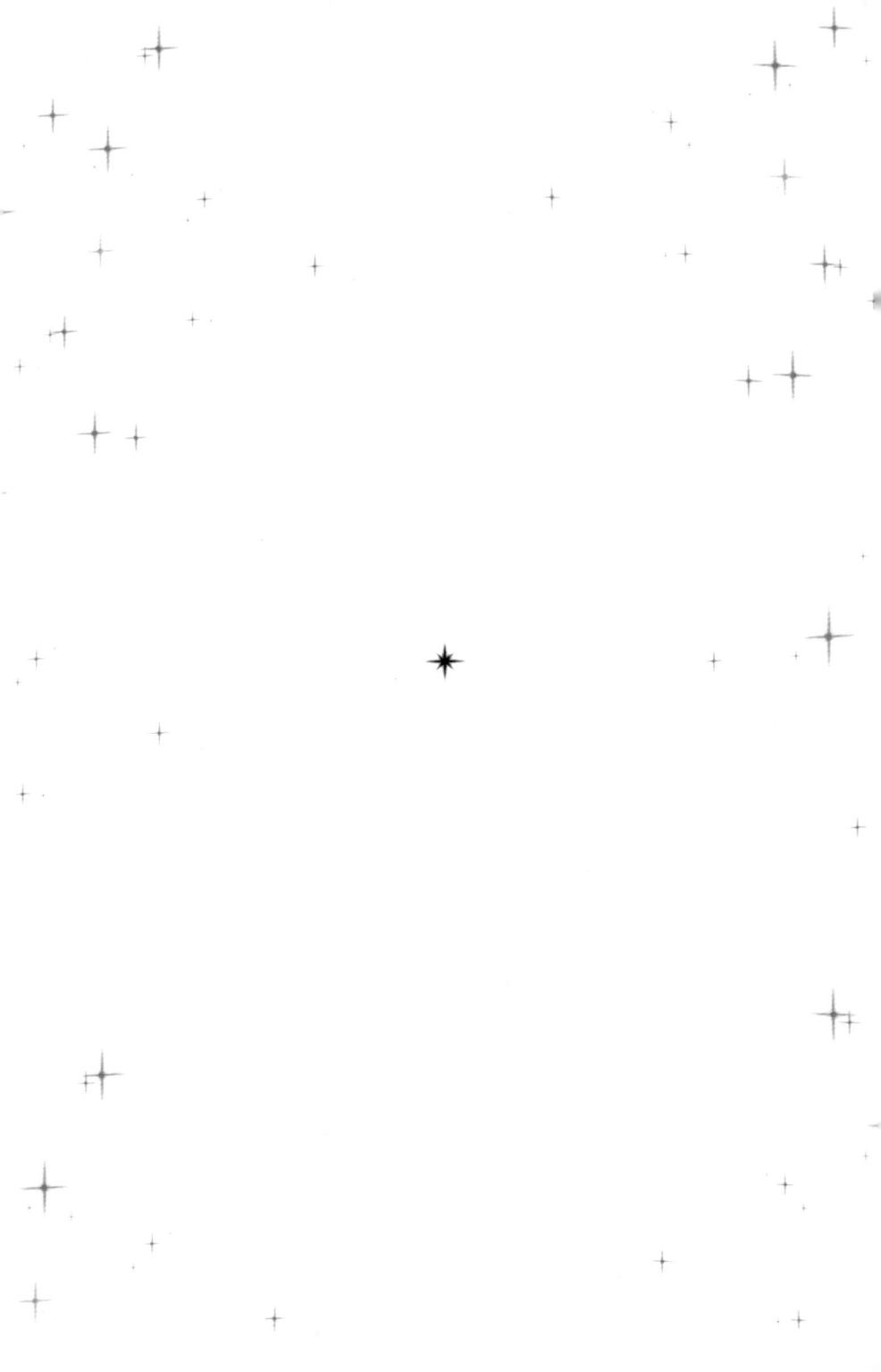

얼굴이 아릴 만큼 차가운 공기가 에밀레의 시야를 가렸다. 눈꺼풀을 크게 감았다 뜨자 그림자 시장 풍경이 금색 눈동자 시야에 담겼다.

이렇게 높은 곳에서 그림자 시장을 한눈에 담아본 건 처음이었다. 아름답다고 표현해야 할까 소름이 돋는다 말해야 할까. 약속이라도 한 것처럼 지역들이 색깔별로 칼같이 분단되어 있다.

형형색색 아름다운 한 폭의 명화처럼
중세 고딕 양식의 건물들이 어우러져 있는 봄 바다,
각양각색 건물들이 빽빽하게 들어선 정신없는 가을 바다,
초라하게 제자리를 지키며 다른 바다들을 빛내는 겨울 바다,
그리고 그림자 시장의 끝을 마무리하는 변화가 여름 바다와
이 모든 것의 중심을 잡는 뱅커스 뱅크.

왜 모든 사람이 빛에 중독된 나방 떼처럼 뱅커스 뱅크로 향하는지 이렇게 보니 심장에 와닿았다. 포 시그마들의 콧대가 괜히 높은 게 아니었다. 다 그럴만한 이유가 있었다. 누구든 저렇게 웅장한 단체에 소속된다면 없던 자부심도 생길 테니.

"에밀레, 내 손 꽉 잡아요!"
에밀레는 문득 뤼오가 건넸던 유리 지폐가 생각났다. 핍스를 어딘가에 보관해 뒀는데, 빠르게 고민하던 에밀레는 이내 주머니

깊숙하게 넣어두었던 핍스를 기억해 냈다.

"에? 핍스?"

예상치 못한 전개에 크게 당황한 듯 그는 유리 지폐를 자세히 들여다보았다. 그리고 이내 확신이 들었는지 그녀를 향해 바람을 가르며 목청 터지게 외쳤다.

"지폐를 위로 올려봐요!"

"팔이 빠질 것 같은데 도저히 못 하겠어요."

벌써 힘이 빠져버린 에밀레가 쉰 목소리로 말했다.

어두컴컴한 방안 혹은 유리 동굴에서 평생을 지낸 모링가의 체력이 버텨줄 리 없었다.

"아래는 내려다보지 말고 내 말 믿고 지폐를 저에게 건네요. 어서!"

그가 차분하게 그녀를 진정시켰다.

혼미해진 정신을 애써 붙잡은 에밀레가 있는 힘껏 그의 손을 향해 팔을 뻗었다. 하지만 핍스가 아슬아슬하게 그의 손끝에서 맴돌기만 하자 그녀는 금방이라도 포기할 듯 한숨을 내뱉었다.

"아- 더는 못 뻗겠어요."

"그 정도면 충분해요, 내 손끝만 닿으면 되니까 자 이제,"

그가 에밀레에게 물었다.

"아는 명제 있어요?"

"네?"

"역으로 성립하는 명제 말이에요! 당신을 여기서 구해줄! 아니

평생을 명제만 공부했다면서…"

아뿔싸, 지난 세월 동안 어둠 속에서 모노를 준비해 왔건만 결정적인 순간에서 머릿속이 새하얘졌다. 갑자기 회의감이 들었다. 도대체 이제껏 무얼 위해 공부를 했던 것일까. 이론만 알고 해답은 모르겠다. 이래서 경험이 중요하다는 걸까. 손은 점점 미끄러져 가는데 머릿속마저 복잡하고 심지어 답은 없다.

"아- 모르겠어요! 지금 이 상황에서 살고 싶다는 생각 외에는 아무 생각도 안 나요! 아, 안돼. 아직 인터뷰도 못 봤는데 벌써 죽을 수는 없어요!"

예상치 못한 죽음의 문턱 앞에서 감정 기복이 없던 에밀레도 별수 없었다.

"… 좋아요, 말은 많지만 별 도움은 안 되는군."

그가 주머니 속에서 회중 라이터를 꺼내 들어 핍스 모서리에 불을 지폈다.

"잘 봐요."

유리 지폐가 타들어 가자 그가 '역으로 성립하는 명제' 주문을 외웠다.

> "위가 아래일 때 아래는 위가 되고
> 아래가 위일 때 위는 아래가 되지."
> "역으로 성립하는 명제보다 단단한 것은 없지."

수상할 정도로 숙련된 사내가 주문을 외우자 할로우 휠즈에서

야생동물이 울부짖듯 괴상한 소음이 났다. 에밀레가 간신히 매달려 있던 휠즈는 낡은 고철이 맞부딪히는 쇳소리를 내며 순식간에 위아래로 뒤집혔다. 순발력 좋은 그는 재빨리 에밀레의 허리를 휘감으며 그녀를 휠즈 안으로 들였다.

"윽-"

쇠기둥에 허리를 세게 부딪힌 건지 그는 옅은 호흡을 뱉었다. 하지만 핍스가 모서리만 남긴 채 거의 다 타버려 안주할 시간이 없었다. 그는 에밀레의 뒷머리를 안전하게 감싼 채 남은 한 손을 들어 문을 향해 세차게 휘둘렀다. 귀를 때리는 커다란 굉음과 함께 드디어 휠즈의 입구가 닫혔다.

난장판이 된 휠즈는 마치 아무 일 없던 것처럼 운행을 재개했다. 고요한 공기만이 실타래처럼 엉킨 두 사람을 맴돌았다. 그의 품 안으로 곤두박질친 에밀레는 정신을 차릴 겨를이 없었다. 아니, 그보다 뤼오가 남겨준 유리 지폐를 이런 상황에 쓸 줄이야. 한 치 앞을 예상하지 못하겠다. 그의 몸에서 은은하게 베어져 나오는 머스크 향이 에밀레의 콧잔등을 간질일 때쯤, 그가 그녀의 눈동자를 지긋이 바라보며 입을 열었다.

"그러고 보니 통성명을 안 했네. 내 이름은 **칸델라**. 만나서 반가워요!"

능글맞은 웃음을 지으며 힘이 빠진 채 에밀레 밑에 깔린 그가 말했다. 칸델라는 정식으로 악수를 청했다.

"칸델라…"

에밀레가 중얼거렸다. 빛의 단위인 칸델라. 어쩐지 빛을 자유자재로 사용하던데. 확실히 일반인은 아닌 것 같다. 그러다 문득 그녀에게 정작 중요한 건 따로 있다는 사실이 뇌리를 스쳤다.

"신발!"

에밀레가 그의 가슴팍을 손바닥으로 밟아 몸을 일으키며 외쳤다.

"악-"

칸델라는 짧게 외마디 비명을 외쳤다. 악수를 청한 손이 무안해진 순간이다.

"신발 말이에요. 오늘 인터뷰인데, 망했잖아요."

"망할 것까지야… 내 신발이라도 빌려줄게요. 신어봐요."

칸델라가 자신이 신고 있던 가죽 신발을 건네었다.

"이 상황이 장난 같아요? 난 지금 심각해요. 사람들이 날 어떻게 생각하겠어. 사람이 실종되어서 간신히 추가 합격 문턱까지 온 주제에 신발까지 바꿔 신는 모지리 네. 우리가 잘못된 선택을 한 건가, **그것참 후회되는군!**"

"그렇다고 맨발로 갈 수는 없잖아요 모지리 씨. 날 믿어요. 여기 사람들은 절대 아래를 내려다보지 않거든. 본인들은 내려갈 일이 없다고 생각하니."

위로하는 건지 비꼬는 건지 의도를 전혀 알 수 없는 사내에게 잔뜩 화가 났지만, 다행히도 생각보다 신발이 넘어질 정도로 크지는 않았다. 에밀레는 슬리퍼처럼 신발을 질질 끌어보았다.

"잃어버린 건 신발뿐이 아닌 듯한데."

고장 난 기계처럼 잠시 머뭇거리던 에밀레는 자신의 얼굴을 매만졌다.

"내 안경!"

에밀레는 살면서 단 한 번도 안경을 잃어본 적이 없다. 뭐 가끔 책을 읽다 졸았을 때 깜빡 집에 놓고 외출하거나, 안경알을 실수로 밟아서 깨거나, 엄마의 고급 선글라스와 헷갈렸다거나… 혼이 난 적은 있어도 안경이 자신의 반경에서 벗어난 적은 없었다. 엄마와의 약속을 지켜야 했으니 검은 안경은 일생 자신과 한 몸이었다

'그 누구에게도 들켜서는 안 돼, 너의 검은 두 눈동자를'

그런데 검은 안경을 잃어버리다니, 최악이다. 익숙했던 몸의 일부가 사라진 것 같아 불안했지만, 일단은 곧 다가올 인터뷰에 집중해야 했다. 이름 없는 모링가든 메리골드든 에밀레는 최종 합격 후보자다. 아직은.

"굳이? 안경은 안 쓴 게 더 나은 것 같은데…"

칸델라가 혼잣말로 중얼거리자 에밀레가 날카롭게 노려보았다.

"첫 시작부터 쉽지 않네요. 우리."

그는 머쓱한 웃음을 지으며 두 손을 들어 보였다.

"걱정 마요. 되도록 이게 시작이자 끝이면 좋겠네요."

엮여서는 안 되겠다 다짐한 에밀레가 단호히 말했다. 그러다 한편으로는 내가 이렇게까지 직설적인 사람이었던가 속으로 되물었다.

"오, 드디어 도착했네."

허리에 손을 얹은 채 칸델라가 여름 바다 위로 떠오르는 태양을 바라보며 말했다.

여름 바다, 그림자 시장의 번화가. 이른 아침부터 역동적인 번영의 도시. 면적 대비 높은 인구밀도에 빽빽하게 들어선 도로들. 누가 먼저라 할 것 없이 새벽부터 바삐 움직이는 회색 정장을 입은 사원들. 그리고 그들의 발길 끝에 위치한 건물 숲. 뱅커스 뱅크 외의 시중 은행 건물들도 만만치 않게 화려하다. 크리스털 재질의 매끈한 유리 표면 탓인지, 고층 건물들이 태양빛에 반사되어 마치 한 여름 바닷가에 트인 윤슬 같다. 경쟁의식이 가득한 에메랄드 빛깔 도시에서 반짝이는 네온사인이 화려하게 건물들을 치장했다.

하지만 누가 뭐라 해도 뱅커스 뱅크가 그림자 시장의 핵심이라 불리는 데에는 이유가 있다. 먹이사슬 피라미드의 맨 꼭대기에 있는 뱅커스 뱅크, 여름바다 산꼭대기 위에 상위 포식자처럼 위치한 101층 빌딩, 유리 지폐 핍스처럼 완벽한 대칭을 이루는 숫자. 그저 다른 은행들은 뱅커스 뱅크를 빛나게 하는 장치에 불과했다.

휠즈가 덜커덩거리는 소리와 함께 여름 바다 풍경에 정신이 팔린 에밀레를 깨웠다. 후끈한 여름 바다의 습기가 그녀를 맞이했다. 난생처음 겪어보는 더위에 에밀레는 쥐색 후디를 짐 가방 안에 막무가내로 욱여넣었다.

　휠즈 안에서 밖을 바라만 보았을 때는 화려한 도시의 광경에 취해 열기가 느껴지지 않았다. 건조한 겨울 바다에서 낮인지 밤인지 도통 구별이 되지 않는 무색무취의 날씨에 익숙했던 에밀레. 그녀에게 더위란 새로운 개념이었다. 뜨거운 여름 바다 습기가 에밀레의 살을 감싸자 그녀는 열을 식히기 위해 차가운 난간을 잡았다. 여름 바다를 처음 방문한 사람들은 누구나 겪는 난관이다. 어떤 방문객들은 끊임없이 가동되는 사우나에 갇힌 느낌이라 표현하기도 하고 습기에 숨구멍 턱 막힌다고 말하기도 한다. 열기와 습기에 몸이 익숙해지려면 시간이 꽤 필요할 것 같았다.

　뿌연 연기를 뿜으며 휠즈가 가동을 멈추었다. 칸델라는 신사답게 맨발로 먼저 내려서 객실 안의 짐을 차례로 옮긴 뒤 에밀레를 멋스럽게 에스코트했다.

　"그럼, 또 봐요 에밀레."

　그가 휠즈에서 내리려는 에밀레에게 손을 건네었다.

　'아니 저 양반이, 또 볼 일 없다니까!'

　그녀는 내키지 않는 듯 퉁명스럽게 그의 손을 붙잡았다.

　에밀레의 심술궂은 반응이 나름 귀여웠는지 칸델라는 싱긋 웃으며 여름 바다 군중들 사이로 수증기처럼 유유히 자취를 감췄다.

8
인터뷰

하, 아직 끝이 아니라니.

한바탕 소동이 있긴 했지만, 사실 이제 시작일 뿐이다. 산 정상에 위치한 뱅커스 뱅크 오피스에 도착하려면 빨간 트램이나 빨간 택시를 이용해야 한다. 빨간 트램은 할로우 휠즈에서 뱅커스 뱅크 입구까지 직선으로 연결된 전동차다. 경사가 가파르기 때문에 산 비탈길을 따라 거의 수직으로 이동한다. 출근 시간과 겹쳐서 그런지 벌써부터 검은 정장과 붉은 넥타이를 맨 포 시그마 무리가 줄을 지어 서있다. 에밀레도 서둘러 빨간 트램으로 몸을 옮겼다.

불필요하게 연달아 놓여있는 짧은 횡단보도가 그녀를 초조하게 만들었다. 순간 그녀는 무단횡단을 할까 고민했지만, 맞은편에 놓여있는 손가락 신호등이 다섯 손가락을 모두 펼쳐 보이며 행인들에게 단호한 '정지' 사인을 보냈다.

면접 시간까지 늦어서는 안 되는데, 조급한 마음이 풍선처럼 팽팽히 부풀어 올랐다. 그녀의 속 마음을 들키기라도 한 걸까. 타이밍 좋게 신호등의 손가락이 걷는 모양으로 형태를 바꾸었다.

그녀는 쥐색 후디가 살짝 삐쳐 나오는 짐 가방을 비 포장된 도로 위로 질질 끌며 아침부터 사람들이 줄을 지은 트램 대기줄에 자연스럽게 합류했다. 에밀레는 앞선 사람들의 머릿수를 세며 자신의 차례를 초조하게 기다렸다. 줄이 꽤 길어 보였지만 간신히 탑승할 수 있을 것 같다.

'휴, 다행이다.'

드디어 한숨 돌리려나 싶은데 갑자기 등장한 베이지색 정장에 주황 넥타이를 맨 몸집 있는 아저씨가 그녀의 앞을 가로막았다.

"아가씨 미안해요. 내가 중요한 면접을 앞두고 있어서, 실례."

그녀의 자리를 뻔뻔하게 뺏은 그는 자신의 짐가방을 트램 안으로 허둥지둥 들이밀었다. 안타깝게도 정원 초과를 한 트램 안에 에밀레의 자리는 없었다. 그녀는 무례한 남자에게 발끈할 뻔했지만 올라오는 감정을 최대한 억눌렀다. 할로우 휠즈에서 한바탕 소동을 겪은 뒤 간신히 진정시킨 마음을 굳이 요동치게 하고 싶지 않았다. 괜한 체력 소모다. 문제를 해결하는 데 일단 집중하자. 시간이 없는 에밀레는 빨간 택시 승강장으로 재빨리 몸을 틀었다.

그런데 웬걸, 운이 좋게 낡은 택시 한 대가 승강장 안으로 들어왔다. 이 기회를 놓칠 수 없던 그녀는 택시를 향해 구조 요청을 보내듯 다급하게 손을 흔들었다. 다행히 에밀레 앞에 속도를 줄이고 멈춰 선 낡은 빨간 택시. 페인트칠을 덧댄 번호판이 금방이라도 떨어질 것 같은 낙엽처럼 택시의 전면에 간신히 매달려 있다.

"뱅커스 뱅크로 가주세요."

차 문을 세차게 닫으며 에밀레가 말했다. 하지만 그녀의 조급한 마음을 알기나 하는 건지 택시 기사는 미동조차 하지 않는다.

불편하지는 않을까 싶은 정도로 기다란 팔다리가 어떻게 이 작은 택시 안에 들어가는 건지 의문인 덩치 큰 사내. 그는 세련된 검은 선글라스로 완벽하게 눈을 차단한 채 헤드셋에서 흘러나오는 음악 소리에 정신이 팔렸다.

에밀레는 운전대 옆에 올려져 있는 명함을 발견했다.

"베이커 씨!"

그녀는 무례하게 그의 헤드셋을 벗기고 귀에다 외쳤다.

"깜짝이야."

흥얼거리던 노래를 멈추고 그제야 뒤를 돌아보는 택시 기사.

보통 택시 기사라 하면 지독한 담배 냄새를 풍기거나, 고물 라디오에서 흘러나오는 출처 불분명의 음악 가락을 흥얼거리거나, 후줄근한 행색의 중년을 떠올린다. 그런데 이 사람은 무슨 택시 기사를 취미로 하는 건지, 근육으로 다부진 탄탄한 몸, 좌석 밖으로 튀어나온 넓은 어깨, 함부로 나이를 가늠할 수 없는 얼굴, 햇살 아래 은은하게 반짝이는 은발머리, 불필요하게 차려입은 흐트러진 정장까지. 그녀의 선입견을 완벽히 깨버렸다. 아니, 여름 바다는 택시 기사들조차 면접을 보고 뽑는 건가. 소싯적 미남 소리를 꽤나 들었을 법한 중년의 사내다.

"정말 죄송해요. 제가 정말 급한 면접을 앞두고 있어요. 종이 울리기 전까지 뱅커스 뱅크에 도착해야 하는데 택시 외에는 방법이 없네요."

에밀레가 울먹거리며 자신의 상황을 설명했다.

"두 번째 종이 울리기 전까지요…"

그녀의 사정에 별 관심 없어 보였지만 택시 기사는 먼지 쌓인 고물 라디오 볼륨을 높이고 수동 변속기의 레버를 당겼다. 빨간 택시가 거칠게 출발하자 에밀레는 무게중심을 잡기 위해 좌석 위 손잡이를 붙잡았다.

창밖으로 잘 포장된 도로가 점점 시야에서 사라질 때쯤 울창한 숲이 눈을 사로잡았다. 여름 바다의 특징 중 하나라면 초록빛 푸른 숲을 빼놓을 수 없다. 고층 건물만큼이나 높이 솟은 이름 모를 나무들이 하늘을 가린다. 나이를 가늠하기 힘들 정도로 오래된 고목들의 나뭇가지가 서로 얽히고설켜 거대한 새집을 연상시킨다.

창문을 살짝 내려 볼까, 그녀는 문 옆에 비치된 레버를 돌려보았다. 여름 바람 냄새가 에밀레의 콧등을 간지럽힌다. 습한 바람과 함께 밀려 들어오는 티트리 향기. 가만히 창문턱에 기대 여름 바람을 맞으며 햇살과 어우러진 초록 물결을 보고 있자니 마음도 편안해진다. 고물 라디오에서 흘러나오는 택시 기사의 특이한 컨트리 음악 취향도 나쁘지만은 않게 느껴진다.

에밀레를 사이드미러 넘어 지켜보던 택시 기사 베이커가 침묵을 깨고 대화를 시도했다

"지금은 면접을 볼 시즌이 아닌데, 추가 합격 후보자인가?"

그가 에밀레의 환상을 깨고 현실을 자각시켰다.

"네, 맞아요."

에밀레는 힘없이 답했다.

"자신 없어 보이네."

비관적인 말투로 그가 말했다.

사실이었다. 에밀레도 솔직히 말하면 자신이 없었다. 자리를 빼앗기고도 멍청하게 아무 말도 못 하는 본인이 한심했다. 뱅커스 뱅크에서 살아남고 싶다면 적어도 본인의 자리는 지킬 줄 알아야 했다. 아까 트램에서 무례를 범했던 그 아저씨처럼 남을 짓밟고 서라도 위로 올라가야 진정한 포 시그마가 될 수 있는 걸까? 뭐가 맞는 건지 판단력이 점차 흐려졌다. 뱅커스 뱅크가 포 시그마에게 진정으로 바라는 건 뭘까. 그리고 나에게 과연 그 자질이 있을까?

"뭘 강조할 수 있을지 모르겠어요. 저는 잘난 부모가 있는 것도 아니고 그럴싸한 경력도 없어요. 솔직히 말하면 지금 이 면접도 딱히 기대는 없어요. 다만 살면서 한 번쯤은 해보고 싶었던 경험으로 만족하려고요."

"회사가 사람을 뽑을 때 왜 자식들을 먹여 살리는 가장을 선호하는지 알아?"

"네?"

"그걸 기억해. **간절함.** 내가 여러 번 후보자들을 실어 날랐지만, 공통적인 건 그거였어. 어마 무시한 집안, 남들보다 특출난 영특함, 빵빵한 인맥도 아닌 간절함. 회사라는 조직은 완성품을 원하지 않아, 제 역할을 할 부속품을 원하지."

그는 뱅커스 뱅크를 실제로 다녀본 사람인 것처럼 혜안 있어 보이는 충고를 건네었다.

"넌 왠지 남들보다 뒤지지 않을 자신 있어 보이는데?"

저 사람, 엄마와 똑같은 말을 한다. 막말로 내가 남들보다 더 잘할 수 있는 거, 절대복종 그리고 여름 바다 꼭대기로 올라가자 하는 간절함. 그것 말고 더 있을까.

울창한 초록 숲이 시야에서 멀어지자 뱅커스 뱅크의 입구가 보인다. 뱅커스 뱅크 광장 한가운데 설치된 대형 시계. 커다란 원형 시계 세 대가 위아래로 맞붙어 단단하게 고정되어 있다. 마치 뱅커스 뱅크를 수호하는 천사처럼 원형 주변으로 노란 불빛이 새어 나온다. 가장 위에 있는 시계는 시간을 나타내고, 가운데 시계는 분을 나타내며 가장 아래에 있는 시계는 초를 나타낸다. 시침 바늘이 세 칸 움직이면 그림자 시장의 종이 한 번 울린다. 종소리에만 의지하며 시간을 보내던 모링가들에게 시간을 측정하는 시계란 생소한 개념이다. 책에서만 읽었던 시계를 실물로 처음 본 에밀레는 자신이 그동안 얼마나 작은 우물 안에 갇혀 있었는지 깨달았다.

이 입구에 오기까지 얼마나 많은 명제를 외워야 했을까, 얼마나 많은 승강기 문을 열어야 했을까, 얼마나 많은 좌절을 겪어야 했을까, 얼마나 많은 죽은 그림자들을 밟아야 했나. 출처 모를 그녀의 금빛 눈동자 속 동공이 확장되었다.

"여기가 바로 뱅커스 뱅크다."

할로우 휠즈에서 바라만 보았을 때 느껴진 특유의 고독함은 찾아보기 힘들었다. 뒷골이 땅기도록 고개를 젖혔지만 뱅커스 뱅크의 입구만 시야에 담기에도 벅찼다. 그저 자신의 눈앞을 가로막은 거대한 "뱅커스 뱅크" 비석이 가장 먼저 눈에 들어왔다. 검은색 대리석을 바탕으로 금으로 새겨진 뱅커스 뱅크. 독특한 아줄레주 형식의 꼼꼼한 돌길 바닥 타일도 한 폭의 예술 같다. 에밀레 발밑에는 포 시그마를 상징하는 시그마 표시도 보인다.

"행운을 빈다, 그럼."

에밀레가 베이커에게 주머니 속에 숨겨져 있던 검은 유리 동전 몇 닢을 건네었다.

"... 잔돈은 넣어두라고."

끝까지 쌀쌀맞은 빨간 택시 기사는 요금도 받지 않고 뱅커스 뱅크의 광장을 빠져나갔다. 친절한 건지 냉소적인 건지 도무지 속을 알 수 없는 남자다. 확실한 건 저 사내보다 더 인상 깊은 택시 기사는 만나기 힘들 듯하다.

에밀레는 무안해진 검은 유리 동전을 남들이 보기 전에 주머니 깊숙이 숨기고 고개를 들었다. 벌써부터 기가 죽기 싫었던 그녀는 칸델라가 건넨 신발을 질질 끌며 입구에 당당히 들어섰다.

"오늘의 화폐 가치 지표 분석해 보도록 하겠습니다. 먼저 겨울 바다 검은 유리 동전부터 살펴보겠습니다. 전반적으로 겨울, 그리고 가을 바다 중심으로 인플레이션 징조가 보입니다. 전문가들 모시고 더 자세한 소견 들어보겠습니다."

뱅커스 뱅크 안을 날아다니던 하얀 앵무새가 가로등 위에 살포시 앉더니 부리를 열자 방송이 흘러나온다.

아침부터 뱅커스 뱅크 내부는 쉴 틈 없어 보인다.

빠른 속도로 흘러가는 포 시그마들의 발걸음에 맞춰 에밀레도 북쪽 입구로 몸을 틀었다. 천천히 고개를 들어 천장을 보니 은하수처럼 수 놓인 샹들리에가 눈에 띄었다. 검은 대리석의 원형 기둥에 기대 짧은 대화를 나누는 사람, 커피 한 잔을 들고 여유롭게 신문을 펼치며 걸어가는 사람, 옷깃 매무새를 가다듬으며 뱅커스 뱅크 오피스 안으로 들어가는 사람, 유니폼은 같지만 각양각색의 포 시그마들이 에밀레의 눈을 사로잡았다.

검은 군중들 사이에서 시간에 쫓기며 누군가를 기다리는 회색 유니폼을 입은 늘씬한 젊은 여성. 그녀는 검은 매니큐어가 발린 뾰족한 손톱으로 메모판을 까칠하게 두드리며 우뚝 서 있다. 그녀 앞으로 포 시그마들과 동떨어져 보이는 키 작은 쌍둥이 여자 자매가 보인다. 마치 세트처럼 차려입은 흰색, 검은색 벨벳 재질의 블라우스, 무릎 밑까지 내려오는 치마, 단정하게 밑으로 묶은 생머리, 반듯하고 도도한 메리골드 자매의 자태. 에밀레도 자연스럽게 그 무리에 합류했다.

"안녕하세요 최종 후보자 여러분, 저는 뱅커스 뱅크 관리자 트레이더스 키 ^Trader's Key^입니다. 본명이 키는 아니고 부서별로 배정된 모든 관리자를 키라 칭해요. 뱅커스 뱅크는 팀별로 업무가 세분화돼 있기 때문에 키 앞에 팀 이름을 붙입니다. 저같이 '트레이더' 팀 관리자는 트레이더스 키 가 호칭이 되겠죠. 간단히 트레이더스 혹은 키라고 불러도 좋아요."

그들은 지금처럼 면접 안내, 포 시그마 온보딩을 위한 절차 소개, 레지던스 제공, 비서로서의 기타 잡무 등을 모두 도맡아 한다. 간단히 말해 포 시그마들을 위한 걸어 다니는 안내 데스크라 보면 된다.

"제 소개가 너무 길었네요. 그나저나 최종 후보자가 총 네 명으로 통보받았는데, 나머지 한 분은 대체 어디 계신 거죠?"

여자 쌍둥이 두 명 그리고 에밀레를 포함해 세명밖에 보이지 않자 키는 메모장을 펄럭이며 명단을 재차 확인했다.

때마침 북쪽 입구 앞에서 허둥지둥 달려오는 무례를 범했던 사내. 먼저 출발했다고 더 일찍 도착한다는 법은 없다. 그저 운이 좋았던 걸까. 빨간 택시를 탔던 게 옳았던 선택이었을지도.

"다 온 것 같네요. 그럼 다들 입장하실까요?"

자신의 행색이 다른 후보자들에 비해 초라하게 느껴졌는지 에밀레는 맞지 않는 신발을 최대한 뒤로 숨겼다.

키가 검은 장갑 바닥에 부착된 뱅커스 뱅크 문양을 게이트에 대자 톱니바퀴가 맞물리는 소음을 내며 양옆으로 손바닥 모양의 입구가 열렸다.

"자, 후보자 여러분들은 이리로."

여섯 개의 승강기 중 입구 가장 가까이 놓인 승강기로 키가 후보자들을 인도했다.

가벼운 벨 소리와 함께 에밀레와 최종 후보자들은 승강기 내부로 탑승했다. 뱅커스 뱅크는 승강기마저 고급스럽다. 검은 대리석으로 칠해진 승강기 내부는 가죽 손잡이로 둘러싸여 있고 버튼마저 순금으로 도색되었다. 고개를 젖히니 천장에 설치된 새장 안에 갇힌 흰색 앵무새들도 보인다. 그림자 시장의 속보가 흘러나오는 걸 대비해 승강기마다 새들을 배치해 둔 모양이다. 심지어 각각의 층별 버튼들은 숫자 순이 아닌 보기 쉽게 카테고리별로 구분이 되어 있다.

"여름 바다 금고... 겨울 바다 금고... 투데이 마켓 오피스..."

에밀레는 중얼거리며 승강기 버튼 위에 적힌 이해할 수 없는 단어들을 읊조렸다.

후보자들이 감탄하며 내부를 구경할 동안 키는 미팅룸 카테고리 안에 있는 11층을 눌렀다. 미팅룸은 말 그대로 뱅커스 뱅크 직원들이 회의를 열거나, 행사를 진행할 때 주로 쓰이는 방이다. 승강기 문이 열리자 노란 메모판을 든 다부진 골격의 사내가 그들을 기다리고 우두커니 서 있었다.

"고마워요, 키. 여기서부터 제가 맡도록 하죠."

키는 짧은 묵례와 함께 다시 승강기 안으로 들어갔다.

"자 이리로"

사내가 넓은 복도를 지나 비어 있는 방 안으로 그들을 안내했다. 유리창 너머 이리저리 빈 회의실을 찾던 중 드디어 방 하나를 찾았다. 후보자들은 그의 뒤를 졸졸 따라 방 안에 모여들어 빈자리에 착석했다.

"여기까지 오느라 다들 고생 많으셨습니다. 제 이름은 파쿠스, 포 시그마입니다. 올해로 16년 차고 화폐의 유동성을 확보하는 팀을 작게 이끌고 있어요. 중개인들을 통해 화폐를 빌리고 또 그 화폐를 다른 시장 조성자들에게 빌려주기도 하죠."

책상 끝에 서 있던 파쿠스가 허리를 굽혀 두 팔을 책상 모서리에 기댄 채 간략히 자신을 소개했다.

파쿠스, 고대 수학자를 연상시킨다. 골격 있는 얼굴과 몸, 짙은 아이 홀, 찡그린 미간, 여름 바다 햇볕에 탄 피부, 새치가 드문드문 보이는 은 빛깔의 짧은 머리, 여유 있으면서도 간단명료한 말투, 혜안 있어 보이는 푸르스름한 회색 눈동자, 포 시그마의 교과서라면 이분이 아닐까 싶다.

"제 소개는 여기 까지면 된 것 같고, 먼저 각자 자기소개부터 간단히 할까요?"

가을 바다 출신의 아발론, 제드. 후보자 중 가장 나이가 많아 보이는 만큼 경력직 출신이다. 규모 있는 선박회사를 운영하는 아버지 밑에서 실무를 맡아 작은 팀을 운영한다. 본인 말로는 동기 중 열정이나 실적으로는 밀리지 않는다는데, 꽤나 자부심 있어 보인다.

봄 바다 출신의 쌍둥이 메리골드, 킴벌리와 애슐리. 부모님 두 분 모두 봄 바다 아카데미의 논문을 집필한 저명한 학자 출신이며 그 둘 또한 봄 바다 아카데미 출신이다. 한 명은 수석, 다른 한 명은 차석. 부모님을 도와 논문을 집필한 경력이 있다. 겉으로 보았을 때는 둘 다 영리해 보이지만 글쎄, 포 시그마가 되는 것에 크게 관심 있어 보이지 않는다. 뱅커스 뱅크는 인재를 뽑는 데 있어 충성심과 열정을 가장 큰 요인으로 본다.

마지막으로 겨울 바다 출신의 에밀레, 모노센더를 연속으로 두 번이나 떨어진 낙오자. 물론 그녀는 이렇게 입 밖으로 내뱉지는 않았다. 나름 에밀레는 자신을 설득력 있게 묘사했다. 오지랖 넓은 택시 기사 베이커가 말한 대로 자기보다 더 간절한 사람은 없을 테니.

절대복종, 그걸 강조하자.

"어렸을 때부터 유리공장에서 일하며 노동의 대가로 화폐를 지불 받는 경제 활동에 노출되었어요. 동시에 모노를 오랜 시간 동안 준비했고요. 물론 두 번이나 차석으로 낙방했지만 그만큼 뱅커스 뱅크에 대한 열정은 장담합니다. 모노센더는 되지 못했지만, 포 시그마가 된다면 누구보다 헌신적으로 일할 자신 있습니다."

그녀는 떨지 않고 말을 끝냈다. 자신이 이렇게까지 말을 유창하게 하는 사람이었던가? 할로우 휠즈에서 죽음의 문턱까지 몰렸던 사람이라 괜한 자신감이라도 생긴 걸까?

면접관 파쿠스가 턱을 쓸며 유심하게 후보자들을 관찰했다. 대략 각 후보자의 특징을 재빠르게 훑은 그는 손에서 좀처럼 내려놓지 않는 메모판을 뒤집었다. 그러고는 자신의 앞을 가로막는 의자에 착석한 채 맞지 않는 높이를 두어 번 조정하고 말을 이어 나갔다.

"흠, 좋아요. 간략한 자기소개를 마쳤으니 이제 몇 가지 테스트를 진행해 보죠."

그가 메모판을 뒤집자 후보자들이 앉아 있던 의자가 리듬에 맞춰 회전했다.

"안전벨트는 없으니 모두 꽉 잡아요."

"아니, 뭘 잡으라는...?"

손잡이 하나 없는 사무실 의자에 대체 뭘 꽉 잡으라는 건지 그의 의도를 도무지 알 수 없었지만, 재정비할 시간도 주지 않은 채 순식간에 의자는 속도를 높여 자리에서 출발했다.

회의실 벽면을 정면으로 충돌하기 일보 직전의 상황에 놓인 에밀레는 몸을 웅크려 두 눈을 질끈 감았다. 몸이 벽에 닿았을까? 겁에 질린 그녀는 실눈을 살짝 뜨자 믿을 수 없는 광경을 마주했다. 회색 시멘트처럼 단단한 벽은 무색투명한 유리로 형태를 바꾸었다. 공간 넘어 또 다른 벽을 마주할 때마다 그들은 방어 태세를 유지했지만 노력을 비웃기라도 하는 듯 벽들은 도미노처럼 연달아 허물어졌다. 마치 공간을 무한대로 생성해 내는 것처럼 말이다. 벽을 하나씩 빠른 속도로 넘어갈 때마다 실제 사무실에서 정신없이 근무하는 포 시그마들이 보이지 않는 후보자들을 파노라마처럼 스쳐 지나갔다. 요란한 벨 소리와 책상 넘어 고함을 빽빽 지르는 소리가 어느 정도 사그라들자 의자도 서서히 속도를 줄이기 시작했다. 어느새 후보자들은 순간이동이라도 한 것처럼 새로운 회의실 안 책상 앞에 자리를 잡고 앉아있었다.

"미안, 사실 아까 회의실에도 예약이 잡혀있었더라고. 걸어서 가면 너무 느릴 것 같아서 만능 치트키 좀 썼지. 키한테는 비밀로 해줘요."

파쿠스가 능글맞게 자리에서 엉덩이를 툭툭 털고 일어났다.

제드는 더 이상 멀미를 참지 못하고 의자에서 내리자마자 바닥에 헛구역질했다. 새침하게 의자에서 내린 쌍둥이 자매는 얼굴을 찌푸리며 옆에서 그를 경멸스럽게 내려다보았다. 에밀레도 간신히 올라오는 헛구역질을 참아내고 후들거리는 다리를 애써 진정시켜보았다. 참고로 인터뷰는 아직 시작조차 하지 않았다.

"그래도 아까보다는 훨씬 공간이 넓죠?"

후보자들의 반응에 그가 아랑곳하지 않고 능글맞게 말했다.

"오늘 저희가 뽑을 포지션은 트레이더, 굉장한 순발력과 정확도를 요구하는 직업이죠. 저희 세계에서 팻 핑거 Fat Finger 같은 실수는 용납되지 않으니까요. 모두 앞에 보이는 검은 모니터를 봐주세요."

파쿠스가 손가락을 튕기자 벽이 뒤집히며 거대한 대형 모니터로 모습이 바뀌었다. 투명한 검은 모니터는 멀뚱하게 화면을 바라보는 후보자들의 모습을 거울처럼 비쳤다.

"총 세 개의 테스트를 진행할 겁니다. 브레인 티저 Brain Teaser. 사실 엄청난 사고력을 요구하는 시험 문제는 아니죠. 가장 빠른 속도로 정답을 맞히는 사람이 점수를 얻습니다. 물론 오답을 말하는 사람에게 더 이상의 기회는 없습니다. 바로 탈락 처리되니 신중하게 답을 말해주세요."

모노와 같은 형식의 시험이다. 먼저 문을 여는 사람이 승자, 문이 열리는 사람은 패자, 오답을 말하는 사람은 아무것도 보이지 않는다. 파쿠스가 다시 한번 손가락을 튕기자 벽면 모니터에 불이 들어왔다

다음과 일치하는 문항을 고르세요.

BANKER'SBANKKNABS'REKNAB

1) BANKER'SBANKKNABS'REKNAB
2) BANKER'SBANKNNABS'REKNAB
3) BANKER'SBANKKMABS'REKNAB
4) BANKER'SBANKKMABSR'EKNAB
5) BANKER'SBANKKMABS'REKNAB
6) BANKER'SBANKKNABS'REKNAB
7) BANKER'SBAN'KKNABS'REKNA
8) BANNER'SBAN'KKNABS'REKNA

"BA…"

"정다아아압! 6번."

에밀레는 이제 문제를 막 읽기 시작했는데 제드가 우렁찬 목소리로 벌써 정답을 외쳤다.

"…제드, 1점."

파쿠스는 나지막하게 말했다.

나름 영리한 전략을 짠 제드. 맨 마지막 문항부터 알파벳을 훑은 그가 결국 점수를 얻었다. 옆에서 문제를 읽던 쌍둥이 자매는 귀를 때리는 그의 쩌렁쩌렁한 목청이 어지간히 거슬렸는지 그를 날카롭게 노려보았다.

"이건 너무 원시적이지 않아요? 소리 지르는 거 말고 앉아서 보는 시험 없어요?"

"저희가 트레이더로서 가장 중요하게 보는 자질 중 하나가 빠른 에스컬레이션^{Escalation}(윗선 보고) 인데, 그걸 안 볼 순 없겠죠? 킴벌리, 그리고 애슐리양?"

단호한 파쿠스의 거절에 쌍둥이 자매는 곧바로 수긍했다. 제드는 얄밉게 히죽거리며 그들에게 골탕이라도 먹인 듯 승리의 미소를 지어 보였다. 건방진 그의 태도에 열이 뻗치긴 했지만, 다음 문제도 맞혀버린다면 아쉽게도 뱅커스 뱅크 최종 합격은 그의 차지다.

"더 이상 이의제기가 없으면 다음 문제로 넘어가 보죠. 다음 문제는 주관식입니다."

♦◇♦
{곰, 여우, 사자, 양, 쥐, 개}

육각형 테이블에 여섯 명의 동물들이 파티를 하기 위해 둘러앉아 있다. 시계방향으로 곰 다음에 앉은 동물은 누구일까?

1. 곰은 사자 반대편에 앉아있다.
2. 사자는 양 옆에 앉아 있지 않다.
3. 양은 곰 옆에 앉아 있다.
4. 쥐는 사자 옆에 앉아 있다.
5. 개는 여우 맞은편에 앉아 있다.
6. 개는 양 옆에 앉아 있지 않다.

시계를 볼 줄 모르는 에밀레는 시계방향이 무슨 뜻인지 알 수 없었다. 오직 종소리에만 의지하며 시간의 흐름을 의식했기에 시계에 익숙해지려면 그녀에게 시간이 필요했다.

"양!"

쌍둥이 자매가 서로를 밀치며 동시에 답을 외쳤다. 차분히 인터뷰를 기다리던 아까의 모습은 온데간데없이 사라지고 경쟁심이 붙은 둘은 서로를 매섭게 노려보았다.

"하, 정답이 주관식이라고 했지 하나라고는 안했는데…."

파쿠스가 손바닥으로 이마를 감싸며 말했다.

"두 분 모두 탈락입니다. 정답은 두 개죠. '양' 혹은 '개'입니다."

두 자매의 쓸데없는 경쟁의식이 부른 사소한 실수로 아쉽지만 두 명 모두 탈락했다. 둘은 허탈한 듯 자리에 주저앉아 멍하니 서로를 바라보았다. 나름 봄 바다 아카데미 수재로 불리는 자매인데 찰나의 욕심으로 눈앞의 성공을 빼앗겼다.

"우린 역시 자매야."

드디어 마지막 문제. 제드와 에밀레만 남았다. 제드가 이 문제를 맞히면, 우승은 그의 차지다. 긴장되는 에밀레에 비해 제드는 여유 넘쳐 보인다. 침착하자, 말 그대로 심심풀이 게임일 뿐이다. 긴장할 것 하나 없다.

파쿠스가 오른쪽 주머니에서 검은 유리 동전을 꺼냈다. 에밀레는 자신의 호주머니도 덩달아 확인했다. 아까 내릴 때 택시 기사가 굳이 받지 않았던 잔돈이 만져졌다. 그리고 그는 왼쪽 주머니에서 유리 지폐를 꺼내 들었다. 역으로 성립하면 주문이 이루어지는 유리 지폐, 핍스다.

"자 다음 문제는, 정말 쉽죠. 동전 던지기 문제예요."

"제가 동전을 총 열 번 던질 건데, 앞면이 나올 때마다 이 유리 지폐 한 장을 여러분에게 줄 겁니다. 그런데 뒷면이 나오면, 여러분이 저한테 유리 지폐를 줘야 해요."

제드는 지갑을 꺼냈다.

"… 아니 진짜 달라는 소리가 아니고, 시험 문제라고."

파쿠스는 답답하게 행동하는 그를 진정시켰다.

"자, 제가 검은 유리 동전을 열 번이나 던졌는데, 결과적으로 제 손에는 아무것도 남지 않았어요. 과연 동전의 앞면은 몇 번 나왔을까요?"

에밀레는 역으로 성립하는 명제를 외우듯, 주머니 속 검은 유리 동전을 만지작거리며 마음속으로 주문을 외웠다.

'자, 결국 아무것도 남지 않았다는 건 앞면을 던진 점수와 뒷면을 던진 점수가 같다는 소리다. 딱히 빠른 연산을 요구하는 문제가 아니다. 그저 논리가 필요한 수학 문제다.'

그녀는 정답을 외쳤다.

"다섯 번. 정답은 다섯 번이에요."

나름 제드의 승리를 확신했던 파쿠스는 턱을 긁으며 말했다.

"이걸 어쩐다… 무승부네요."

자신이 이길 것이라 확신하며 문제를 이해하려 들지도 않고 방심했던 제드는 우두커니 서 있는 에밀레를 흘겨봤다.

파쿠스는 둘 중 누구를 택해야 하나 깊은 고민에 빠졌다. 그가 얼굴을 찌푸리며 결정을 내리려는데 노란 메모지 하나가 나비처럼 방 안으로 날아 들어오더니 그의 어깨 위에 사뿐히 앉았다.

"응?"

그는 어깨에 앉은 메모지를 떼어 적힌 글귀를 읽었다. 그리고 메시지의 뜻을 이해한 파쿠스는 자리에서 일어나 두 후보자를 호명했다.

"제드, 그리고 에밀레."

에밀레와 제드는 침을 꿀꺽 삼켰다.

"저를 따라오세요."

한껏 상기된 표정으로 제드는 헤실헤실 웃으며 파쿠스의 뒤를 쫓았다. 에밀레 또한 그들을 따라 회의실 문을 조용히 닫았다. 애슐리와 킴벌리. 잠깐이지만 그들과의 만남이 아쉬웠다. 또래라 좋은 친구가 될 수도 있을 것 같았는데. 아니다, 지금은 면접에만 집중하자. 살아남아야 한다.

또 어디를 가려는 건지, 파쿠스는 여러 대의 승강기 중 가장 작은 승강기 문 옆 버튼을 눌렀다. 오래된 기계인지 유난히 덜커덩거리는 소리가 심한 이 작은 승강기, 괜히 추락 사고는 없었을까 쓸데없는 걱정이 될 정도다.

"그래도 의자보다는 낫잖아, 안 그래요?"

"지당하신 말씀입니다."

또다시 헛구역질할 수 없는 제드는 파쿠스의 말에 고개를 끄덕이며 백번 동의했다.

기름칠이 필요한 낡은 고철이 거칠게 맞물리는 소리와 함께 승강기의 문이 드디어 열렸다. 왠지 모르게 다른 승강기들과는 달리 내부가 조용하다. 비좁은 공간 안에 앵무새가 없어서 그런 건가. 파쿠스는 '보드룸'이 적힌 52층의 버튼 불을 밝혔다. 보드룸Board Room, 시니어 이사회가 중대한 회의를 열거나 포 시그마를 고용 혹은 해고할 때 쓰이는 방이다. 온종일 이리저리 헤매느라 지친 에밀레는 칸델라가 빌려준 가죽 신발을 바닥에 질질 끌며 좁은 공간 안에 어색한 공기를 덜어내었다. 그러고 보니 내가 몇 층에서 올라왔더라, 슬슬 그녀의 집중력이 바닥을 보이려 하는데 승강기 천장에 무거운 돌이 떨어지는 쿵 소리가 났다.

"…방금, 뭐였죠?"

겁먹은 제드가 땀이 흥건한 손으로 승강기의 난간을 붙잡으며 물었다. 그의 질문에 이어 기괴한 새소리가 공간을 울렸다. 짧은 순간이었지만 소름 돋는 새의 울음소리가 작은 승강기를 공포감으로 가득 채우기 충분했다. 뱅커스 뱅크의 고인물 파쿠스는 익숙한 상황인지 아무렇지 않게 승강기가 재가동하기를 기다렸다.

"아, 걱정하지 말아요. 낡은 승강기라 가끔 오작동이 날 때가 있거든. 그래도 추락은 안 할 테니 염려 말라고."

그가 사색이 된 채 잔뜩 겁을 먹은 제드를 달랬다. 수상쩍은 승강기의 정체에 에밀레 또한 신경이 곤두섰지만, 파쿠스의 말대로 새소리가 점점 사그라들자 경계를 낮추었다. 이윽고 승강기는 아무 일도 없었던 듯 가동을 재개했다.

"거봐, 별거 아니죠? 그러니까 시니어들이 없을 때 주니어들끼리 함부로 이용하지 말라고 이 승강기는."

파쿠스가 젠틀하게 경고를 끝 마치자 승강기가 벨소리를 내며 덜커덩거리는 소리와 함께 문을 열었다.

"좋은 아침 여러분."

커피를 들고 승강기 앞에 몰려있는 포 시그마들에게 그가 장난스럽게 인사를 건넸다.

"신입이야?"

그들 중의 우두머리인 듯 체격 좋은 대머리의 사내가 물었다.

"면접이야. 참고로 이 친구는 제 동료 휴고, 홀더죠."

"벌써부터 너무 잡는 것 같은데. 겁먹지 말아요 다들. 생긴 것과 다르게 그렇게 나쁜 사람은 아니니까."

"아직 시작도 안 했는데 무슨, '**그 자**'는 만나지도 않았어."

섬뜩한 그의 발언에 제드와 에밀레는 괜히 눈치를 보았다.

"농담이에요 농담."

진심인지 농담인지 도저히 구별이 되지를 않는 포 시그마들의 말장난에 익숙해져야 할 텐데, 게다가 '**그 자**'는 누구람. 에밀레는 왠지 어색한 자신이 이 조직에 맞지 않는 사람일 것 같아 내심 걱정이 되었다.

"시간 끌지 말고 먼저 올라가. 나는 다음 거 탈 거야."

"안 그래도 그러려고. 오, 라이터 새로 장만했나 봐?"

칸델라가 쥐고 있던 회중 라이터와 비슷한 브랜드의 로고가 눈에 띄었다.

"내 말 못 들은 거야 아니면 무시하는 거야, 시간 낭비하지 말고 먼저 올라가라니까 이 양반아."

"까칠하긴, 이따 마무리하고 점심이나 같이 가지러 가자고."

겉으로 보기에 까칠해 보이지만 둘은 사소한 장난을 할 정도로 친해 보인다. 승강기가 드디어 52층에서 멈추고 문이 열리자 파쿠스는 앞장서 그들을 안내했다. 제드는 고목에 붙은 매미처럼 그의 뒤에 찰싹 달라붙어 따라갔다. 에밀레도 칸델라의 신발을 질질 끌며 그들의 뒤를 따랐다.

빛 하나 제대로 들지 않는 복도 밑에는 잘 다려진 레드 카펫이 깔려 있다. 양옆에 비치된 은촛대에서 그들이 한걸음 내디딜 때마다 불이 들어왔다. 제드와 에밀레는 직감적으로 이 방은 평범한 회의실은 아니라는 걸 느낄 수 있었다. 삼엄한 분위기에 압도된 후보자들은 보드룸 맨 끝에 위치한 거대한 검은 문 앞에서 발걸음을 멈추었다. 파쿠스가 검은 장갑을 낀 손으로 도금된 문고리를 잡자 잠겨 있던 문이 천천히 열렸다.

"들어와요, 겁내지 말고."

메아리를 치면 울릴 것 같은 높은 천장, 테니스를 칠 만큼 여유 있는 공간, 회의실 한가운데 자리 잡은 허리가 기다란 체리 나무 테이블, 52층 창밖으로 보이는 여름 바다 전경, 천사들이 천상 위에서 회의를 한다면 바로 이곳 아닐까. 만약 이 드넓은 방에 제드 없이 혼자 인터뷰를 보러 왔다면 아무 말도 못 한 채 꽁무니만

내뺐을 게 뻔하다.

어디에 앉아야 하나 고민하던 찰나 제드가 가운데 자리에 착석했다. 에밀레도 재빨리 그의 옆에 앉아 질척거리는 짐가방을 바닥에 내려놓았다.

"자 이제 두 분 중 한 분을 채택해야 하는데 거기까지는 아쉽게도 제 역량이 아닙니다. 제 상사이자 아웃라이어께서 지금 이 자리로 오고 있으니 조금만 기다려주세요. 결국에는 그분의 의사가 중요하니까요."

아웃라이어 Outlier, 포 시그마를 관리하는 시니어 Senior 관계자들을 일컫는 직위다. 쉽게 말해 아웃라이어는 포 시그마들의 상사다. 그들은 뱅커스 뱅크의 이사진이며 포 시그마들을 고용하고 해고하는 것에 있어 중대한 결정 권한이 있다.

"아, 올 때가 되었는데-"

때마침 보드룸 밖에서 발소리가 들린다. 이윽고 커다란 문이 열리고 성큼성큼 맨발로 걸어 들어온 포 시그마. 아니 잠깐, 맨발?

'… 칸델라?'

"늦어서 미안해요. 예기치 못한 사고가 생겨서 신발도 깜빡하고 헐레벌떡 뛰어왔네."

그의 뒤를 졸졸 따라오던 트레이더스 키가 여분의 신발 한 켤

레와 정장 재킷을 건네었다. 검은 정장, 그리고 붉은 넥타이. 그리고 할로우 휠즈에서 보았던 뱅커스 뱅크 로고가 각인된 검은 장갑. 포 시그마의 상징이다. 에밀레는 이제서야 모든 퍼즐이 맞춰졌다. 어쩐지, 핍스를 다루는 솜씨가 예사롭지 않더라니...

"나름 **비싼 신발**이거든."

칸델라가 에밀레에게 은밀한 눈짓을 주며 가벼운 미소를 머금었다.

남의 신발을 함부로 구겨 신던 게 괜히 양심에 찔렸던 에밀레는 질질 끌고 다니던 칸델라의 신발을 그의 시야 뒤로 감추었다.

"분위기 좀 풀자고 한 농담이에요." 그녀의 투명한 반응을 살피며 칸델라가 말을 이어 나갔다.

"그럼, 빠르게 시작할까요?"

칸델라는 보드룸의 주인처럼 책상 모서리 끝에 다리를 꼬고 앉아 면접을 주도했다. 그가 본격적으로 인터뷰를 진행하면서 방 안의 공기를 팽팽하게 긴장시켰다.

"제드?"

"예!"

"뱅커스 뱅크에 지원하게 된 계기를 묻고 싶은데, 본인은 지금 물류 회사에서 재직 중이라 했죠? 산업을 옮기게 된 동기가 뭘까요?"

이 질문을 오랫동안 기다려 왔다는 듯 준비된 자세로 제드는 입을 열었다.

"꽤 형식적인 답변이라 들릴 수 있겠지만 사실 어려서부터 돈에 관심이 많았습니다. 선박 회사를 들어간 것도 물론 아버지의 영향이 있었지만 일하다 보니 결국에는 돈이 어떻게 흘러가는지 관심이 생겼죠. 지금은 물류업에서 벗어나 금전적인 흐름을 공부하고 싶습니다. 과거의 제 경력도 살려서요. 한 팀의 부장으로서 나름대로 자부심과 책임감도 강합니다."

제드는 계속해서 에밀레와 대비되는 자신의 탄탄한 경력을 강조했다. 파쿠스는 경력직이라는 사실이 마음에 들었는지 연신 고개를 끄덕였다.

솔직히 말하자면 에밀레는 제드에 비해 터무니없이 약한 후보자였다. 회사 생활은커녕 제대로 된 경제활동도 해본 적 없으니, 막막하다. 도무지 그를 이길 구멍이 보이지 않는다. 모노에서 느꼈던 절망감을 연상시켰다. 될 듯 말 듯 한 간절함이 잔인하게 부서졌던 그날, 뤼오가 사라지고 홀로 승강기 안에 남겨졌던 그날.

그녀 주위로 손가락 형태의 검은 그림자들이 모여들기 시작했다. 보드룸 바닥을 함부로 기어다니는 초대를 받지 않은 손님들을 눈치챈 칸델라는 질문을 계속해서 이어 나갔다.

"화폐를 빌려서 각 바다에 소속된 회사의 지분을 파는 행위를 뭐라 부르죠?"

"보통 숏 Short이라고 하죠. 자본을 먼저 빌려서 회사의 지분을 팔고 나중에 같은 수량을 상환하는 행위 - 구체적으로는 '공매도'라고도 하고요."

"만약에 공매도를 금지한다면 그 바다의 경제는 어떻게 될까요?"

기습 질문에 제드는 당황했다. 생각할 겨를도 없이 그는 급하게 입을 열었다.

"공매도를 금지한다면, 글쎄요. 자본을 빌려서 회사의 지분을 파는 행위 자체가 금지되니 그 바다의 회사 주인들은 좋아할 것 같은데. 가치가 떨어질 일 없다며 안심하지 않을까요? 아, 반대로 시장에 참여하지 않으니 애초에 올라갈 일이 없으려나..."

제드가 멋쩍은 웃음으로 상황을 무마시키려 애써 노력했다.

"에밀레?"

더 들어볼 필요도 없다는 듯, 칸델라는 한쪽 손을 턱 밑에 괸 채 그녀에게로 시선을 돌렸다.

"잠시만 생각할 시간을 주세요."

"물론."

그가 그녀 주변의 검은 그림자들을 응시했다.

보드룸 한가운데 적막을 깨는 괘종시계가 존재감을 드러낼 때까지 골똘히 생각하던 에밀레가 답변을 시작했다.

"그렇게 되면 그 시장의 유동성을 확보하는데 문제가 생기겠죠. 화폐를 빌린다는 건, 각 바다 사람들이 화폐를 서로 교환하면서 바다의 유동성을 활성화하니까요. 이 행위 자체를 막아버린다면 다른 바다와의 교류가 활성화될 수 없고 결국에는 고립되어버리지 않을까요? 더 이상 바다가 아닌 호수가 되겠죠."

"아님, 뭐, 연못이라던가…" 고요한 적막에 무안해진 그녀는 쓸데없이 말을 덧붙였다.

칸델라의 눈빛은 여전히 에밀레에게 고정되어 있다. 말없이 조용히 그녀를 응시하던 그가 흐뭇한 미소를 지었다.

"Perfect Answer"

'완벽한 정답'. 이 한마디에 에밀레 주변을 에워싸던 그림자들이 빛으로부터 도망치는 바퀴벌레들처럼 어둠 속으로 우르르 사라졌다.

"포 시그마를 찾은 것 같네, 파쿠스?"

"동의해요."

파쿠스가 어쩔 수 없다는 듯 두 손을 들어 보이며 답했다.

"좋아, 그럼 제이제이 불러서 간단하게 오리엔테이션 진행하고, 포 시그마 서약서 사인하고, 레지던스 안내를 도와주면 되겠네. 간단하지? 제이제이는 아직 출장 중 인가 아니면 복귀했나?"

칸델라는 꼬았던 다리를 풀고 의자를 박차며 일어섰다.

"오전에 재택근무한다고는 들었는데, 아마 오후에 복귀할 겁니다."

"자, 잠시만요, 잠시만요. 저 최종 면접 붙은 건가요?"

자기들만 이해할 수 있는 대화를 계속해서 진행하는 칸델라와 파쿠스. 그 둘 사이를 비집고 에밀레가 물었다. 머릿속에서 정답을 내리기 전, 확인 사살이 필요했다.

파쿠스와의 대화를 잠시 멈추고 에밀레의 맞은편 끝에 서 있던 칸델라가 그녀 곁으로 걸어갔다. 에밀레도 자리에서 일어나 그를 마주했다. 칸델라의 녹색 안경 너머로 보이는 잿빛 눈동자 그리고 에밀레의 떨리는 금빛 눈동자. 그 둘은 서로를 한동안 응시했다.

둘 사이에 자리 잡은 괘종시계가 방 안을 크게 울렸다. 칸델라가 확신에 찬 얼굴로 그녀에게 먼저 악수를 건넸다.

"뱅커스 뱅크에 온 걸 환영해요, 에밀레."

메모판을 어깨 사이에 끼운 채 구석에 서 있던 파쿠스도 박수를 치며 다시 한번 확신을 해주었다.

"포 시그마가 된 걸 축하해요 에밀레, 앞으로 잘 부탁해요."

그녀는 휘청거리며 다리에 힘이 풀렸다. 희망을 잃고 배회하던 죽은 그림자들이 절벽 아래로 추락 중이라 믿었다. 그런데 어느 순간 한 줄기 빛이 보였고, 그 빛줄기가 에밀레의 손을 잡아주었다. 마치 칸델라가 할로우 휠즈에서 그녀의 손을 잡아주었던 것처럼 말이다. 그녀는 실감이 나질 않았다. 겨울 바다에서 갑자기 계절이 바뀌어 버린 여름 바다처럼 계절의 변화가 실감이 나질 않았다.

분명 기뻐해야 하는데 이상하게 눈물은 나지 않았다. 그저 이 순간을 위해 평생을 옥탑방에 숨어 밤에는 명제를 외우고, 마지막으로 치른 모노에서 뤼오를 잃고, 검은 눈동자를 버리고, 이름 모를 금빛 눈동자 이식 수술까지 받아야 했던 숨 막혔던 자신의 인생이 너무도 허탈했다. 정말로 사람 인생은 어떻게 풀릴지 아무도 모르는 걸까. 모노센터가 되지 않고도 여름 바다에 입성했다. 믿기진 않겠지만 오늘부터 그녀는 그림자 시장의 꼭대기, 뱅커스 뱅크의 일원 포 시그마다.

"설마 제가 떨어진 건가요? 나 대신 저 꼬맹이를 뽑았다고? 하, 내가 이런 말까지는 안 하려 했는데, 아버지가 가을 바다에서 꽤 큰 선박 사업을 하고 있다고. 뱅커스 뱅크의 고객일 수도 있어. 내 아버지가 누구인지 알아!"

결과를 납득할 수 없었던 제드는 한바탕 난동을 피우며 이의를 제기했다. 상황을 지켜볼 수만은 없었던 파쿠스가 그를 말리려 어깨를 붙잡으며 진정시켰다. 이미 나와버린 결과는 돌이킬 수 없었다. 칸델라는 보드룸에서 함부로 소란을 피우는 그를 언짢게 바라보며 사뭇 다른 냉소적인 목소리로 차갑게 받아쳤다.

"그럴... 리가?"

에밀레는 이제야 칸델라가 누구인지 파악했다. 정확히 말하자면 서열이 정리됐다 해야 할까. 그는 아웃라이어다. 근데 어떻게 검은 눈동자 모링가가 아웃라이어가 될 수 있지? 딱 봐도 파쿠스보다 연배가 어려 보이는데. 단기간에 저 자리에 올라가려면 대체 어떤 노력을 해야 하는 걸까. 겉으로만 봤을 때는 엉성해 보이기 그지없었는데. 아웃라이어는 확실히 아웃라이어다. 경력 있는 포 시그마 파쿠스 조차도 그의 눈치를 보며 경계했다.

보드룸 문 앞에서 대기 중이던 키가 그녀에게 뱅커스 뱅크 로고가 금색으로 각인된 붉은 넥타이를 건넸다.

붉은 넥타이를 받자 에밀레는 그제야 심장이 요동쳤다. 아직 아무것도 이룬 게 없는데 벌써부터 대단한 사람이 된 기분이다.

그래, 자부심. 뱅커스 뱅크의 일원으로서 자부심이 생겼다. 왜 사람들이 소속감을 원하는지 알 수 있었다. 그것도 뱅커스 뱅크의 일부라면야 누구든지 소속되고 싶지 않을까? 갑자기 변해버린 계절처럼 그림자들로 물들었던 그녀의 삶에도 열매를 수확하는 뜨거운 볕이 들었다.

'엄마 말이 맞았어. 나 자신 외에는 아무도 이 세상에서 나를 구원해 주지 않아.'

난데없이 복도 한가운데 흰색 앵무새가 사뿐히 날아와 앉았다. 소름 돋을 만큼 짙은 검은색 눈동자를 지닌 여름 바다의 앵무새가 그들을 향해 고개를 획 돌리더니 부리를 열었다.

"이어서 나오는 모노센터 실종 사건 소식입니다. 실종된 모노센터들의 그림자가 **조작**되었다는 가설이 속속 등장하고 있습니다. 그렇다면 그들이 아직 살아있을 가능성도 배제할 수는 없다는 소리인데요, 그림자 시장에 혼란을 야기한 가운데 뱅커스 뱅크 또한 입장 정리 중입니다."

'그렇지, 뤼오?'

9
포 시그마 행동지침

갑자기 흘러나온 모노센더 연쇄 실종 사건 속보에 파쿠스와 칸델라는 촉각을 곤두세웠다. 아무 말 없이 그 둘은 눈빛만으로 조용히 사인을 주고받았다.

"파쿠스, 에밀레를 부탁해요."

파쿠스는 이미 해야 할 일을 잘 알고 있는 듯 고개를 끄덕였다.

"우리는 내일 봐요 에밀레, 첫 출근 준비 잘하고. 혹시라도 모르는 게 생기면 파쿠스한테 물어봐요. 가끔 보면 나보다도 유능하거든."

파쿠스의 어깨를 툭툭 치며 칸델라는 승강기 버튼을 눌렀다.

아래로 하강하는 엘리베이터 문이 열리자 무수히 많은 노란 메모지들이 쏟아지면서 나비 떼처럼 칸델라에게 들러붙었다. 잠깐 부재중이었던 사이에 그를 찾는 메시지가 산더미처럼 밀려있다. 메모지에 파묻힌 칸델라는 급하게 짧은 작별 인사를 건네야만

했다.

"아, 전부 제 거네요. 그럼 이만."

칸델라가 자신 몸에 들러붙은 메모지를 한 장 한 장 떼어내며 간신히 손을 흔들었다.

"자 우리는 99층으로 가보도록 하죠." 파쿠스가 반대로 올라가는 승강기 버튼을 누르며 말했다.

99 층, 그곳에는 닥터 파오의 오피스가 들어서 있다. 뱅커스 뱅크의 사장, 그는 회사를 총괄하는 대표답게 한 층을 통째로 사용한다. 승강기가 도착하자 파쿠스는 친절하게 에밀레를 에스코트했다. 친절은 뱅커스 뱅크의 기본 자질인 듯싶다. 물론 의도가 뭔지는 불분명하지만.

그들이 탑승한 승강기는 보드룸을 올라갈 때 이용했던 작은 승강기와 구조가 달라 보인다. 맨 처음 탔던 승강기와 구조는 비슷하지만 작은 새장이 사방으로 걸려있다. 마치 감시 카메라로 그들을 지켜보기라도 하는 것처럼 비밀이 존재하는 사각지대가 나올 수 없는 구조다.

에밀레와 파쿠스. 둘 사이의 어색함을 깨고 새장 안에 갇힌 앵무새의 입에서 그림자 시장 생방송이 흘러나온다.

"조금 전 들어온 속보입니다. 얼마 전 여름 바다 앞 부근에서 발견되었던 그림자가 조작된 것으로 밝혀졌습니다. 실종되었던 다른 네 개의 그림자들도 분석 중인 가운데 모노센더 조작 혹은 자작설에 관한 의혹이 커지고 있습니다. 현장 연결해서 더 자세한 소견 들어보겠습니다."

혼란스러운 건 그림자 시장뿐 아니라 에밀레 또한 마찬가지였다.

실종되었다 믿었던 모노센더들, 그 사이에서 등장하는 유력한 조작설과 자작설. 그렇다면 혹시 뤼오가 아직 살아있을 수도 있지 않을까? 지금 여기 뱅커스 뱅크 어딘가에 숨어 있을 수도 있지 않을까?

파쿠스는 멍 때리는 에밀레를 지긋이 바라보며 그녀의 정신을 깨웠다.

"괜찮아요?"

흠칫 놀란 에밀레는 머쓱하게 고개를 숙이며 웃어 보였다.

"아니, 보통의 반응과는 많이 달라서. 과하게 흥분하거나 기뻐하는 경우가 대부분인데 에밀레는 이상하게 혼이 나간 사람 같네요. 잠을 못 자서 그런 건가?"

"죄송해요."

상사가 될 사람한테 벌써부터 밉보인 건가 싶어 기가 죽은 에밀레는 입술을 깨물었다. 그녀는 모든 행동 하나하나가 눈치 보인다.

"아니 뭐, 죄송할 건 없고. 그냥 특이하다고."

에밀레가 짐작하기에 적어도 파쿠스는 제드를 원했다.

탄탄한 경력, 곧바로 투입될 수 있는 인력. 맡은 일을 밀고 나갈 수 있는 집행력. 노골적으로 드러내지 않았지만 자기가 뽑힌 데 있어서 칸델라의 공이 크다고 생각했다. 괜히 그를 실망시킬까 초조해하던 그녀는 다시금 풀어진 긴장을 곤두세우고 구부정한 허리를 세웠다. 특이한 신입을 맡게 된 파쿠스는 본론으로 들어갔다.

"아까 보드룸에서 대충 들어서 알겠지만, 정식으로 뱅커스 뱅크의 일원이 되기 위한 서약서에 사인해야 해요. 물론 계약하기 전 간단히 닥터 파오와 인사도 나누고 시간이 된다면 회사 구조에 대해서도 간략히 소개해 줄 겁니다."

잔뜩 긴장한 에밀레는 대답을 잊은 줄도 모르고 멀뚱히 서서 정면만 바라보았다.

"에밀레?"

"네!"

관절 인형처럼 자신도 모르게 온 근육에 긴장을 준 에밀레.

"편하게 해요 편하게. 나도 편하게 대할게. 면접 때부터 너무 긴장한 것 같아서 괜히 신경 쓰이네."

생각보다 괜찮은 사람인지 파쿠스는 에밀레의 긴장을 풀어주었다.

"앞으로 오랫동안 같이 일할 팀원인데 잘해 보자고."

그의 든든한 한마디가 어느 정도 불필요한 긴장감을 완화시켜

주었다. 그의 말대로 에밀레는 의식적으로 천천히 깊게 심호흡했다. 어느 정도 긴장이 풀리는데 승강기 안에서 문을 똑똑 두드리는 둔탁한 소리가 들렸다.

"아, 미안 내 딸인가 보네."

갈색 가죽 커버로 세련되게 감싸진 브리프 케이스를 검지로 튕기며 열자 딸의 흑백 할로우그램이 보였다. 이제 막 네 살이 되었는데 테니스를 치는데 재능이 보인다고 자랑을 하는 모양이었다. 면접에서는 차가워 보였는데 가족 앞에서는 따뜻한 가장이자 아버지였다.

"내 딸아이인데 저번 주부터 테니스를 배우기 시작했거든. 그런데 나름의 소질이 있어 보이는 거야, 봐. 뭘 보고 따라 한 건지 포즈를 취하더라고, 이렇게. 날 닮아 운동 신경이 있는 건가…"

그는 정말로 딸을 사랑하는 아버지처럼 히죽였다.

부러움이라는 감정이 에밀레의 속을 메스껍게 만들었다.

"아, 깜빡하기 전에 브리프 코드 좀 알려줘요."

생각해 보니 브리프 케이스를 한 번도 제대로 써본 적이 없었던 에밀레는 당황했다. 주머니를 더듬던 에밀레는 일부러 몸을 둔탁하게 움직이며 시간을 지체했다.

띵-

운 좋게 때마침 99층에 도착한 승강기. 문이 열리자마자 분수대가 보인다. 콧등을 간지럽히는 꽃향기에 감미로운 클래식 음악도 어디선가 흘러나온다. 흰색 앵무새는 그곳이 자신의 낙원인 마냥 분수대 주위를 배회한다.

"에밀레. 본인 맞으시죠?"

도도하게 에밀레의 신원을 확인하는 닥터 파오의 키다.

트레이더스 키와 같은 회색 정장을 입은 사내가 붉은 실로 감싸진 두루마리 용지를 펼치며 적힌 이름을 확인한다.

"내일부터 저희 팀에 새로 합류하게 될 포 시그마입니다. 계약서에 사인을 해야 하는데, 닥터 파오는 어디 계시죠? 고객 미팅 가셨나?"

파쿠스가 오피스 내부를 두리번거리며 키의 눈에 거슬리게 행동하기 시작했다.

"잠시 대기하고 계시겠어요? 계약서를 방안으로 가져다드리죠."

키는 재빨리 단호한 표정으로 분수대를 감상하고 있는 에밀레와 자유분방하게 돌아다니는 파쿠스를 회의실 안으로 대피시켰다.

99층에서 바라본 그림자 시장의 전경을 한 마디에 담기 어려웠다. 울창한 빌딩 숲을 시작으로 벌써 노랗게 물든 봄 바다까지, 조금 더 시야를 넓혀보니 연기가 피어오르는 가을 바다의 공장도 보인다. 아쉽게도 겨울 바다는 뱅커스 뱅크의 99층에서조차 담기지 않는다. 가장 높은 곳에서 낮은 곳에 있는 사람들을 바라보는 느낌이 바로 이런 걸까. 귀가 먹먹하다. 속이 메스꺼운 에밀레는 이내 창가에서 눈을 돌렸다.

레드 벨벳 색깔로 깔끔하게 도배된 벽을 따라 시선을 천장 위로 올려보니 유화물감 냄새가 코를 자극했다.

《플라밍고 가문》

PHOTOS
ANALOGOUS
ARTICULUS
OMBRELLA

포토스 Photos, 아날로거스 Analogous, 알티큘러스 Articulus, 그리고 옴브렐라 Ombrella.

빨간 다이아몬드로 수 놓인 플라밍고 3대 가문의 이름이다.

빛을 다루는 포토스, 거울을 다루는 아날로거스, 그리고 소리를 다루는 알티큘러스.

빛이 없으면 핍스를 지피지 못하고 거울이 없으면 대칭시키지 못하며 소리가 없으면 역으로 성립하는 명제를 외치지 못한다. 이 모든 균형을 올바르게 바로잡는 가문이 바로 여름 바다의 플라밍고다. 이들은 대부분 그림자 시장 정부 혹은 핍스를 일차적으로 시장에 발행하는데 일조하는 행정 기관에 몸담고 있다.

마지막으로 옴브렐라. 특이하게도 옴브렐라는 특정 가문이 아닌 개인을 의미한다. 이 세상 그 어떤 보석보다 단단하고 고귀한 드러나지 않는 희생자의 그림자를 옴브렐라 라고 일컫는다. 이름에 걸맞게 옴브렐라의 그림자는 검은색이 아닌 어둠 속에서 밝게 빛나는 백색이다. 그리고⋯

"이들을 위해 일하는 자를, 앞 글자만 따서 닥터 파오 $^{Dr.\ Paao}$라고 부르지."
에밀레를 놀라게 한 낯선 목소리의 주인공은 바로,
"혹은, 뱅커스 뱅크를 총괄하는 대표"

닥터 파오다.

"만나서 반갑구나 에밀레, 뱅커스 뱅크에 온 걸 환영한다."
덥수룩한 회색 수염이 인상적인 몸집 있는 중년의 남성이 불투명한 안경 너머로 인사를 불쑥 건네었다. 그의 책상 위에는 쌍둥이처럼 자신과 똑같이 불투명한 안경을 쓴 아들 사진, 곰처럼 거대한 몸집을 지닌 강아지가 꼬불거리는 털에 눈이 가려진 사진, 그리고 깨끗하게 관리된 입사 30주년 명패가 나란히 나열되어 있다. 그의 자리에서 벌써부터 굉장한 자부심이 느껴진다. 99층 이 꼭대기까지 얼마나 치열하게 올라와야 했을까. 그럼에도 불구하고 가장으로서 책임감도 무시할 수 없다. 두터운 신뢰감이 느껴지는 중년의 남성, 닥터 파오다.

"오셨군요 닥터 파오. 여름 바다에서 고객 미팅이 있으신 줄 알았는데 생각보다 빨리 끝났나 봅니다."

"내 아들놈이 오늘 생일이거든. 그래서 늦으면 안 돼. 이번에는 꼭 야구 경기를 같이 보러 가기로 했단 말이지. 저번에 못 땄던 점수를 좀 만회해 봐야겠어, 와이프한테 또 한 소리 듣기 전에."

"하, 전적으로 공감해요. 제 딸도 이번에 테니스에 맛 들이기 시작하더니 벌써 자기가 선수인 줄 알더군요."

"원래 그 나이 때 애들이 그래. 자기들이 세상의 중심이라 생각한다고. 밖에서 힘들게 돈 벌어오는 우리는 생각조차 않고 말이지. 그나저나 이번 휴가는 어디로 갈 생각인가? 추천할 만한 골프 코스 있으면 혼자만 알고 있지 말고 공유 좀 하자고."

"고객사들과 라운딩 겸 나가는 거면 봄 바다 세 번째 언덕도 추천해요. 최근에 개장해서 그런지 잔디도 깔끔하고 시설도 나쁘지 않아요. 애들이 가볍게 놀 수 있는 테마파크도 근처에 있고요. 거기 지배인 브리프 코드가 여기 어디 있을 텐데…"

이것이 바로 성공적인 스몰 토크 Small Talk (일상에서 나누는 가벼운 잡담)인 건가. 친구가 없어 방에만 틀어박혀 책만 외우던 에밀레에게 너무나도 낯선 사회생활이다.

멀뚱하게 서서 에밀레가 대화에 끼지 못하고 둘만 바라보자 시선을 눈치챈 닥터 파오는 자신의 책상 위에 올려진 두루마리 용지를 에밀레에게 건넸다.

"뱅커스 뱅크 포 시그마 계약 조건이다. 한번 읽어보렴. 이때까지 그 누구도 계약 조건에 불만을 제기한 사람은 없다만, 그래도 서약을 하기 전에 읽어 보는 게 순서이니…"

뱅커스 뱅크 근로 계약서

귀하의 입사를 진심으로 환영합니다.
귀하는 뱅커스 뱅크에 재직 중 회사의 업무 수칙 및
사내 규정을 성실히 준수할 것을 서약하고,
다음과 같이 근로 계약을 체결합니다.

근로 계약 기간: 정규직

소속 부서/ 직함: 투데이 마켓 Today Market, 센틸리언 Centillion, 포 시그마 시장 조성자, 트레이더 Trader

임금: 연간 매월 마지막 날 12장의 유리 지폐, 24개의 붉은 다이아몬드, 48개의 금괴를 지정된 브리프 케이스 계좌로 입금한다.

"매달 한 장의 유리 지폐… 연간 24개의 붉은 다이아몬드…?"

닥터 파오는 만족스러운 에밀레의 반응에 미소를 지었다.

12장의 유리 지폐 핍스, 24개의 붉은 다이아몬드… 대출받지 않고도 자그마치 집을 한 채 장만할 수 있는 금액이다. 그것도 시장의 외곽 겨울 바다가 아닌 가을 바다의 번화가 혹은 엄마가 그토록 바라던 봄 바다에서 여유롭게 생활할 수 있는 자금이다. 벌써부터 행복한 상상의 나래를 펼치는 에밀레. 닥터 파오는 그녀의 곁으로 조용히 다가가 금방 피어오른 비눗방울을 터뜨리듯 그녀의 정신을 깨웠다.

"계약 조항은 마음에 드는 것 같구나."

에밀레는 무언가에 홀린 듯 확장된 동공을 계약서에 고정한 채 고개를 끄덕였다. 파쿠스는 알 수 없는 무표정으로 그녀를 지켜보았다.

"그럼 시간을 더 지체할 것 없이 서약을 시작하지."

닥터 파오가 손가락을 튕기자 회의실에서 대기하던 키는 성인 두 명 크기만 한 거울을 밀면서 방 안으로 들어섰다. 우아하게 장식된 유리 거울 겉모습과는 달리 쇳덩이처럼 무거웠는지 키의 콧잔등에 땀방울이 맺혔다. 겉보기에는 그저 다른 유리 거울들과 다름없어 보인다.

거울 위 모서리에 '포 *시그마 행동지침*' 글자가 선명하게 새겨져 있다. 유리 거울의 정중앙에는 녹슨 열쇠 구멍이 보였다. 익숙한 듯 닥터 파오는 바지 뒷주머니에 달린 회중 라이터를 꺼내 들어 보였다. 검은 장갑을 낀 손가락으로 그가 라이터를 열자 유리 거울 열쇠 구멍에 꼭 맞는 열쇠가 등장했다. 긴장감이 흐르는 가운데 그가 드디어 열쇠를 구멍 안에 집어넣었다.

"… 잠시만."

당황한 닥터 파오는 다시 한번 회중 라이터를 공중 위로 꺼내 들어맞는 열쇠를 열심히 찾아보았다.

"이건 내 여름 바다 별장 열쇠, 이건 우리 집 강아지 방문 열쇠, 이건 내 요트 자물쇠…"

에밀레와 파쿠스는 시선을 어디에다 두어야 할지 몰라 창밖만 두리번거렸다. 그러다 파쿠스는 촛불 심지처럼 굳게 서 있는 닥터 파오의 키에게 "오, 넥타이 멋있는데?" 하며 틈새 스몰 토크를 시전했다. 뻘쭘하게 홀로 남은 에밀레는 키가 건네준 붉은 넥타이만 괜히 만지작거렸다. 뱅커스 뱅크의 로고가 각인된 반짝이는 금색 문양이 그녀의 정신을 몽롱하게 만들었다. 순간 자제력을 잃은 흥분된 목소리로 닥터 파오가 숨겨진 보물이라도 찾은 것처럼 외쳤다.

"찾았다!"

마침내 그는 서약식을 완성하기 위한 열쇠를 발견했다. 여러 번 사용해 살짝 녹이 슨 금색 열쇠가 문구멍에 정확히 들어맞자 톱니바퀴가 삐거덕거리며 맞물리는 소리가 났다. 이윽고 에밀레를 비추던 거울은 불투명한 유리로 바뀌고 숨겨진 글자가 표면 위로 드러났다.

Four Sigma Code of Conduct

포 시그마 행동 지침

Rule Number One – Do the Right Thing

첫 번째 규칙 – 옳은 일을 하라

Rule Number Two – Do not speak of Colors

두 번째 규칙 – 색깔을 논하지 말라

Rule Number Three – Always, 'Best Effort Basis'

세 번째 규칙 – 항상 최선을 다하라

Rule Number Four – Do not seek Paradox

네 번째 규칙 – 모순을 탐하지 말라

Rule Number Five – Give Back to Shadows Community

다섯 번째 규칙 – 그림자 시장에게 환원하라

위의 사항에 대해 충분히 인지하고 동의합니다.

"에밀레, 이제 양손을 거울에 가져다 대주세요."

키가 유리 위로 등장한 다섯 손가락 윤곽이 그려진 서명란으로 그녀를 안내했다.

"양손을 거울 위로 올리면 계약이 시작됩니다."

닥터 파오의 안내에 따라 그녀가 양손을 서명란 위로 가져다 대자 손에 들어맞는 검은색 장갑이 그녀의 손등을 감쌌다.

뱅커스 뱅크의 직원이라면 모두가 착용하는 뱅커스 뱅크 로고가 각인된 검은색 장갑이다.

"공식적으로 에밀레 양은 뱅커스 뱅크의 포 시그마가 되었음을 선언합니다."

닥터 파오가 마지막 선언을 하며 계약을 마무리 지었다.

"걱정 마요 에밀레, 장갑은 언제든지 벗을 수 있으니."

파쿠스는 흥분을 감추지 못하는 에밀레에게 농담을 건넸다.

평생을 겨울 바다 웨스턴 가 Q 번지에 갇혀 있다 난생처음 다른 단체에 소속되었다. 그리고 이곳은 여름 바다 뱅커스 뱅크, 그림자 시장의 시민이라면 누구든 한 번쯤 갈망하는 시장의 꼭대기, 에밀레는 이 순간이 꿈처럼 느껴졌다. 그리고 이게 만약 꿈이라면 영원히 지속되기를. 두 번 다시 겨울 바다로 돌아가고 싶지 않은 에밀레는 검은 장갑을 낀 두 손을 굳게 쥐었다.

천장 위로 나열된 역대 닥터 파오의 초상화들을 보며 자신도 언젠가는 저렇게 높은 곳으로 올라가야지, 아니 굳이 저 위치까지가 아니더라도 뱅커스 뱅크에서 끝까지 살아남는 포 시그마가 되어야지, 난생처음 느껴보는 소속감과 자부심에 그녀는 심장이 요동치고 가슴이 벅차올랐다. 그런데 현재 닥터 파오의 초상화로 넘어가기 전 비어 있는 액자가 그녀의 눈에 띄었다.

"그런데 저 액자는 비어 있네요?"

아리송한 표정으로 에밀레가 비어 있는 액자를 가리키며 물었다.

파쿠스가 순간 주춤하며 에밀레의 질문을 제지하려 화제를 돌렸다.

"그 레지던스는 배정되었나? 세 번째 도로로 나가면 울창한 나무숲이 보일 텐데. 키, 에밀레한테 길 안내를 도와주겠어? 처음이라 지리가 익숙지 않을 텐데…"

닥터 파오는 에밀레의 질문에 아랑곳하지 않고 커다란 그림자를 드리우며 그녀에게 가까이 다가가 어깨에 손을 얹으며 말했다.

"**모순을 탐한 자**는 어떻게 되는지 잘 알고 있지 에밀레?"

그는 의미심장한 말을 건네며 그녀의 어깨를 토닥였다. 의문이 풀리지 않았지만, 어깨 뒤로 느껴지는 싸늘한 공기에 에밀레는 왠지 여기서 질문을 더 이어 나가면 안 될 것 같았다. 미숙했지만 눈치는 나름 있었던 그녀는 입을 다물고 텅 빈 액자에서 시선을 거두었다.

그 둘 사이의 정적을 깨며 닥터 파오의 키가 헛기침을 두어 번 한 뒤 다음 일정을 재촉했다.

"닥터 파오는 다음 일정이 있으시니, 서약식을 이만 마무리 짓도록 하죠."

뒤에서 등장한 트레이더스 키가 포 시그마 유니폼 그리고 에밀레의 짐가방과 함께 그녀를 맞이한다. 포 시그마의 시그니처 검은 양복과 차콜 색깔의 베스트, 흰색 셔츠, 그리고 뱅커스 뱅크 금색 로고가 각인된 여분의 붉은 넥타이. 날씨가 너무 더워지면 긴 팔 긴 바지 대신 반팔 셔츠 그리고 무릎 위까지 내려오는 반바지 혹은 치마를 입어도 좋다. 기본만 지키면 되기에 복장 규정이 까다롭지는 않았다. 유니폼을 건네받으며 반짝이는 에밀레의 두 눈과는 달리 짐가방이 꽤나 무거웠는지 키는 미간을 찌푸리며 짧은 호흡을 내뱉었다.

"머무르게 되실 레지던스로 안내 도와드리죠. 99층까지 승강기가 다시 올라오려면 또 얼마나 기다려야 할지 몰라요. 점심시간 다 돼 가니 서둘러요 어서, 사람들 몰리기 전에."

그녀는 꽤나 노련한 손놀림으로 금방이라도 문이 닫히려는 승강기를 놓치지 않게 재빨리 버튼을 눌렀다.

에밀레는 계약서가 적혀 있는 두루마리 용지를 손에 꼭 쥐었다. 그러고는 검은 포 시그마 장갑을 다시 한번 손에 맞게 고쳐 쓴 뒤 키로부터 유니폼과 짐가방을 건네받았다.

"오, 벌써 점심시간이라니. 오늘 점심은 버터 치킨 커리 아닌가? 그렇다면 놓칠 수 없지."

키가 말한 대로 점심시간에 맞춰 사람들이 얼마나 붐빌지 모르니 파쿠스도 그들과 동행하려 승강기 쪽으로 장난스럽게 몸을 틀었다.

순간, 분수대 옆에서 가만히 잘 만 놀고 있던 흰색 앵무새가 영혼 없는 검은색 눈동자를 그들이 탑승한 승강기에 고정했다. 그러고는 승강기 새장 안에 갇혀 있던 앵무새와 같이 합창하듯 속보를 내보냈다.

"이어서 들어온 속보입니다. 나머지 네 명의 그림자도 모두 조작된 것으로 밝혀졌습니다. 사건은 점점 더 미궁 속으로 빠지는 가운데 다섯 명의 모노센터 생존 여부는 지금까지 밝혀지지 않고 있습니다. 조작설이 유력해지는 가운데 그림자 시장 정부에서의 직접적인 개입이 예상됩니다. 전문가 모시고 자세한 소견 들어보겠습니다."

무거운 속보에 파쿠스는 여유 있어 보이던 미소를 감추고 승강기에서 하차했다. 속보에 분위기가 무거워진 탓일까, 닥터 파오는 사적인 대화를 요구하며 파쿠스에게 안경 너머로 조용한 눈빛을 보냈다.

"미안해요 에밀레. 우리는 여기서 인사를 해야 할 것 같네. 어차피 내일 첫 출근이니 푹 쉬고, 키가 레지던스까지 잘 안내해 줄 거예요. 뱅커스 뱅크에서 제공하는 나우아바라 스위트는 7성급 호텔 저리 가라 할 정도로 그림자 시장 최고거든. 스위트 객실이라 불리는 데에는 다 이유가 있다고."

그는 엄지를 치켜올려 보이며 아직 긴장감이 역력해 보이는 에밀레를 안심시켰다. 에밀레는 손안에 든 계약서를 다시 한번 움켜쥐었다.

"키, 에밀레를 잘 부탁해요. 우린 내일 아침에 봐요."

뎅 - 뎅 - 뎅 - 뎅

벌써 그림자 시장의 종이 네 번이나 울렸다.
에밀레는 과연, 눈치챘을까?

10

뱅커스 뱅크 사거리

"세 번째 거리의 나우아바라 숲속 스위트 Nauabara Forest Suite 라…"

친절하게 알려준다는 키는 어디 가고 에밀레 혼자 드넓은 숲길 언덕 한가운데를 헤매고 있다.

짐 가방이 무거워 유치한 보복이라도 한 걸까, 그녀는 에밀레에게 간단히 지리만 알려주고 오피스로 곧장 돌아갔다.

"아이고, 팔 빠져. 자, 이제부터 말 편하게 해도 괜찮지 에밀레?"

먼지가 가득한 그녀의 짐 가방을 뱅커스 뱅크 입구 계단 위에 던지듯 거칠게 놓으며 키는 대뜸 제안했다. 그녀는 길을 잃은 에밀레의 어리숙한 표정을 금방 눈치챘다.

"걱정하지 마, 금방 찾을 수 있을 거야. 세 번째 거리를 쭉 걷다 보면 울창한 숲이 나올 텐데 그곳이 바로 너희 주니어 Junior 포시그마들이 옹기종기 모여 살게 될 레지던스란다. 알파벳순으로 나열되어 있으니 찾기 쉬울 거야. 나는 이만 오피스로 돌아가 봐야 하는데 괜찮지?"

'괜찮지?'란, 에밀레의 대답을 요구하는 질문은 아니었다. 그녀는 그렇게 에밀레만 홀로 뱅커스 뱅크 사거리 한복판에 내버려둔 채 자리를 떴다.

"쉽기는… 개뿔… 어디가 대체 아파트라는 거야. 여기 레지던스는 무슨 숲으로라도 지었나…"

퇴근 시간이면 포 시그마들의 무리와 맞물려 자연스레 동행이라도 할 텐데 점심시간이니 세 번째 거리가 고요하다 못해 한적하다.

뱅커스 뱅크 입주민들이 거주하는 단지라는데 온통 주위는 나이를 가늠할 수 없는 울창한 세쿼이아 나무들로 가득하다.

"망할 나우아바라는 7성급 호텔 저리 가라라며… 그건 그렇고, 대체 사람들은 어디에 숨어 있는 거야?"

메아리라도 외치며 도움을 청해볼까 잠깐 생각했지만, 지극히 내향형 인간인 에밀레에게 어려운 고민이다. 아침부터 아무것도 먹지 못해 배가 고파온 에밀레는 파쿠스가 말했던 버터 치킨 커리가 생각났다. 막말로 그녀는 당장 유리라도 씹어 먹을 기세다.

"좋아, 한 바퀴만 더 둘러보고 안되면 깔끔하게… 밥부터 해결하자."

물론, 그녀는 식당 위치가 어딘지 알 리가 없다. 이럴 줄 알았으면 키한테 뱅커스 뱅크 약도라도 부탁할 걸 그랬나, 에밀레는 후회가 되었다. 이럴 때 브리프 케이스를 사용하면 지리 문제쯤이야 금방 해결할 텐데 아직 브리프 코드도 없던 에밀레에게 무리다. 그녀는 우선순위를 정했다. 레지던스를 찾게 되면 바로 밥을 먹으러 간 뒤 바로 브리프 코드를 개통하러 가야지. 첫 출근 날 입어야 할 유니폼을 다려야 하나 생각했지만, 일단은 급한 것부터 해결해야 했다.

그러다 문득 에밀레는 이상한 공통점을 발견했다. 커다란 나무줄기 밑 양옆으로 다섯 손가락 문양과 여러 개의 이름이 새겨져 있다.

"이름이 도밍고…이니까 알파벳 'D'."

알파벳순으로 나열돼 있다는 게 이 뜻이었구나. 패턴을 알아챈 에밀레는 서둘러 다음 블록으로 향했다. 그녀는 배가 너무 고파와 더 이상 버틸 수 없을 것 같았다. 나사가 하나 빠지기라도 한 건지 잔뜩 거슬리는 소리를 내는 짐가방을 끌며 도착한 곳에서 에밀레는 안도의 한숨을 내쉬었다.

"찾았다, 내 이름."

E로 시작하는 여러 개의 이름 중 에밀레의 이름도 새겨져 있다. 지체할 것 없이 다섯 손가락 문양에 포 시그마 장갑을 낀 손을 가져다 대자 나무줄기 모양을 따라 아치 모양의 입구가 드러났다.

≪나우아바라 스위트 'E'≫

그녀는 혹시라도 누가 나올까 경계심 가득한 눈빛으로 고개만 빼꼼 내밀고 나무 몸통 내부를 두리번거렸다.

"뭐야… 아무도 없네. 출근 시간이라 그런가…"

에밀레는 불편한 짐가방을 끌며 아치 입구로 발을 내디뎠다. 하늘을 담고 있는 끝이 보이지 않는 천장, 나뭇가지 사이들을 틈 타 새어 나오는 햇살, 원형 통나무의 벽면을 타고 올라가는 에스컬레이터, 정말로 작은 성의 꼭대기 층 같았다.

"계단이 아니라 천만다행이네…"

짐가방을 입구에 올린 뒤 나머지는 에스컬레이터에 몸을 맡겼다. 나무줄기를 타고 천천히 올라가는 에스컬레이터, 계단이 아니라 얼마나 다행인지 모른다. 각각의 층마다 걸려 있는 입주민들의 자연스러운 모습을 담은 초상화들도 인상적이다. 얼마나 높이 올라가는 걸까. 계속해서 돌아가는 에스컬레이터에 머리가 살짝 어지러워질 때쯤 건물 5-6층 높이쯤 되려나, 그곳에서 기계가 가동을 멈추었다. 그녀는 에스컬레이터에서 내려 붉은 벨벳 카펫이 놓인 얇은 복도를 건넜다. 빛 하나 들어오지 않는 짧은 복도를 전부 건너자 그녀는 자신의 눈앞에 놓인 광경을 보고 입을 다물지 못했다.

집채만 한 나뭇가지가 주먹을 쥔 자세로 웅크리고 앉아있다. 처음에는 자신을 위협하는 크기에 몸이 자동반사적으로 흠칫했지만, 그녀가 조심스레 한 발자국을 내딛자 굳게 다물어진 주먹이 서서히 열리기 시작했다. 동물이 포효하듯 통 큰 울림에 발밑까지 진동이 느껴졌다. 주먹을 쥐며 웅크렸던 나뭇가지 손가락이 하나씩 펴지자 그 안에 한 편의 동화처럼 아늑한 공간이 등장했다.

"… 장난 아닌데…"

상상 이상의 공간이다. 여름 바다 별장 맨션만큼 호화로운 집은 아니지만 혼자서 지내기에 안성맞춤인 공간이다.

다섯 손가락 사이사이 위치한 기다란 창, 왼편으로 보이는 시원한 여름 바다 풍경, 오른쪽에는 세쿼이아 나무가 고층 건물처럼 솟아오른 울창한 숲, 성인 남성 두 명은 올라갈 크기의 푹신한 매트리스, 그녀의 책을 수용할 만한 넉넉한 크기의 책장과 체리 나무로 만들어진 튼튼한 책상, 뱅커스 뱅크가 아줄레주 문양으로 새겨진 바닥, 그 위에 살포시 깔린 부드러운 양털 카펫, 거창하진 않지만 나름 아담한 부엌, 커피 한잔하기 좋은 햇살이 드리운 원형 테이블, 화장실 안에는 심지어 여름 바다 전경이 보이는 대리석 욕조까지 놓여있다. 그녀가 올 걸 예상이라도 한 듯 욕조 안에는 벌써 김이 모락모락 피어오르는 따뜻한 물과 장미 향을 내는 거품이 함께 채워져 있다. 정말인지 웨스턴 가 Q 번지 꼭대기 층에 숨겨진 옥탑방과는 상반되는 분위기의 집이다. 이곳에 가만히 앉아있기만 해도 온종일 지쳤던 마음이 회복되는 기분이다.

감탄한 에밀레는 헝클어진 더벅머리를 쓸어 넘기며 가운데 창가로 가까이 다가갔다. 자세히 보니 무언가 당길 수 있는 방아쇠 모양의 손잡이가 눈에 띄었다. 호기심에 방아쇠를 당기자 두 번째, 세 번째, 그리고 네 번째 손가락이 완전히 펴졌다. 나무 손가락이 기지개를 켜듯 몸통을 비틀며 나무 꼭대기 위로 움직였다. 그 움직임에 몸이 저절로 휘청이던 에밀레는 침대 모서리에 의지하며 바깥 전경을 감상했다.

울창한 세쿼이아 나무숲 꼭대기에서 바라보는 여름 바다 전경은 그야말로 장관이다.

"파쿠스의 말이 맞았어… 이건 그냥 리조트잖아…"

그녀는 배고픔마저 잊고 끝없이 이어지는 여름 바다 파도에 눈을 떼기 힘들었다.

그런데 어디선가 들려오는 울음소리가 에밀레의 짧은 휴식을 방해했다. 건너편에서 똑같이 손가락이 펼쳐진 나뭇가지 안에 에밀레와 비슷한 체구의 여자가 충혈된 은빛 눈동자를 숨기며 콩벌레처럼 웅크려 앉아있다. 정성 들여 묶은 티가 나는 반묶음 머리, 귀가 늘어나지는 않을까 걱정되는 보헤미안 문양의 큰 원형 귀걸이, 바짝 깎은 손톱 위 벗겨진 금색 매니큐어, 몸에 딱 붙는 호피 무늬의 검은 민소매, 가벼워 보이는 재질의 검은 플레어스커트, 발목까지 오는 가죽 장화, 오합지졸이지만 도미노처럼 획일화된 뱅커스 뱅크 사회에 비해 확실히 개성 있어 보이는 친구다.

아까 올라오면서 보았던 초상화의 주인인가. 이름이 'E'로 시작하는 건 알겠는데, 이름이 뭐였더라. 그녀의 방안은 온통 각양각색의 매니큐어들과 명품으로 도배되어 있다. 명품 브랜드를 잘 모르는 에밀레도 가끔씩 엄마한테 건너들은 고급 브랜드 가방들이 줄을 지어 진열되어 있다.

어깨너머로 누군가 빤히 쳐다보는 시선이 느껴졌는지, 그녀도 고개를 들고 에밀레를 마주 보았다. 어색한 첫 만남이다.

"아, 미안. 하던 거 마저 해."

에밀레는 나름의 배려를 해주었다.

"아냐 굳이 위로는 필요 없어."

"… 위로 한 적 없는데."

홀로 자신만의 세계에 빠진 듯 아랑곳하지 않는 그녀의 당당한 태도에 뻘쭘해진 에밀레가 소심한 목소리로 중얼거렸다.

"난 어차피 잘릴 거거든. 이 가방들도 다 갖다 팔아야 할지도 몰라. 비싸게 쳐줘야 할 텐데… 몇 번 들지도 않은 거란 말이야."

자신의 보물 같은 명품 가방들을 쓰다듬으며 혼잣말을 이어 나갔다.

"망할 제이제이 때문에 휴가도 제대로 못 쓰고, 업무 이따위로 처리하고 튈 거면 내일부터 나오지 말라는 데, 나도 돈만 아니면 나가기 싫어! 지긋지긋한 뱅커스 뱅크!"

"제이제이?"

"있어, 말 안 통하는 사이코패스. 자기밖에 모르는 이기적인 인간."

그래도 에밀레가 반응을 해주니 나름 도움이 되었는지, 흥분을 가라앉힌 그녀는 에밀레와 정상적인 대화를 시도했다.

"그나저나, 내 이름은 에밀리 캐쉬."

캐쉬? 현금을 뜻하는 단어가 이름이라니. 뱅커스 뱅크에서 일할 운명을 타고난 사람인가. 놀란 에밀레의 반응이 익숙한 그녀는 말을 이어 나갔다.

"알아, 어떤 재수 없는 인간들은 놀리려고 일부로 캐쉬라고 부르는데 편한 대로 불러. 넌 이름이 뭐야?"

"고마워,"

또래의 여자친구에게 처음 말을 건네보는 에밀레는 나름 신중하게 그녀의 이름을 골랐다.

"... 에밀리. 난 에밀레야. 내일부터 출근하게 됐어."

에밀레와 에밀리. 입에 착 달라붙는 한 쌍이다.

"잠시만, 세상에. 네가 혹시 포 시그마 추가 합격자야?"

예상치도 못한 그녀의 정체에 놀란 에밀리는 초점 없이 흐릿했던 두 눈이 동그래졌다.

"맞아, 파쿠스랑 같은 트레이더 팀."

그녀의 과한 반응이 부담스러웠는지 에밀레는 뒷걸음을 쳤다.

"오 이런, 그럼 제이제이가 네 직속 상사잖아?"

"사이코패스?"

"… 음, 그냥 내가 아까 했던 말은 잊어. 네 정신 건강에 해롭겠다."

에밀리는 자신이 조금 전 말실수를 한 것처럼 대화를 황급히 마무리 지었다.

그렇게 그 둘은 여름바다를 사이에 두고 허공에 우두커니 앉아있다가 방 안의 종이들을 마음대로 휘날리는 애꿎은 바람을 탓했다.

결국 어색함을 참지 못한 에밀리는 정적을 깨고 다시 내려가려는 에밀레를 붙잡았다.

"배는 안 고파? 뭐 먹고 싶은 거라도 있어?"

에밀레는 고민할 새도 없이 답했다

"버터 치킨 커리."

◆◇◆

"… 너 어디 갇혀 살다 왔니?"

며칠 굶은 사람처럼 허겁지겁 음식을 먹어 치우는 에밀레를 에밀리가 진정시켰다.

뱅커스 뱅크 두 번째 거리로 내려온 에밀레와 에밀리.

두 번째 거리는 온통 식당과 상점들로 붐빈다. 생필품은 물론 기본적인 의약품을 살 수 있는 약국이나 생활용품을 구입할 수 있는 쇼핑몰도 비치되어 있다. 굳이 뱅커스 뱅크에 거주하는 포 시그마들이 여름 바다 번화가로 내려가지 않아도 되는 편의를 제공하기 위해서다.

그래도 거리의 분위기를 좌지우지하는 두 번째 거리의 입구는 이름만 들어도 입이 벌어지는 고가 브랜드들로 장식되어 있다.

남자들이라면 누구나 한 번쯤 경쟁의식을 갖고 견주는 값비싼 회중 라이터 브랜드들. 여름 바다 집 한두 채쯤은 아무 문제도 아닌 가격이다. 보이지 않는 남자들의 심리 싸움에 시계만큼이나 화근이 되는 것이 그림자 시장에서는 회중 라이터다. 얼마나 순도 높은 금, 밀도 있는 다이아몬드를 사용하는지, 어떤 유서 깊은 장인이 한 땀 한 땀 만들었는지, 얼마나 역사가 깊은 라이터인지, 여러 요소가 최종 가격을 결정짓는다.

"내 것도 먹어… 난 다이어트 중이라 어차피 탄수화물은 못 먹어…"

아랑곳하지 않고 에밀리의 음식까지 맛있게 먹어 치우는 에밀레를 보자 그녀는 군침이 돌았다.

"치킨은 괜찮겠다… 단백질이잖아."

에밀리가 슬쩍 버터 치킨 한 조각을 집어 들었다.

"서약식은 어땠어?"

"뭐, 평범하게 닥터 파오 만나서 계약서 받고 서약도 진행했지. 추가 합격자라고 크게 다른 건 없는 것 같던데."

"야, 난 서약식 때 닥터 파오 얼굴도 못 봤어. 그날 원래 제이제이가 왔어야 했는데 휴가도 안 내고 여행 갔잖아. 그 바람에 앤서니가 고생했지."

에밀리는 과거 자신의 계약 날을 회상하며 열불을 냈던 앤서니를 떠올렸다.

갑자기 부재중인 제이제이 때문에 반강제로 서약식에 불려 갔던 앤서니는 애꿎은 에밀리를 붙들며 몇 시간 내내 화풀이했었다.

"뭐? 휴가를 안 내고 여행을 갔다고? 세상에, 저 자식은 강도야! 은행 돈을 횡령하고 있다고! 내 말이 틀려? 왜 다들 멍청하게 가만히 있는 거야!"

지난날이 무슨 소용이 있겠는가, 에밀리는 고개를 저으며 에밀레에게 당부했다.
"그냥 간단히 말하자면 제이제이랑 앤서니는 앙숙이야. 서로 라이벌이라 불리는 것도 자존심 상해해."
벌써부터 시작되는 정치 싸움에 골머리 앓기 싫었던 에밀레는 일단 급한 배부터 채웠다. 바닥까지 비워진 그릇들을 보며 에밀리는 놀라움을 감추지 못했다.
'저 작은 몸에 저 많은 음식이 들어간다고?'
그녀는 속으로 감탄했다.
어느 정도 허기가 가시자 에밀레는 다음 장소로 이동하기 위해 테이블 의자를 밀어 넣었다.
"다음은 뭘 해야 한다고? 브리프 코드?"
덩달아 에밀레의 뒤꽁무니를 쫓아 에밀리도 식당가를 나섰다.

뱅커스 뱅크 몰 지하로 내려가면 각종 생필품을 판매하는 상가들이 즐비해 있다. 그림자 시장의 공용 통신 수단인 브리프를 사용하기 위해서는 브리프 코드를 발급받아야 한다. 지리에 익숙하지 않은 에밀레가 무작정 나서자 에밀리가 그녀를 저지했다.

"그쪽은 재건축 중인 사 번 가야, 브리프 코드를 발급받으려면 지하로 내려가야 해."

"재건축하고 있다고?"

"나한테 묻지 마. 나도 뭘 짓고 있는지, 언제 끝날지 몰라. 내가 왔을 때부터 재건축 중이었으니까. 카지노라도 짓고 있나 보지 뭐."

음산한 기운이 겉도는 사번 가 입구는 일반인들의 출입을 금지하는 경고등이 켜져 있다. 몇십 톤은 족히 돼 보이는 기계들은 건축 자재들을 실은 채 시체처럼 전원이 꺼져 있다. 얼마나 가동이 멈춰져 있었는지는 모르겠지만 꽤 오랫동안 사람의 발길이 끊긴 모양이다. 공사장 뒤편에는 출처를 알 수 없는 검은 매연도 모락모락 피어오른다. 여기저기 널브러져 있는 콘크리트 자재들이며 흩날리는 석회 가루까지, 저 거대한 천 뒤에는 대체 무얼 숨겨둔 걸까?

"빨리 와! 언제 퇴근할지 모른다고 이 사람들. 통신사 사람들은 완전 자기네들 멋대로야!"

방향을 잃은 에밀레를 에밀리가 이끌어주었다. 나름 에밀레 인생 첫 또래 친구가 생겼다.

◆◇◆

"브리프 케이스 저장 공간은 얼마로 하시겠어요?"

브리프 케이스 저장 공간이란, 케이스 안에 담을 수 있는 물건의 저장 공간을 의미한다. 예를 들면 1평 저장 공간이라 하자. 브리프 케이스의 사용자는 실제로 1평 남짓한 공간 안에 담을 수 있는 물건들을 이 작은 브리프 케이스 안에 담아서 언제든지 꺼내쓸 수 있다. 단순히 말하자면, 안이 밖보다 크다는 소리다.
　"평상시에 들고 다니는 물건이 없으면 보통 1평 남짓으로 해. 이렇게 하면 굳이 가방을 들고 다닐 필요가 없잖아? 물론 가방의 의미에 따라 달라지겠지만 말이야."
　"저도 1평으로 해주세요."
　점원은 능숙한 솜씨로 에밀레의 브리프 케이스를 이리저리 매만지며 스크루 드라이버로 여러 번 나사를 조였다 풀기를 반복했다.
　"어떻게 지금까지 브리프 코드를 안 만들었을 수 있어? 진짜 사회랑 단절된 채 어디 갇혀 있었던 거 맞지? 자, 저장해 내 이름. 에밀리, 캐쉬, 뭐든."
　브리프 케이스를 열자 한 손바닥에 들어오는 작은 자판이 정교한 할로우그램 형상으로 등장했다. 자판을 하나씩 누를 때마다 울리는 진폭이 타자기의 자판을 연상시켰다.
　난생처음으로 생긴 브리프. 겨울 바다에서 생활했을 때는 통신 수단이 딱히 필요로 하지 않았다. 엄마가 기회를 마련해 주지도 않았지만, 기본적으로 소통할 친구도 없었다. 유일하게 말동무가 돼 주었던 그림자들, 도우들은 에밀레가 부르면 언제든지 그녀

곁으로 스며들었으니 사람으로부터의 단절은 그녀에게 기본값이었다. 뤼오가 등장하고 나서부터 많은 것이 바뀌긴 했지만 타고난 성향은 그림자 그 자체다.

"넌 사회성을 좀 길러야 할 필요가 있어 보여. 이왕 사거리로 나온 김에 같이 일하게 될 팀원들도 미리 소개해 줄게."

이어지는 에밀리의 제안에 에밀레는 나름 두 손을 내밀며 정중하게 거절을 표현했다. 아침부터 고단한 그녀는 김이 모락모락 올라오는 따뜻한 물로 가득 찬 원형 욕조 안에 담그고 싶은 마음뿐이었다. 그런데 눈치 없는 에밀리는 그녀가 내민 두 손뼉을 마주치며 신나게 자기 할 말만 이어 나갔다.

"그래, 곧 있으면 퇴근 시간이니까 다들 일 번가로 모일 거야."

그래도 앞으로 한 지붕 아래서 같이 지내야 할 동료들인데 먼저 얼굴도장 찍으면 나쁠 게 없을 것 같아 그녀는 처음으로 생긴 친구의 고집을 굳이 꺾지 않았다.

"일 번가? 왜 다들 일 번가로 모이는 거야?"

"왜 모이긴. 술 한잔하러 모이는 거지. 하루가 끝났잖아. 그럼 회사원들의 낙이 뭐겠어, 술 한잔하면서 상사 뒷담이나 하는 거지 뭐. 그러라고 돈 더 받는 거지 상사들은."

포 시그마들이 독사들처럼 득실거리는 뱅커스 뱅크 사거리 한복판에서 이런 말을 하다니, 에밀리는 확실히 입단속을 해야 할 필요가 있어 보인다.

그녀의 얄팍함을 눈치챘는지 퇴근 시간을 알리는 종소리가 울렸다.

"오 이런, 사람들이 몰리기 전에 자리부터 맡아 놔야겠어. 인기 많은 루프톱 바들은 예약으로 꽉 차 있을지도 몰라."

"재즈 바 어때? 솔직히 공연 실력은 날별로 천차만별인데 분위기가 나름 괜찮아서 포 시그마들이 가장 많이 몰리는 바 중 하나야."

"난 신경 쓰지 마 에밀리. 어차피 아무것도 몰라서 어디든 좋아. 바 이름이 뭔데?"

에밀리가 마음에 든다는 듯 씩 웃으며 답했다.

"1920s."

◆◇◆

에밀레는 술집이라고 하면 편견이 있다.

겨울 바다 유흥거리 중심지인 웨스턴 가 골목 사이사이 위치한 술집들이 하루살이 같은 노동자들을 도수 높은 지독한 술 냄새로 유인한다. 상표가 떼인 채 여기저기 굴러다니는 술병들, 계단 위에 굳어 있는 토사물들, 그걸 쪼아 먹는 검은 비둘기들, 언제 그림자가 되어 사라질지 모를 가로등 밑, 술에 절어 있는 사람들. 그 광경은 에밀레에게 동기부여가 되었다.

'언젠가는 이 거지 같은 겨울 바다를 떠나야지.'

엄마가 매일 주문처럼 외우던 말이다. 유일하게 기억에 남는 술집이 있다면, 베란다 창문 틈으로 무지갯빛 담배 연기가 새어 나오던 에밀레의 집 바로 옆 빌라에 자리 잡은 작은 술집. 에밀레가 아주 어렸을 적, 아빠의 회사가 파산하고 엄마가 집에서 도망쳤을 때 어린 그녀를 가끔씩 맡아 두었던 공간이다. 지금도 에밀레는 가끔 술집 아주머니가 밥때마다 챙겨주었던 치킨 카레 볶음밥이 생각이 난다.

그런데 웰컬, 뱅커스 뱅크의 술집들은 그야말로 차원이 달랐다. 1920s, 이름만 들어도 재즈가 절로 귓속에 맴도는 고급스러운 바. 물론 포 시그마들 기준에 평범 그 이상 이하도 아니겠지만 적어도 에밀레에게 이 공간은 시간을 과거로 회귀시켜 주는 공연장처럼 느껴졌다.

아직 이른 시간이라 밴드 일원들이 현악기를 조율하며 내는 소음이 귀를 찔렀지만 환상적인 내부에 이미 에밀레는 흠뻑 반해 있었다. 때깔 고운 검은색 그랜드 피아노, 중 저음의 목소리를 내는 첼로, 도금된 드럼 세트, 무대 정중앙 위치한 뱅커스 뱅크 시계 모양의 회전하는 원형 장식, 영원히 지지 않는 뜨거운 태양 같다.

술집도 이렇게 고급스러운 사교장 같은 분위기를 낼 수 있구나, 아줌마도 고성방가를 지르는 취객 대신 수준급의 멋진 밴드가 있었다면 좋아하셨을 텐데. 모링가들로 북적이는 유흥 거리에서 나고 자란 에밀레에게 신선한 충격이다. 마침 캐셔 앞에서 오픈 준비를 하고 있던 웨이터가 그녀들을 친절히 안내했다.

"안녕하십니까, 숙녀분들. 몇 명이서 오셨습니까?"

"네 명 테이블 부탁해요. 나머지 애들은 이따가 합류할 예정이에요."

작은 손바닥 위에 올려진 브리프에 온 정신을 집중한 에밀리는 웨이터를 보지도 않은 채 도도하게 그의 물음에 답했다. 아마도 퇴근 후 술 한잔할 회사 동료들을 소집하고 있는 모양이다.

"물론이죠, 운이 좋으셔요. 오늘 마침 재즈팀 공연이 있는 날이거든요. 잘 보이는 자리로 안내 도와드리겠습니다"

"거봐! 내 말대로 오기를 잘했지?"

재즈 바 공연이 있다는 말에 금방 화색이 돋은 에밀리는 무대가 잘 보이는 가장 테이블 의자 위에 브리프를 올려놓았다. 그러고는 누구에게 잘 보일 일이라도 있는 건지 브리프 케이스에서 립스틱을 꺼내고는 꽃단장을 시작했다.

때 마침 퇴근하고 몰려드는 포 시그마 무리. 온통 검은색 셔츠에 검은색 드레스, 붉은색 넥타이, 붉은색 스카프. 겨울 바다 밤거리를 휘젓고 다니던 죽은 그림자 무리가 여름 바다에서 다시 사람의 형태로 살아 돌아온 것만 같다. 알고 보면 여름 바다는 그들의 사후세계가 아닐까, 에밀레는 말도 안 되는 상상을 한다.

"여기야!"

의자에서 앉은 채 허리를 있는 힘껏 뻗어 에밀리가 작은 손을 흔들며 입구에서 헤매고 있는 동료를 맞이했다.

모범생처럼 보이는 갈색 안경테에 그을린 피부, 노란색과 갈색이 반반 섞인 인상적인 곱슬머리, 금빛 눈동자의 꽤나 몸집 있는 통통한 사내가 에밀리를 발견했다.

"… 리카르도는, 데려왔어?"

잔뜩 기대에 부푼 에밀리가 전형적인 포 시그마의 기운을 내뿜는 사내에게 물었다.

"나도 몰라…무슨 파쿠르 대회 준비한다고 퇴근하자마자 사라졌어."

"파쿠르? 파쿠스? 우리 보스? 그게 뭔데? 방금 지어낸 거 아니야? 괜히 나 바보 만들려고 또 이상한 단어 하나 지어냈지?"

에밀리가 심드렁하게 실망스러운 답변만 내세운 사내에게 다시 한번 되물었다.

"오 네가 추가 합격자 에밀레구나! 파쿠스한테 들었어. 내일부터 첫 출근이라며?"

에밀리의 이어진 질문을 가볍게 무시하고 그는 뱅커스 뱅크의 새 식구를 맞이했다.

"침착하라고, 자기소개부터 하는 게 예의 아니야?"

얼굴에 심술이 잔뜩 올라온 에밀리가 짜증을 냈다.

"미안, 내 이름은 반푸야. 너랑 같은 트레이더고 파쿠스랑 제이제이 밑에서 일하고 있어. 앞으로 자주 보게 될 거야."

"만나서 반가워. 난 뭐, 알다시피 추가 합격자야. 추가 합격이 뱅커스 뱅크에서 얼마나 흔한 일인지는 모르겠지만… 앞으로 잘 부탁해. 많이 가르쳐 줘."

"나도 입사하고 처음 들어봐 추가 합격자는. 이례적인 일이긴 하지. 굳이 뱅커스 뱅크에서?"

"자, 자, 자기소개들은 차근차근하시고, 뭐 마실래? 위스키? 럼? 칵테일? 내가 없어서 오늘 꽤나 고생했을 테니, 진 토닉으로 가실까요?"

"한 잔 부탁합니다."

재즈 공연의 막 이 올라가고 바 내부는 점점 사람들로 붐비기 시작했다. 분위기가 무르익어 가자 술기운이 올라온 에밀리는 솔직 담백한 이야기의 막을 올렸다.

"내가 뱅커스 뱅크로 온 이유? 간단하지! 돈!"

"난 돈이 좋아, 내 맘대로 여행도 다니고, 명품도 살 수 있고, 호텔에서 고급 요리도 매주 먹을 수 있고, 이게 나쁜 거야?"

"진정해, 에밀리. 우린 아무 말도 안 했어."

반푸가 금방 술기운이 올라온 그녀를 진정시켰다.

"세금 꼬박꼬박 내, 버는 족족 써, 경제를 활성화시키는데 나보다 더 이바지하는 사람 있으면 나와 보라 그래!"

무슨 일이 있었던 건지 모르겠지만 에밀리는 쌓여 있던 억울함을 토해내었다.

"그런데 저 사람들은 누구야?"

혼자서 잔뜩 흥분한 에밀리를 뒤로한 채 에밀레가 구석에서 대화를 나누고 있는 사람들을 향해 물었다. 딱 봐도 느껴지는 그들만의 아우라에 뱅커스 뱅크의 연장자들, 아웃라이어 무리다.

"미스터 메이슨, 우리가 소속한 투데이 시장의 은행장. 닥터 파오 바로 밑에서 보고를 올리는 사람이야. 최종 보스 바로 밑이라 볼 수 있지."

"그리고 옆에서 위스키를 마시고 있는 그의 직원 노바, 홀더 부서의 헤드야. 그리고 옆에는 트레이더 부서의 헤드…"

"칸델라?"

"잘 아네! 우리 보스의 보스의 보스, 칸델라지."

남은 진 토닉 한 방울을 바닥까지 싹싹 털어 삼킨 에밀리는 아웃라이어 무리 사이에서 서성이는 사내를 발견했다.

"웬일이야, 쟤가 재즈 바를 다 오고."

"쟤가 누군데?"

아웃라이어 무리들 사이 단연 눈에 띄는 젊은 포 시그마, 심지어 그의 존재감이 어색한 기운조차 없는 사내를 향해 물었다.

"쟤는 도밍고 몬티첼로. 홀더 ^{Holder} 소속인데 아이러니하게도 사회성이 없어. 홀더 팀은 쉽게 말해서 회사의 지분을 보유하고 있는 고객들을 관리해. 고객들의 이름 대신 익명성을 보호하기 위해서 홀더들이 대표로 지분을 보유하고 있지. 고객이 회사를 사달라면 사고, 팔라고 하면 팔고. 간단히 말해 고객지원 팀이라 생각하면 돼. 물론, 얘가 우리 주 고객이기도 하지만…**알티큘러스의 유일한 후계자라는 소문이 있어.**"

붉은 눈동자, 플라밍고, 3대 가문 중 하나인 알티큘러스의 소속이기에 당연히 뱅커스 뱅크의 주 고객이겠지. 어렵지 않게 그의 정체를 추측할 수 있다.

"보이지? 우리 같은 포 시그마들과는 급이 달라. 시니어들이랑만 어울리는 거 봐. 괜히 옆에 서있다가는 우리들만 찬밥 신세로 만들어버린다고."

그의 존재는 같은 포 시그마들에게도 급이 있다는 걸 상기시켰다.

술이 다 떨어진 에밀리는 웨이터를 부르려 손을 내밀었다. 그런데 핏빛 눈동자의 사나이, 도밍고가 자신들이 자리 잡은 테이블로 성큼 걸어오자 에밀리는 당황한 듯 얼버무렸다.

"… 뭐야 쟤. 설마 다 들린 건가, 왜 이쪽으로 다가오는 거야?"

"…맙소사, 내가 목소리좀 낮추라 했지."

"에밀레?"

어두운 조명 아래 포 시그마들 사이에서 조용히 자신의 존재감을 드러내는 사내. 동굴 같은 중저음의 목소리가 매력적이다. 에밀레의 두 배는 돼 보이는 커다란 골격에 뱀같이 차가운 빨간 눈동자 아래에서 왠지 모를 거만함이 묻어났다. 에밀레를 발견하자 그는 미리 알고 있다는 듯 그녀의 이름을 불렀다.

"도밍고! 여기서 만날 줄이야, 의외인걸? 이런 시끄러운 바는 질색일 줄 알았는데."

화색을 띠며 시끄럽게 반기는 에밀리와는 다르게 반푸는 테이블 구석에서 시큰둥하게 몸을 웅크리며 난데없이 브리프 케이스를 꺼내 만지작거렸다.

"추가 합격자가 있다는 소리를 들어서 미리 인사하러 왔지. 만나서 반가워 에밀레, 나는 같이 일하게 될 홀더 소속 도밍고."

그가 맹수같이 커다란 손을 건네며 에밀레에게 악수를 청했지만 정작 그의 눈동자는 인사에는 관심 없는 듯 오로지 그녀의 주황빛 눈동자만 우두커니 바라보았다. 그녀의 흔들리는 두 눈동자에서 과연 뭘 발견한 걸까?

"혹시, 너 오빠 한 명 있지 않아?"

제 발 저린 도둑처럼 에밀레는 급히 손을 빼내었다. 뤼오를 말하는 건가, 이 자는 대체 어떻게 알고 있는 거지. 자신의 정체를 들킬 위기에 처한 에밀레는 요동치는 심장을 애써 가라앉히며 태연하게 물음에 답했다.

"… 아니, 난 외동인데. 다른 사람이랑 헷갈린 거 아니야?"

아직 의문이 가시지 않은 표정이다. 그는 그녀의 눈동자에서 특이점이라도 발견한 걸까? 에밀레의 거짓말에도 좀처럼 속아 넘어갈 생각을 하지 않는 눈빛이다.

"뭐야 도밍고, 둘이 아는 사이야? 네가 아는 여자 친구도 있어?"

에밀리가 빨대를 시끄럽게 쪽쪽 빨며 긴장감이 흐르는 둘 사이의 분위기를 방해했다.

사람들의 시선이 거슬렸는지 도밍고는 에밀레를 향한 의심 가득한 눈빛을 거두었다.

"내가 잘못 본 것 같네. 친구들이랑 좋은 시간 보내는 데 방해해서 미안. 내일 정식으로 인사할게."

도밍고는 등장했을 때와 마찬가지로 조용히 자리를 옮겨주었다. 그가 사라지자 에밀레는 땀에 찬 주먹을 여러 번 쥐었다 폈다 하며 긴장감을 털어냈다.

"정식으로 인사한 데. 뭐야, 뭐야. 둘이 무슨 사이야?"

드디어 도밍고가 시야에서 사라지자 굼벵이처럼 웅크려 있던 반푸가 모습을 드러내었다.

"넌 또 뭐야, 쟤한테 밉보인 거라도 있어? 왜 구석에서 주눅 들어있을까?"

에밀리가 비아냥대며 잔뜩 기가 죽어 있는 반푸를 놀려 댔다.

"주눅은 무슨… 지금 직장 상사한테 답장 중인 거 안 보이냐? 누구랑 다르게 난 휴가가 아니라 말이지."

"야, 휴가는 무슨. 휴가 당일 아침부터 연락해 와서 뭐라 한 줄 알아? 이따위로 일할 거면 휴가 계속 써도 된대."

"진짜?"

"영. 원. 히."

반푸는 고개를 절레절레 흔들며 비어 있는 그녀의 잔에 술 대신 물을 따라주었다.

"내일 출근해야 할 생각에 눈앞이 캄캄하긴 하지만… 그럴 땐 술이 답이지! 칵테일이나 한 잔 더 하자고!"

언성을 높인 에밀리가 테이블을 쾅 치며 잔을 들이켰다. 맹물인 걸 알아챈 그녀는 잔을 탈탈 털고 웨이터를 부르려 손을 허공에 냅다 휘휘 저었다.

"혹시 너희, 닥터 파오에 대해서 잘 알아?"

에밀리가 웨이터에게 추가 주문을 하는 사이 그녀는 아까 서약식에서 답을 듣지 못했던 질문을 이어갔다.

"정확히 어떤 부분에 관해 묻고 싶은 건데?" 그의 안경 밑 금빛 눈동자가 반짝였다.

"닥터 파오 오피스에 비어 있는 액자."

에밀레의 결정적인 질문에 반푸가 포 시그마들의 눈치를 살피며 테이블 안으로 몸을 굽혔다.

"잠깐, 이리 가까이 모여봐."

그들은 작당 모의를 하는 사고뭉치들처럼 동그란 테이블 중심으로 모여들었다. 술기운이 오른 에밀리가 몸을 제대로 가누지 못하고 균형을 잃은 오뚝이처럼 산만하게 이리저리 움직이자 반푸가 그녀의 목덜미를 붙잡으며 대화에 집중시켰다.

"원래 닥터 파오는 두 명이 공동 대표 $^{Co\text{-}Head}$인 체재야. 한 명은 오드 ^{Odd}, 다른 한 명은 이븐 ^{Even}. 힘의 균형을 맞추기 위해서 두 명의 리더가 뱅커스 뱅크를 관리해 왔지. 그런데 어느 날 오드는 자리에서 쫓겨나고 이븐만 혼자 남아서 뱅커스 뱅크의 유일한 사장이 된 거야."

드디어 비어 있는 액자의 의문이 확실히 풀리는 순간이다.

"뭐야, 이때까지 나만 몰랐던 거야?"

금시초문인 이야기를 들은 에밀리의 눈이 동그래졌다.

"관심이 없었던 거겠지, 신상 가방 외에는."

반푸는 눈을 가늘게 뜨며 그녀의 반응을 비꼬았다. 마치 앙숙 같은 반푸와 에밀리.

"왜 쫓겨난 건데?"

그러거나 말거나, 에밀레는 질문을 이어 나갔다. 의문이 한 번 생기면 놓칠 줄 모르는 그녀.

"… 오드, 그 사람은 뱅커스 뱅크에서 쫓겨났어, **모순을 탐한 죄로.**"

한 박자 쉬고 반푸는 귓속말하듯 목소리를 낮추며 그녀의 질문에 답했다.

"모순?"

놀란 에밀레가 되물었다.

"조용히 해! 주변에 눈이 많다고."

반푸가 에밀레를 다그치며 설명을 이어 나갔다.

"서약식 때 행동 규칙 읽었지? 네 번째 규칙을 위반해서 뱅커스 뱅크에서 쫓겨났데. 그 사람이 지금 어디 있는지는 글쎄, 그림자들만이 알겠지."

의문이 실마리가 풀렸다. 두 명의 공동 대표 체재, 비어 있는 액자, 사라진 한 명의 닥터 파오, 오드. 그리고 현재 뱅커스 뱅크에 존재하는 유일한 닥터 파오, 이븐. 그렇다면 과연 오드는 어디로 사라진 것일까? 혹시, 모노센더 실종 사건과 연관이 있는 걸까? 하나의 의문이 풀리자 다른 의문이 생겨버렸다.

순간 재즈 바 내부의 브리프 케이스들이 울리면서 그림자 시장의 속보가 흘러 들어왔다.

"지금 막 들어온 속보입니다. 발견되었던 모노센더들의 검은 그림자가 모두 조작된 것으로 밝혀졌습니다. 그들의 진짜 그림자는 과연 어디에 숨어 있는 것 인지, 그들은 과연 아직까지 살아 있는 것 인지, 그림자 시장에 혼란을 야기한 모노센더들을 대상으로 뱅커스 뱅크와 그림자 정부의 대대적인 수사가 이루어질 전망입니다."

"… 미안, 나 내일 첫 출근이라 먼저 들어가 봐야 할 것 같아."
에밀레는 이어진 모노센더 실종 사건 속보에 머리가 어지러웠다. 술기운인지 자꾸만 머릿속을 맴도는 뤼오 때문인지 에밀레는 의지할 곳이 필요했다. 어두운 재즈 바의 출구를 찾아 억지로 늘어진 몸을 옮긴 그녀는 낯익은 사내의 가슴팍에 머리를 부딪혔다.
"데려다줄까? 나도 어차피 들어가는 길이라. 아직 가로등 불빛이 안 들어와서 길이 어두울 텐데."
급하게 자리에서 일어나는 에밀레를 내려다보며 도밍고가 적극적으로 제안했다. 그런 사람처럼 보이지는 않는데, 갑자기 훅 들어온 적극적인 그의 행보에 에밀레는 당황했다.

순간, 그 둘 사이를 방해라도 하려는 듯, 가로등 불빛들이 도미노처럼 짓궂게 연달아 들어섰다. 여름 바다에도 드디어 기다렸던 밤이 시작된다.

"도밍고 군! 오랜만일세. 오늘 자네 아버지와 함께 라운딩을 다녀왔는데 실력은 여전하시더군"

포 시그마들과 함께 잔을 돌리던 미스터 메이슨이 도밍고에게 성큼 다가왔다. 유황 앵무새의 머리를 연상시키는 특이한 머리 스타일을 가진 남자, 정갈하게 접힌 흰색 카라에 짙은 남색 정장, 척 보기에도 무게가 꽤 나가 보이는 순금 회중 라이터에 박힌 다이아몬드가 재즈 바 조명에 반사되었다. 그 둘을 방해하고 싶지 않았던 에밀레는 눈치를 보며 도밍고의 제안을 예의 있게 거절했다. 그는 차마 그녀를 더 붙잡을 수 없었다.

"아냐 괜찮아. 오늘 와줘서 고마워."

서둘러 자리를 떠나는 에밀레를 에밀리가 제발 한 잔만 더 하자며 제지하려 했지만 반푸가 신경 쓰지 말고 어서 가보라며 손짓을 건네었다. 클라이맥스를 향해 가는 재즈 공연을 뒤로한 채 에밀레는 첫 번째 거리, 불이 꺼지지 않는 펜더모니엄을 빠져나왔다.

어둑해진 뱅커스 뱅크의 밤길을 밝히는 건 가로등뿐이 아니다. 사거리 정중앙에 위치한 뱅커스 뱅크의 시계 또한 하늘의 달빛이 무안해지게 어둠을 밝히고 있다. 아쉽게도 밤을 밝히지 못한 그림자 무리가 에밀레의 뒤꽁무니를 여기서도 슬그머니 쫓는다.

술기운이 점점 올라오자 그녀는 하루 종일 신고 다녔던 발에 안 맞는 신발이 거슬렸다. 하나가 거슬리기 시작하자 주변을 맴도는 도우들 마저 거슬리기 시작한다. 그러다 그 들 중 몸집이 큰 그림자가 에밀레를 덮치려 하자 그녀가 화들짝 놀라 뒤를 돌아보았다.

"거봐, 내 말이 맞죠?"

"칸델라?"

보드룸에서 확신에 찬 얼굴로 자신을 고용한 남자, 걸음걸이 하나에도 거만함이 묻어 있는 남자, 1920s에서 포 시그마들은 쳐다보지도 않고 아웃라이어들과 어울리던 남자.

그리고, 지금은 에밀레의 뒤에서 장난스러운 표정을 지으며 그녀를 놀라게 하는 남자, 할로우 휠즈에서 죽을 뻔했던 자신에게 손을 뻗은 남자, 인생 망했다며 절망에 빠진 그녀에게 자신의 신발을 아무렇지 않게 건네주었던 남자. 과연 어느 것이 그의 진짜 모습일까?

"신발 말이에요, 제 말대로 아무도 밑을 바라보지 않았죠? 이곳 사람들은 다들 내려갈 일이 없다고 생각하니."

"맞다 신발,"

에밀레는 아무 생각 없이 다급하게 신발을 돌려주려 발을 들어 올렸다.

"숙녀가 길 한복판에서 맨발로 다니면, 나더러 레지던스까지 안고 가라고?"

그가 능글맞은 표정으로 에밀레를 놀리자 그녀가 실눈을 치켜뜨며 발걸음을 멈추고 입술을 다문 채 그를 노려보았다.

"또 화났네, 농담이에요."

뭐가 그렇게 좋은 건지 에밀레와 단둘이 남아있을 때는 아이처럼 실실 웃으며 그녀에게 장난을 걸어왔다.

"다음에 만날 때 천천히 돌려줘요."

그러다 문득 에밀레는 호기심이 생겼다. 그에게 물어볼까? 과연 어떤 모습이 진짜 모습인지? 그렇다고 답을 선뜻 알려줄까? 밑져야 본전이지.

"대체 왜-?"

그녀가 질문을 끝내기도 전 칸델라는 에밀레의 의도를 눈치채고 시원한 답변을 해주었다.

"아웃라이어인 걸 안 알려줬냐고요? 나는 그게 더 이상한데? 초면에 대뜸 아웃라이어라고 본인을 소개하는 게 더 이상하지 않아요? 그 타이틀이 내 정체성의 전부면 삶이 너무 보잘것없어 보이는데?"

그의 말이 맞다. 반박할 틈이 없다. 자신이 만약 칸델라였어도 생전 처음 보는 사람한테 '내가 너의 미래 상사야'라고 얘기할 일은 없을 터, 나쁜 의도가 없는 사람을 꼬아서 생각한 자신이 부끄러웠다.

"고마워요."

"미안, 내가 귀가 어두워서 잘 못 들었어요. 뭐라고?"

또, 또, 입꼬리가 잔뜩 올라간 칸델라는 그녀에게 귀를 가까이 들이밀었다.

"고. 맙. 다. 고. 요."

"별말씀을."

밤이 점점 깊어 가자 여름 바다에도 찬 공기가 숲속 나무 사이사이로 밀려 들어온다. 포 시그마들은 이 시간까지도 일 번가에서 술을 진탕 마시는 건지 거리가 한적하다. 어색한 고요함을 틈타 에밀레가 평소와는 다르게 먼저 질문을 꺼냈다.

"칸델라는 뱅커스 뱅크에 들어온 지 얼마나 됐어요?"

"나? 글쎄, 나는 사실 딱히 유서 깊은 인물은 아니에요. 오히려 내 밑에 있는 파쿠스나 라파엘이 나보다 뱅커스 뱅크 선배거든."

그의 잿빛 눈동자에서 왠지 모를 동질감이 느껴졌다.

"대단하네요, 그래도 그 짧은 시간 안에 아웃라이어가 되려면 남모르게 노력도 많이 했을 텐데 말이죠."

"운이 좋았을 뿐이죠, 뭐."

"그래도 뱅커스 뱅크가 생각보다 평등한가 봐요. 제가 생각했던 것보다 사람들한테 더 기회를 많이 주네요."

"어떤 사람들…?"

칸델라가 발걸음을 멈추고는 정색하며 흔들림 없는 검은 눈동자로 에밀레를 바라보았다. 맞다, 이곳은 뱅커스 뱅크. **두 번째 행동 수칙: 색깔을 말해서는 안 된다.**

방금 전 뱅커스 뱅크의 행동 수칙을 어겨서 쫓겨난 오드에 대해 들었으면서 바보 같은 실수를 하려 하다니. 분명 몸이 지칠 대로 지친 게 분명하다. 당황한 에밀레는 나무에 새겨진 철자 'E'를 보자마자 안도의 한숨을 내쉬며 급히 화제를 돌렸다.

"도착했다, 여기가 제 레지던스예요."

"오, 에밀리 캐쉬랑 같은 건물이네요. 하긴, 에밀리와 에밀레 잘 어울리는 한 쌍이네."

다행히 칸델라도 사뭇 진지해진 분위기를 바꾸며 재치 있게 말했다. 에밀레는 입구에 손바닥을 얹어 잠금을 해제했다.

"에밀레,"

무언가 할 말이 있어 보였던 칸델라는 뒤돌아선 그녀를 붙잡았다.

"잘 자요."

긴장감이 무색하게 별거 아닌 작별 인사다. 에밀레는 '못 말려'라는 표정으로 대답 대신 칸델라에게 짧은 눈인사를 건네고는 캐슬 안으로 들어섰다. 그녀가 안전하게 방으로 들어간 걸 확인한 칸델라는 혼잣말을 중얼거리며 일 번가를 나섰다.

"결국에는 못 돌려받았네."

방 안으로 들어서고 신발을 벗자 그제야 칸델라가 하려던 말이 뭐였는지 그녀는 생각이 났다.

"아 맞다, 신발!"

결국, 이번에도 못 돌려줬다. 괜찮아, 신발은 언제든지 돌려줄 수 있으니, 다른 포 시그마들의 눈을 피해서 잘 돌려주자. 일단은 지칠 대로 지쳐버린 자기 몸부터 돌보아야 했다. 그녀에게는 이제 살아야 할 내일이 있다. 적어도 한 줄기 희망 같은 그 사실이 그녀를 버티게 하는 힘이 됐다. 주기적으로 들려오는 뮈오와 관련된 그림자 시장의 속보가 그녀의 정신을 아득하게 했지만, 일단은 모든 생각을 멈추자. 에밀레는 욕조에 몸을 녹일 시간도 없이 침대에 뻗어버렸다. 솜이불 대신 잔잔한 여름 바다 위를 비추는 달빛이 따뜻하게 에밀레를 감싸안았다.

살면서 처음 맞이한 여름은 강렬했지만 달달했다.

II

첫 출근

"잠시 정차하겠습니다."

이른 출근 시간이지만 벌써부터 승강기 내부는 포 시그마들로 북적인다. 검은 유리 공장에서 찍어낸 복제품처럼 시그마 표시가 새겨진 검은 장갑, 검은색 정장, 마무리로 붉은 넥타이 혹은 핏빛 스카프. 그 어느 것 하나 눈에 띄는 것이 없다. 굳이 눈에 띄는 거라면, 에밀리의 귀에 간신히 매달려 있는 보헤미안 무늬의 귀걸이 정도.

"어제 잘 들어갔어? 잠은 잘 잤고?"

포 시그마들 사이에 묻혀 고개를 빼꼼 내민 에밀리가 귓속말로 속삭였다.

잠은 무슨, 에밀리가 술에 잔뜩 취한 채 삼 번가 한가운데서 고성방가를 지르는 바람에 한숨도 못 잤다. 무슨 술을 그렇게 많이 마신 건지, 또 무슨 기운이 남아도는 건지, 초췌한 에밀레의 안

색에 비해 에밀리는 너무나도 멀쩡하다. 빨리 내리기라도 했으면 좋겠는데 초고층 건물 안에 설비된 더블텍 승강기는 윗승강기에 밀려 벌써 세 번째 정차 중이다. 슬슬 짜증도 밀려온다.

'투데이 마켓 - 47층'

"여기야 에밀레."

띵 소리와 함께 그녀는 창백해진 에밀레의 얼굴을 살폈다.

드디어 열린 승강기 문틈 사이로 밀물 빠지듯 포 시그마들이 빠져나간다.

에밀레와 에밀리도 무리에 휩쓸려 물살에 밀리듯 무사히 승강기를 빠져나왔다.

"매일 아침마다 이 고통을 겪는다고 봐야겠지?"

"뱅커스 뱅크가 승강기 모델을 새로 구축할 계획이 없다면 글쎄… 아마도?"

승강기에서 내린 에밀레는 만약 에밀리와 같이 출근하지 않았더라면 아마 첫날부터 길을 잃었겠다고 생각했다. 아무리 여름 바다 초고층 건물이라지만 시야에 담기도 버거운 거대한 공간이 어떻게 건물 내부에 존재할 수 있는 건지, 한가운데 뚫려 있는 끝이 없는 소용돌이 모양의 나선형 계단이 뱅커스 뱅크의 분위기를 압도했다. 101층 건물의 끝이 어딘지 모를 천장까지 이어지는 원형 계단, 심지어 난간을 붙들고 서 있는 것조차 손에 땀을 쥐게 한다.

웅장한 오피스 내부에 혼이 빠진 에밀레는 턱이 저절로 벌어졌다. 나선형 계단을 중심으로 세 개의 오피스 입구가 보인다.

≪ 옥틸리언, 데실리언, 센틸리언 ≫

"우리는 **센틸리언**이니까 승강기에 내려서 바로 보이는 입구를 사용하면 돼. 번거롭긴 하겠지만 우리는 새로운 문을 열 때마다 매번 신원확인이 필요해. 심지어 화장실을 이용할 때도 말이지…"

만약 장갑을 깜빡하고 놓고 왔다면 하루가 번거롭게 흘러가겠는걸, 에밀레는 속으로 생각했다. 에밀리는 처음 입학한 신입생을 안내하듯 멍한 그녀의 정신을 일깨우기 위해 초점 잃은 에밀레의 눈앞에 손가락을 튕겼다.

"어이! 정신 차리라고. 우리 아직 출근 전이야!"

벌써부터 밑 보일 수는 없지, 에밀레는 얼굴을 손바닥으로 한 번 거칠게 쓸어내리고는 에밀리를 따라 입구 안으로 들어섰다.

오피스 안은 출항을 준비 중인 거대한 선박 내부를 연상시켰다. 포 시그마들은 시장이 열리기 전 자신의 역할에 맡게 항해사처럼 자리에 앉아 책상 앞에 설치된 거대한 창문을 자세히 살핀다. 겉으로 보았을 때 옥탑방에 있던 창문과 다름없어 보였지만 자세히 보니 네 개의 계절이 담겨있다. 창문 속에는 시장이 열리기를 기다리며 각 바다를 대변하는 경제 지표들이 이리저리 움직인다. 생동감 넘치는 움직임에 창문 속 다른 세상이 존재하는 것만 같다. 이 모든 것이 에밀레에게는 새로움 그 자체다. 어젯밤 침대에 몸을 눕히기 전까지만 해도 그녀는 포 시그마가 되었다는 사실이 피부에 와닿지 않았다. 막상 긴장감이 도는 오피스에 들어서니 이제야 자신도 이들과 한배를 탔다는 사실이 실감 났다.

"여기가 내 자리니까, 아마도 이 공석은 너를 위한 자리겠네."

에밀리가 비어 있는 자신의 뒷자리 의자를 꺼내며 말했다.

"혹시 키도 아직 출근 전인가?"

"키를 왜 찾아?"

"아직 세팅이 안 되어 있는 것 같아서. 다른 사람들처럼 저 창문…이 있는 것도 아니고… 설마 자비로 구입해야 하는 건가?"

에밀레는 비어 있는 책상을 어색하게 두드리며 진지하게 물었다.

"그럴 리가."

그녀의 발상이 유쾌했는지 에밀리가 피식 웃으며 책상 밑에 있는 금색 버클을 가리켰다.

"네 손으로 직접 그 버클을 당겨봐."

에밀레가 검은색 장갑을 낀 손으로 금색 버클을 잡아당기자 책상 내부에 숨겨져 있던 무색투명한 창문, 타자기, 스피커, 카메라 렌즈까지 기관차 조종실 내부처럼 하나씩 등장했다.

초상화가 들어갈 법한 금색 테두리 안에 설치된 대형 창문을 가운데 두고 양옆에 세로로 놓인 소형 창문, 노란색 테두리의 검은색 타자기, 모니터 밑 체리색 원목 선반에 설치된 아직은 정체를 알 수 없는 여러 개의 수상한 버튼, 그 가운데 박혀 있는 바다별 마켓 아워 Market Hour (시장이 열려 있는 시간)를 알려주는 아날로그 형태의 시계, 축음기 모양의 거대 스피커, 작은 장식 등까지. 에밀레는 자신이 마치 뱅커스 뱅크의 조종사가 된 기분이 들었다.

"어째 말이 없다? 나랑 반응 비슷하네. 나도 처음에는 뭐부터 만져야 할지 도통 감이 안 왔다고."

"… 멋있는데?"

"글쎄…한 달 뒤에도 같은 말 하나 보자 한 번…"

예상치 못한 그녀의 상기된 반응에 당황한 에밀리는 말끝을 흐렸다.

"우리 보스 이름이 뭐라고?"

에밀레는 피아노 건반처럼 반짝이는 타자기를 손끝으로 가볍게 두드리며 물었다.

"본명은 조르노 지오바니. 줄여서 '악명 높은' 제이제이."

"…조르노 지오바니면 '지지'라 불러야 하는 거 아니야?"

"몰라, 사람들이 다 제이제이라 부르던데? 처음 입사했을 때부터 그렇게 불렀어. 다들 딱히 의문은 안 가지더라고. 그냥 이름일 뿐이잖아."

맞다, 그냥 이름일 뿐이지. 괜히 또 쓸데없는 의문을 갖는 것 같아 에밀레도 더 이상 캐묻지 않았다.

"좋은 아침 자매님들!"

그 사이 반푸와 다른 동료도 출근해 자리를 정리하고 있다. 짧은 아침 인사를 건넨 반푸와는 다르게 날카로운 인상의 꽤나 과묵해 보이는 붉은 늑대처럼 생긴 근육질의 사내. 셔츠를 입었지만 걷어 올린 소매 위로 보이는 핏줄과 수북한 털에서 남성미가 느껴진다. 심지어 도무지 출신을 알 수 없는 초록빛 눈동자. 태어나 난생처음 보는 에메랄드빛 눈동자는 인간의 것이 아닌 것 같다. 에밀리가 왜 그렇게 좋아서 안달인지, 굳이 캐묻지 않아도 에밀레는 그녀의 취향을 쉽게 알아챌 수 있었다.

그는 어깨에 두른 검은색 체육관 가방을 바닥에 무심하게 던지고는 의자를 꺼내 앉아 책상 위에 올려진 운동 기구로 손의 근육을 풀었다. 어제 에밀리가 잠깐 언급했던 리카르도가 분명했다. 그를 의식하고 있던 에밀리는 갑자기 목소리를 가다듬고 프로정신 가득한 눈빛으로 시간을 확인했다.

아직 시장이 열리기 전까지 시간이 남은 걸 확인한 에밀리는 책상 위의 창문을 가볍게 두드렸다. 그녀가 옅은 파장을 일으키자 검은 연못 표면에 조약돌을 튕긴 것처럼 검은색 창문 위로 표식이 서서히 드러났다.

"몽크(MONQ)에 입장하시겠습니까?"

"실시간 시장 분석과 시세 (Real Time Market Overview & Quote), 알티몽크 혹은 줄여서 몽크라고 불러 다들. 이건 뱅커스 뱅크뿐만 아니라 그림자 시장의 모든 금융기관이 공통으로 사용하는 시스템 이름이야."

그 표식을 손가락으로 튕기듯 돌려 뒤집자 뱅커스 뱅크의 전체 조직도가 화면 안을 순식간에 꽉 채웠다.

"자, 뱅커스 뱅크가 크게 예스터 데이 시장 Yesterday Market, 투데이 시장 Today Market, 투모로우 시장 Tomorrow Market으로 나뉘어 있다는 건 알 거야."

"가장 큰 부서인 예스터데이 시장부터 얘기해 볼까?"

"모든 것의 시작점인 예스터 데이 시장, 여기서 활동하는 포시그마들을 시장 공급자라고 불러. 얘네들의 주 업무는 화폐 발행이야. 크게 두 부서로 나뉘는데, 첫 번째는 그림자 시장의 환율을 결정짓는 절대적인 기준, 유리 지폐 핍스를 발행하고 관리하는 부서. 두 번째는 그림자 시장에 상장된 회사들의 고유 화폐인 스퀘어 Square를 발행하는 곳."

"스퀘어?"

눈을 동그랗게 뜨며 에밀레가 물었다.

"정말 간단하게 회사를 화폐화 시켰다고 생각해 봐. 그게 바로 그 회사의 스퀘어야. 각 회사의 가치를 대변하고 사고팔 수 있는 그 회사만의 스퀘어. 그림자 시장 회사들이 가장 처음 자금을 마련하기 위해 찾는 곳이 예스터데이 시장이지. 예를 들면 시장에 자신의 회사를 상장하고 싶다던가, 다른 회사를 사고 싶다던가, 투자를 위한 자금이 필요해서 자신들의 스퀘어를 더 발행한다던가..."

"아하."

그제야 이해가 된 듯 에밀레는 고개를 끄덕였다. 내심 어제와 상반되는 그녀의 전문가 같은 태도에 감탄한 모양새다.

"우리가 속한 투데이 시장, 사람들은 우리 같은 포 시그마를 시장 조성자라 불러. 이곳의 가장 큰 특징은 금고가 있다는 거지. 뱅커스 뱅크의 가장 많은 층과 공간을 차지하기도 하고. 27층부터 46층까지는 전부 투데이 시장의 금고라 보면 돼. 시장 공급자들이 발행한 스퀘어를 시장 참여자들이 사고팔며 활동할 수 있도록 도와주는 부서지."

"투모로우 시장은 말 그대로 내일을 예측하는 시장 예언가들이야. 각 회사가 가지고 있는 미래 가치나 잠재 능력에 관해 연구한다거나, 이 안목을 가지고 돈 많으신 분들 자산관리를 해준다거나, 마치 미래를 점찍는 예언가 같은 사람 말이야. 물론, 이들도 사람인지라 다 맞추는 건 아니야."

"예언가들?"

"그 왜, 여름 바다 뒷골목에 가보면 천막 뒤에 숨어있는 점쟁이랑 점성술사들 있잖아, 투모로우 시장 출신들이라는 소문도 있어…"

에밀리가 주변 사람들의 눈치를 보며 그녀의 귀에 속삭이듯 이야기했다.

"어때? 막상 펼쳐보니 생각보다 직관적이어서 이해하기 쉽지? 뱅커스 뱅크는 그림자 시장이 흘러가기 위해서 없어서는 안 될 존재야. 만약 뱅커스 뱅크가 오늘 당장 사라진다면 그림자 시장에 더 이상 내일은 없을걸? 그만큼 필수적이기도 하지만 동시에 치명적일 수 있지. 그러니 항상 조심, 또 조심해야 한다고."

설명을 마친 에밀리는 고개를 돌려 에밀레의 표정을 확인했다. 다행히도 아직 그녀의 금빛 눈동자는 초점을 유지하고 있었다. 에밀리는 안심하고 다음 설명을 이어갔다. 에밀리는 불필요한 나머지 팀들의 조직도는 가지치기하듯 잘라내고 '투데이 시장 팀 센틸리언 조직도'를 메인 화면 위로 불러왔다.

"흠, 일단 제이제이가 오기 전에 간단히 우리 팀 조직도부터 설명해 줄게."

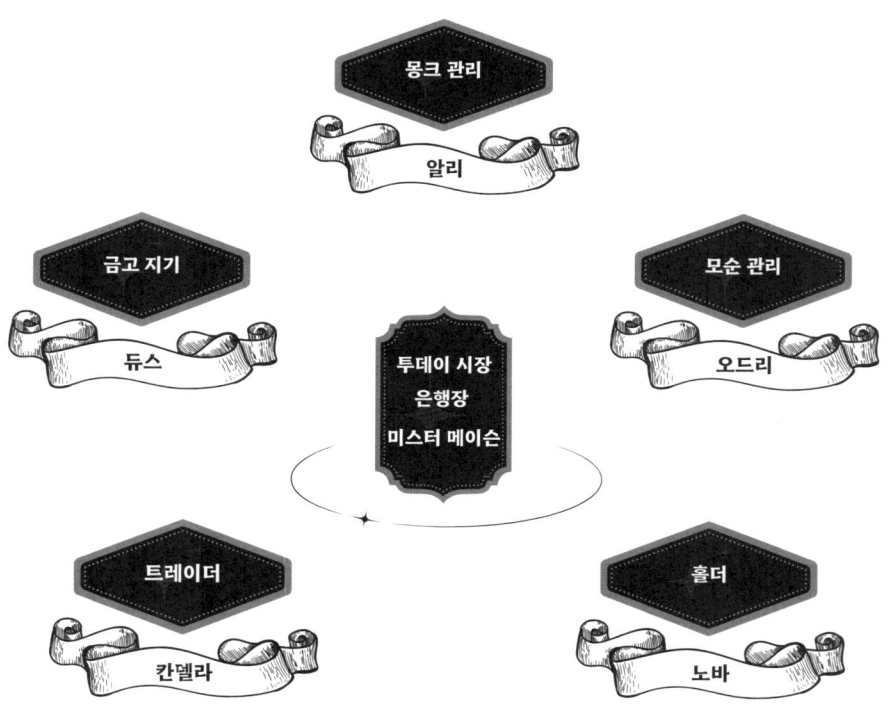

"투데이 시장 아래 크게 세 개의 팀들로 나뉘지. **옥틸리언, 데실리언, 센틸리언.** 그 기준은 담당하는 고객의 숫자와 거래 크기인데, 우리는 그중에서도 가장 규모가 큰 부서인 센틸리언! 미스터 메이슨이 가장 눈여겨 보이는 팀이야. 나름 자부심 가져도 좋아."

그녀가 어깨를 으스대며 말했다.

"하나의 팀 안에는 이렇게 다섯 개의 부서가 존재해. 트레이더, 홀더, 모순 관리팀, 몽크 관리팀, 그리고 금고 관리팀. 다섯 개의 팀 중 우리는 트레이더 팀 부장인 칸델라 밑에 있지."

에밀리가 초점을 밑으로 옮겨 조직도에 세부적인 설명을 덧붙였다.

"제이제이 팀은 주로 회사의 스퀘어를 거래하고, 앤서니 팀은 바다 별 화폐를 거래해. 트레이더들은 특히나 시장이 열리는 시간에 예민하니까 자리를 비우는 일은 되도록 삼가 줘."

참고로 스퀘어를 거래할 수 있는 시장이 열려있는 시간은 바다마다 다르다. 그림자 시장이 정해놓은 '시간'에 의하면 겨울 바다는 9시부터 12시까지, 가을 바다와 봄 바다는 9시부터 15시까지, 그리고 여름 바다는 12시부터 18시까지 운영한다. 에밀레는 어서 빨리 시간을 읽는 개념에 익숙해져야겠다 생각했다.

"너 진짜 운 좋은 줄 알아. 어느 회사에 가도 나 같은 선임 없다?"

농담 같지만, 그녀의 말이 사실이다. 그 어느 회사에서 팀 조직도부터 일일이 설명해 주는 선임은 없을 터, 그녀는 에밀레가 꽤 마음에 들었나 보다. 뿌듯하게 제자를 바라보고 있는데, 순간 터벅터벅 걸어오는 특유의 걸음걸이가 에밀리의 신경을 곤두세웠다.

"오호 – 에밀레? 추가 합격자?"

부엉이를 닮은 반짝이는 은빛 두 눈동자의 사내가 그녀를 반겼다. 늘어난 바지, 색깔이 안 맞는 천으로 몇 번 기워진 셔츠 소매, 마치 트레이더들에게는 필수인 듯한 동그란 갈색 안경, 그리고 손에서 쥐고 놓지 않는 야구공 모양의 스트레스 볼.

'악명 높은 제이제이'

뱅커스 뱅크 오피스 안에서 일하면서 왜 행색은 재건축 중인 공사판 일꾼과 다름없어 보일까? 자신의 가치를 각양각색의 방법으로 드러내기 바쁜 다른 포 시그마들과는 달리, 강도가 털어 갈 게 없을 정도로 그 어느 것도 값이 나가 보이는 물건이 없다. 검소하다 해야 할지 특이하다 해야 할지. 분명한 건, 반짝이는 그의 두 눈동자는 남들과는 다른 목표가 있어 보인다.

"신입한테 기본적인 건 제가 모두 설명해 줬어요."

에밀리가 그의 눈을 피하며 조직도가 펼쳐진 모니터를 가리켰다.

"오호, 이게 누구신가? 휴가는 잘 다녀왔고? 왜, 조금 더 쉬다

오지."

예상을 빗나가지 않고 기다렸다는 듯 에밀리를 비아냥대는 제이제이. 언뜻 듣기로는 그녀가 휴가를 가기 전 큰 실수를 했다는데, 그것을 복구하는 데 나머지 팀원들이 꽤나 애를 먹은 모양이다.

"농담이고, 가서 자리나 좀 치워. 메모지들이 날아다니다 못해 아주 무덤을 만들었던데."

집요한 그가 더 이상 붙들지 않자 안도의 한숨을 내쉰 에밀리는 조용히 자리로 돌아가 불빛에 몰린 나방들처럼 나풀거리는 노란 메모지들을 정리했다.

"에밀리가 잘 가르쳐 줬는지, 어디 한 번 테스트해 볼까? 연말 보너스에는 아무 지장 없으니 부담 갖지 말고."

그가 눈썹을 치켜올리며 간단한 질문을 시전했다.

"자, 화폐에도 가치가 있듯이 회사에도 가치가 있지. 각 회사의 가치를 그림자 시장에서는 뭐라고 표현하지?"

"회사의 가치를 형상화한 독립형 빌딩, 갈라지는 **지퍼 빌딩** Zipper Building 이라 부르죠. 지퍼 빌딩의 크기가 커지면 회사 가치도 올라가고, 반대로 작아지면 회사 가치도 떨어지죠."

"맞아, 뱅커스 뱅크의 27층부터 46층까지는 바로 그 지퍼 빌딩들을 관리하는 금고다. 시장이 열려 있는 시간 동안 빌딩들은 실시간으로 모양이 바뀌게 되지."

제이제이가 조직도가 펼쳐져 있던 모니터를 뒤집자 지퍼 빌딩의 주소지를 검색할 수 있는 '**다섯 자리수**$^{\text{Five Digit}}$' 검색 창이 등장했다. 그러고는 타자기로 손을 옮겨 다섯 개의 번호 '15A29'를 차례로 눌러 '겨울 바다 15번가 A번지 29층'을 검색했다.

"예를 들어볼까? 겨울 바다의 15번가 A번지 빌딩을 보면 유리 벽돌들로 이루어진 빌딩이 보이지? 이 빌딩을 구성하는 이 벽돌들이 바로 회사의 고유 화폐, 스퀘어다. 겨울 바다의 화폐는 검은 유리 동전이니 이 벽돌들은 모두 검은 유리로 만들어졌겠지?"

"그럼 여름 바다는 붉은 다이아몬드, 봄 바다는 금, 가을 바다는 은구슬로 스퀘어가 만들어지겠네요?"

"그렇지, 나중에 바다별로 화폐를 교환할 때도 훨씬 더 유용하니까."

나쁘지 않은 신입의 습득력에 제이제이는 속도를 높여 난이도 있는 주제로 이야기를 이어 나갔다.

"사람들이 스퀘어를 사고팔면서 줄어든 가치만큼 벽돌의 크기도 작아지지. 벽돌의 크기가 작아지면 마찬가지로 그만큼 지퍼 빌딩의 크기도 작아진다."

"마치 회사 가치가 떨어지는 것처럼요?"

"빙고. 그렇다면 스퀘어를 빌려서 팔 때 벽돌들은 어떻게 될까?"

에밀레는 흔들리는 동공과 함께 도무지 감이 안 잡힌다는 표정으로 바짝 마른 입술을 적시며 제이제이를 바라보았다.

"백문이 불여일견이지, 따라오라고."

♦◇♦

    나선형 계단에 한 걸음 조심스럽게 내디딜 때마다 구두 굽 소리가 메아리치듯 울려 퍼졌다. 이 고층 건물의 끝에는 천장이란 게 존재는 하는 걸까? 에밀레는 고개를 젖혀 허공을 올려다보았다. 건물 한가운데 뚫려 있는 거대한 소용돌이 모양의 계단 주변으로 다양한 모양의 건물들이 빽빽하게 몰려 있다. 마치 폐허가 된 유령 도시를 무단 침입하는 묘한 기분이 든다. 건물 벽돌 사이사이에 거주자 대신 소유자를 뜻하는 홀더의 명함이 새겨져 있다. 에밀레는 비현실적이면서도 신성한 분위기에 홀려 기도를 드려야만 할 것 같았다.
    "운이 좋아, 장이 열리는 동안에는 함부로 들어오지 못하지만 장이 열리기 전에는 지퍼 빌딩들을 구경할 수 있거든. 거대한 젠가 같지?"
    제이제이가 금고의 웅장함에 홀린 그녀의 정신을 일깨웠다.

27층부터 31층까지는 겨울 바다

32층부터 36층까지는 가을 바다

37층부터 41층까지 봄 바다

42층부터 46층까지 여름 바다

    승강기에 적혀 있던 금고의 뜻을 인제야 에밀레는 이해할 수 있었다. 앞서 걸어 나가던 제이제이는 10층 높이의 건물 문 앞에서 발걸음을 멈추었다. 녹슨 쇠고리가 달린 아치형 문 앞에는 집주인의 이름 대신 그 회사의 가치를 대변하는 숫자가 새겨져 있다.

1 스퀘어 = 120개의 검은 유리 동전

"자, 아까 화면으로 보았던 겨울 바다 15번가 A번지 지퍼 빌딩이다. 어제 실적 발표가 난 선박회사지. 최근 겨울 바다를 중심으로 일어난 인플레이션 때문에 안타깝게도 원자재 가격이 많이 상승해 실적이 그다지 좋지 않았어."

그가 열리지 않는 문을 두드리며 설명을 이어갔다.

"지금은 장이 닫혀서 이 벽돌들의 크기가 변하는 걸 볼 수 없지만, 장이 열리면 사람들이 스퀘어를 팔면서 실시간으로 벽돌의 크기도 작아지겠지? 그러면서 지퍼 빌딩의 크기도 점점 작아질 테고, 우리는 회사의 가치가 실시간으로 줄어들고 있다는 걸 두 눈으로 볼 수 있지."

실시간으로 크기가 변한다는 게 믿기지 않을 정도로 겉보기에는 평범한 검은 유리벽돌과 다름없어 보인다. 에밀레는 유리벽돌에 투영된 제이제이의 얼굴을 바라보며 그의 막힘없는 설명에 감탄했다.

"회사가 자금을 늘리기 위해 스퀘어를 시장에 더 발행하게 되면 벽돌의 개수도 늘어나겠지? 빌딩의 크기가 작아지거나 커지는 건 얼마나 많은 스퀘어를 얼마에 발행하는지에 따라, 또 뭐 그날 시장의 상황에 따라 달라질 수 있겠지."

제이제이는 큰 보폭으로 몇 걸음을 옮기더니 허물어져 가는 건물 앞에서 말을 이어갔다.

"반대로 회사의 자금 사정이 안 좋아져서 스퀘어의 수를 줄여야 할 때는 말 그대로 벽돌들이 없어지게 되지. 이런 과정을 여러 번 반복하게 되면 저기 허물어진 빌딩처럼 그림자 시장에서 상장폐지 수속을 밟게 되지."

벽돌들이 다른 건물들과는 확연히 다르게 작고 부실했다. 유리보다는 검은 모래처럼 만지면 먼지가 되어 부서질 것만 같다. 심지어 충치로 가득한 이빨처럼 뚫려 있는 구멍들이 에밀레는 징그럽게 느껴지기도 했다. 누가 굳이 얘기하지 않아도 이 회사는 죽어가고 있음을 그녀는 실감했다.

"아까 말했던 스퀘어를 빌려서 시장에 팔 때, 벽돌들이 어떻게 될 것 같나?"

제이제이는 벽돌 모양으로 형성된 투명한 막을 가리켰다.

"여기 있는 벽돌 껍데기 보여? 이걸 쉘 Shell 이라고 부르지."

"다른 누군가 스퀘어를 빌려서 팔려고 할 때 벽돌이 아닌 벽돌 주위를 둘러싼 이 쉘이 움직이지. 이 쉘 들은 말 그대로 스퀘어를 빌려서 판, 숏의 형태다."

"그리고 다시 빌렸던 스퀘어를 시장에서 사서 돌려줄 때는 변화된 가치만큼 쉘의 크기가 변하겠지? 그 쉘의 크기에 맞는 벽돌이 이렇게 생성돼서 다시 본연의 자리로 돌아가지. 만약 비싸게 팔고 싸게 사서 돌려준다면 벽돌의 크기도 더 작아졌겠지.”

제이제이는 발걸음을 다시 에밀레에게 돌려 그녀의 반응을 살폈다.

“어때, 금고에 내려와서 직접 눈으로 확인하니까 훨씬 이해하기 쉽지?”

지퍼 빌딩이니, 스퀘어니, 벽돌이니, 단순히 설명만 들었을 때 고개는 끄덕였지만 그녀는 도무지 감이 오지 않았다. 그런데 막상 금고 안으로 걸어 들어가 숫자로만 보이던 가치들을 두 눈으로 확인하니 회사가 얼마나 부실한지, 그리고 얼마나 튼튼한지 에밀레는 실감할 수 있었다. 제이제이의 사뭇 진지한 태도에 에밀리가 괜히 과장하면서 겁을 준 게 아닌가 의심이 들 정도다.

“이 지퍼 빌딩들도 평생 한 층에만 머무는 게 아니야. 가치가 변동함에 따라 분기별로 낮은 층에 있던 빌딩이 위층으로 올라가기도 하고 또 반대로 위층에 있던 빌딩이 내려가기도 하지. 그걸 **층간 리밸런싱** Floor Rebalancing 불러. 심지어 리밸런싱 기간 동안은 이 유령도시에도 전동차가 지나다닌다고.”

제이제이가 롤러코스터처럼 건물들 사이를 비집으며 허공을 가르는 낡은 레일을 가리키며 말했다. 아무래도 리밸런싱 기간 동안 벽돌들이 정신없이 움직일 테니 스퀘어를 옮길 지게차라도 필요한 모양이다.

"차차 배워 나갈 테니 벌써부터 겁낼 필요는 없다고."

익숙하지 않은 단어들의 행렬에 머리가 어질한 에밀레는 퇴근 후 남아서 복습이라도 해야지 다짐했다. 순간 적막함이 가득한 공간 안에 낯선이의 목소리가 둘을 방해했다.

"제이제이, 인제 그만 나오시죠. 곧 있으면 장이 열린다고 이 양반아. 여기서 죽으면 산재보험 처리도 안 된다고."

"오호, 듀스! 휴가 갔다가 이제 돌아온 거야? 못 본 새 많이 탔는데 어디 좋은 데라도 다녀왔어?"

금발 머리에 은빛 눈동자의 사내가 소금쟁이처럼 마르고 긴 다리를 뻗으며 원형 계단을 하나씩 내려왔다.

"좋은 데 가서 육아에 시달렸지. 하루가 다르게 빨리 커. 다음 주부터는 부킹 Booking (거래를 기록하는 행위) 이라도 시킬까 봐."

"참고로 아들이 올해 두 살이야."

그가 하는 말이 농담임을 제이제이가 당황해하는 그녀에게 상기시켜 주었다.

"아 참, 이쪽은 에밀레. 오늘부터 우리 팀에 새로 조인하게 된 친구. 그리고 이쪽은 듀스, 그림자 시장 집들의 금고 지기지. 거래한 스퀘어에 문제가 생기면 항상 이 친구를 찾으면 된다고. 그가 모든 것들의 열쇠를 쥐고 있으니."

듀스가 고개를 숙여 신사답게 에밀레에게 인사를 건넸다.

"네가 말로만 듣던 추가 합격자? 뱅커스 뱅크도 추가 합격자를 받을 줄이야. 오래 살고 볼 일이네."

"그러게, 나도 추가 합격자를 후임으로 받을 줄은 꿈에도 몰랐어. 그래도 꽤나 잘 따라오는 것 같은데, 그렇지 에밀레?"

그녀는 쑥스러운 듯 제이제이의 눈을 피해 어색하게 고개를 끄덕였다.

"일단 여기서 나가자고. 장이 열리기 시작하면 아수라장이 될 거야."

"그래, 날아다니는 벽돌들에 치여서 보기 안 좋게 생을 마감하고 싶지 않다면 빨리 자리를 옮기는 게 좋을걸."

살벌한 그의 농담에 에밀레는 서둘러 걸음을 옮겼다.

"아, 그리고 그 소식 들었어? '그' 사건 관련해서 닥터 파오가 곧 지침 내린다는데."

"맞아, 안 그래도 파쿠스랑 상의해 보려는데…"

말을 멈춘 제이제이는 주위를 두리번거리며 에밀레의 눈치를 보았다. 듀스의 말에 단단히 겁이 난 에밀레는 이미 승강기 문 앞에 서 제이제이를 재촉했다.

"이따 장 끝나고 얘기하자고."

그가 듀스의 어깨를 툭 치며 말을 끝냈다.

"오호, 빠른데 에밀레? 설마 겁나서 도망간 거야? 걱정하지 말라고, 산재보험 처리는 될 테니까."

에밀레를 뒤쫓아간 제이제이는 겁에 질린 그녀의 반응에 신이 난 건지 그녀에게 유치한 장난을 계속 쳤다.

금고지기 듀스는 피식 웃으며 원형 계단 입구 가운데서 크게 박수를 한 번 쳤다. 공간을 울리는 웅장한 박수 소리에 맞춰 새장처럼 거대한 철 울타리가 바닥 위에서 올라와 계단 입구를 가로막았다. 제이제와 에밀레는 듀스가 멋있어 보였는지 입과 눈을 동그랗게 뜬 채 광경을 감상했다. 오히려 듀스는 명청하게 승강기 앞에 서 있는 한 쌍의 트레이더를 향해 외쳤다.

"뭐 해 다들? 곧 있으면 장이 열린다고, 뭘 꾸물거려!"

◆◇◆

"그래서,"

제이제이가 검은 장갑을 낀 손으로 47층 버튼을 무심하게 눌렀다.

"넌 뱅커스 뱅크에 오게 된 이유가 뭐냐?"

이유…? 생각해 본 적 없다. 그저 태어났을 때부터 짜인 틀에 맞춰 살아야 했다. 우리가 왜 아침에 일어나 눈을 뜨는지, 왜 꿈을 꾸는지, 왜 어둠을 무서워하는지, 그 이유에 대해 딱히 묻지 않는다. 너무도 당연했기 때문에, 자신이 왜 뱅커스 뱅크에 와 있는지 이유를 몰랐다. 애초에 이유란 게 있기나 했을까? 자신에게 본질적인 이유에 관해 물어본 건 제이제이가 처음이다. 그러다, 문득 에밀레도 자신이 여기에 있는 이유가 궁금해졌다. 돈을 많이 벌 수 있으니까? 엘리트 집단에 속해 있는 소속감 때문에? 정말 시장이 어떻게 돌아가는지 봄 바다 학자들처럼 경제에 대해 관심이 많아서?

결정적으로 에밀레는 겨울 바다에서 해방되고 싶었다. 이름 없는 모링가로 죽고 싶지 않았다. 자신의 주위를 맴도는 차가운 그림자처럼 생을 마감하고 싶지는 않았다. 시장에서 선택받은 모노센더처럼, 가만히 있어도 빛이 나는 포 시그마들처럼, 불이 꺼지지 않는 뱅커스 뱅크처럼, 죽으면 별이 되어 밤하늘을 비추는 사람들처럼, 그렇게 살고 싶었다.

"넌 웃을 때 가장 예뻐 에밀레. 그러니 웃음을 잃지 마."

그러다 또 문득, 뤼오가 머릿속을 스쳐 지나갔다. 추가 합격자를 단 한 번도 받지 않았던 뱅커스 뱅크로 오게 된 이유, 정확히 말하자면 자신이 이곳에 올 수밖에 없었던 그 이유. 에밀레는 이 모든 일련의 사건들이 왠지 우연이 아닌 것만 같은 느낌이 점점 들기 시작했다.

"괜찮아, 깊게 생각할 일은 아니지. 열에 아홉은 대부분 돈과 명예 때문이거든. 물론 나 같은 사람은 좀 다르지만."

딱히 궁금하진 않지만 관심이라도 있는 척 연기해야 할 것 같다. 에밀레는 서투르지만 나름의 방법으로 점차 사회생활에 적응해 나갔다.

"제이제이는 뱅커스 뱅크로 오게 된 계기가 뭐예요?"

제이제이는 기다렸다는 듯 목을 가다듬고 신대륙을 개척하는 탐험가처럼 자신의 포부를 이야기했다.

"난 내 사업을 할 거거든. 뱅커스 뱅크는 사업을 운영하기 위해 자금의 흐름이 어떻게 흘러가는지 배울 수 있는 좋은 학교지. 돈도 많이 주고. 일석이조잖아. 그러니 나 같은 사람들이 안 오고 배기겠어?"

음… 왠지 모르게 검소해 보이지 않는 이유를 이제는 알 것 같았다. 검소하긴 하지만 겸손한 건…글쎄?

"거래란, 모든 사업의 시작이자 끝이지. 가치 교환. 너에게 없는 가치를 내가 갖고 있고, 또 내게 없는 가치를 네가 갖고 있을 때, 가장 좋은 거래가 성사될 수 있거든."

"그러니 누군가가 너에게 뭔가를 베풀 때 아무 이유가 없다 생각하지 마, 분명히 이유가 있을 테니. 그 이유는 너의 가치에서 찾아야 해. 따라서 모든 비즈니스에서는 가치 평가가 그 무엇보다 중요하지."

그의 말을 지금 당장 전부 이해할 수 없었지만 에밀레는 마음 한편 새겨두었다.

승강기 문이 열리자 익숙한 체격의 남자가 에밀레의 눈앞을 가로막았다. 그의 가슴팍에 머리를 부딪힌 에밀레는 헝클어진 앞머리를 쓸어 넘기며 고개를 올려다보았다.

"도… 밍고!"

듀스와는 다르게 제이제이가 어색한 목소리로 삑 사리를 내며 그를 맞이했다. 애써 친한 척을 해 보이는 제이제이의 노력이 무색하게 도밍고는 그의 주먹 악수를 예의 있게 외면했다.

짙은 검은색의 머리칼에 싸늘한 붉은 눈동자. 인상 깊은 사내를 에밀레가 잊을 리 없다. 그는 다름없이 에밀레의 금빛 눈동자를 의심 가득한 눈빛으로 응시했다.

"메델이랑 슈리야도 있었네?"

붉은 눈의 하얀 뱀. 그녀의 범접하기 어려운 아우라를 설명하기 충분했다. 마성의 여성 메델 메데이안. 에밀레는 독사 같은 그녀의 눈을 함부로 쳐다보지 못했다. 사물을 벨 수 있을 정도로 날카로운 검은색 하이힐에 몸에 달라붙는 검은 정장, 쇄골 밑까지 내려오는 풍성하고 윤이 나는 머리숱, 보송한 벨벳 잿빛 립스틱으로 가려지지 않는 얇지만 날카로운 입꼬리, 그 위에 붓으로 얹은 듯 매력적인 갈색 점까지. 이름에 걸맞게 흔들림 없는 그녀의 붉은 눈동자 아래 보이지 않는 권력이 느껴졌다. 그녀의 옆에는 후임처럼 보이는 빨간 단발머리의 여자가 에밀레를 견제하는 금빛 눈동자를 굴리며 그녀를 위아래로 훑었다.

"아침 미팅하러 가는 길이지. 칸델라는?"

메델이 도도한 말투로 그에게 물었다.

"우리 보스? 몰라. 또 한 달간 출장 가 있는 것 같은데, 언제 돌아올지는 모르겠네. 요새 '그' 사건 때문에 더 안 보이는 것 같기도 하고. 급한 일이라도 있어?"

다들 쉬쉬하는 걸 보니, '그' 사건이라 하면 모노센더 실종 사건을 말하는 것 같다. 그러고 보니 칸델라는 아침부터 사무실에서 보이지 않았다. 에밀레가 고개만 돌리면 보이던 그였는데 아웃라이어들이 뱅커스 뱅크에서 자리를 비우는 건 생각보다 흔한 듯했다.

"아니, 그냥 요새 통 회사에서 안 보이길래, 무슨 일 있나 해서. 이쪽은 신입인가?"

그녀가 어깨를 돌려 에밀레에게 악수를 청했다.

"반가워요, 칸델라한테서 얘기 들었어. 추가 합격자라면서? 흔하지 않은 기회니까 잘해봐요. 이쪽은 우리 홀더 팀원들, 도밍고랑 슈리야."

차가운 그녀의 손길에서 다른 포 시그마들과는 사뭇 다른 분위기가 느껴졌다. 메델이 그녀를 계속 응시하자 도밍고가 인사를 가로채었다.

"어제는 길 안 헤매고 잘 들어갔어?"

그의 갑작스러운 적극적인 태도에 당황한 에밀레가 말을 더듬으며 답했다.

"아, 응. 가로등 불빛이 들어와서 안 헤매고 잘 들어갔어."

"뭐야, 왜 이렇게 친절해? 둘이 아는 사이야?"

질투라도 하는 듯 슈리야는 특유의 귀에 바늘 꽂히는 목소리로 그를 심문했다.

"신입이니까, 잘해줘야지."

도밍고가 어색하게 허공을 응시하며 답했다.

"참나, 어이없어. 네가 언제부터 신입을 챙겼다고…"

잡담이 시작되려 하자 제이제이는 에밀레와 도도한 홀더 무리 사이를 가르고 서둘러 발걸음을 옮겼다.

"곧 있으면 장이 열릴 시간이야. 우린 이만 먼저 실례하지."

짧은 보폭, 빠르게 움직이는 다리, 조급한 눈동자, 트레이더들 특유의 걸음걸이로 제이제이는 재빠르게 자리를 벗어났다. 에밀레는 눈치 빠르게 그를 따라 오피스 입구 문을 열어주었다.

"서두르자고, 장 열리기 전에 앤서니가 자리를 비운 걸 알게 되면 한 소리 들을 게 뻔하거든."

"앤서니요?"

기억났다. 에밀리가 언급했던 제이제이의 앙숙. 한배를 탔지만 자칫 침몰하기라도 한다면 서로를 바다로 밀어 넣을 게 뻔한 한 쌍이다.

"나한테 자격지심 있는 친구 있어. 불쌍한 영혼이야. 잘 보듬어줘야지."

아니나 다를까 팔짱을 낀 채 두 다리 보폭 벌려 서 있는 포 시그마가 그 둘을 불친절하게 맞이했다. 짧은 머리, 어두운 혈색, 금빛보다는 노란색에 가까운 눈동자, 마치 화가 잔뜩 오른 우두머리 부엉이를 연상시켰다.

"장 열리기 3분 전인 데 어디 있다가 이제 온 거야?"

"오호, 앤서니, 나의 영원한 친구."

"친구 같은 소리 하고 앉아있네. 너랑 내가 친구가 될 급은 아니지? 나는 무려 봄 바다 아카데미 올림피아드 1등… 같은 2등 출신이라고."

"풋, 봄 바다 아카데미. 애들 유치원 이름도 그렇게는 안 짓겠다. 무지개 아카데미는 없어? 아침 햇살 아카데미는?"

"감히, 너 방금 명문 아카데미 비하 발언한 거야? 이 스피커에 녹음 기능도 있는 건 알고 있지? 너처럼 운 만 좋은 자식들은 발끝도 못 들인다고!"

"오호, 아침부터 싸우자고?"

제이제이가 두꺼운 주먹을 앤서니 눈에 거슬리게 허공에 휘저었다.

아침부터 유치하게 한바탕하는 보스들을 대신해 반푸가 그의 팀원들을 소개했다. 에밀리는 아직도 메모들을 정리 못했는지 에밀레가 돌아온 것도 눈치 못 챈 채 정신없이 책상에 머리를 코 박고 있다.

"벤토랑 사무엘은 오늘 휴가고, 여기는 파스칼이랑 티쉬. 요새 휴가 시즌이라 자리를 비운 팀원들이 꽤 있네."

하필이면 두 명이나 자리를 비워서 그런지 앤서니는 더 예민해 보였다. 장이 열리기 전부터 정신없는 분위기를 틈타 에밀레는 그 둘에게 서둘러 인사를 건넸다.

"항상 이렇지는 않아, 조용히 넘어가는 날도 있어. 드물기는 하지만."

파스칼이 연한 회색 눈동자를 살짝 감으며 싱긋 눈웃음을 지어 보였다.

그리고 그의 뒤에서 모습을 드러낸 왜소한 체격의 티쉬. 제대로 씻을 시간도 없었는지 기름기 가득한 검은 머리카락은 떡이지고 뭉쳐 이마 밑으로 힘 없이 가라앉았다. 그리고 그 사이 보이는 모링가 출신의 명백한 검은 두 눈동자. 근데 분명, 어디선가 본 적이 있는 녀석이다.

"잠깐, 너 원래 검은색 안경 쓰지 않았어?"

티쉬, 기억났다. 어디서 저 남자를 봤는지. 에밀레가 태어나 처음 모노를 치른 날 자신을 제치고 잔인하게 모노센더가 되었던 그 녀석이다. 사실 이상한 것도 없다. 뱅커스 뱅크의 모든 모노센더들이 실종되진 않았을 테니. 그의 검은 눈동자가 다시 한번 에밀레의 트라우마를 불러일으켰다.

'거짓말'

그녀의 가짜 금빛 눈동자가 아려 왔다. 여름 바다에서 다시 겨울 바다 바닥으로 수직 낙하하는 것처럼 심장이 요동쳤다. 자신의 정체를 어디까지 알고 있는 걸까? 에밀레의 불안함을 알아챈 건지 죽은 자들의 그림자가 그녀의 주위로 스멀스멀 몰려들었다. 그걸 본 티쉬는 역으로 성립하지 않는 명제를 발견한 것처럼 떨리는 목소리로 외쳤다.

"말도 안 돼…"

각자 나름의 이유로 분주한 사무실 한가운데 오로지 에밀레와 그녀의 정체를 알고 있는 듯한 사내만 서로에게 집중했다. 과연 티쉬라는 사내는 그녀의 검은 비밀을 알아챘을까?

"에밀레!"

다행히 파쿠스가 등장하면서 에밀레 주변을 감싸던 그림자들이 뿔뿔이 흩어졌다. 동시에 둘 사이의 긴장감도 해소되는 듯 티쉬도 의심 가득한 시선을 거두었다.

"무사히 출근했군요. 우리 팀에 합류하게 된 걸 다시 한번 축하해요."

우두머리가 등장하자 제이제이와 앤서니도 유치한 다툼을 중단하고 각자의 자리로 돌아갔다.

"자, 자, 자기소개들은 차차하고, 시장 열리기 1분 전이다. 모두 자리로."

에밀레도 자신의 자리로 돌아가 다른 트레이더들처럼 개인 창문에 비친 **몽크** 로고에 시선을 고정했다. 그런데 뭐부터 시작해야 하지? 텅 빈 화면 앞에서 길을 잃은 듯 그녀는 허공에 두 팔만 들은 채 양옆을 두리번거렸다.

"자, 너의 첫 업무는-"

어리바리한 신입, 길을 잃은 에밀레를 눈치챈 제이제이가 백

과사전 두께의 서류 뭉치를 에밀레 책상에 던지듯 놓으며 첫 업무를 설명했다.

"지난 일주일간 거래량이 가장 많았던 회사들을 순서대로 분석한다. 얼마나 많은 스퀘어들이 거래되었는지, 어느 바다 지퍼 빌딩의 크기가 가장 많이 커지고 또 작아졌는지, 또 가장 중요한, 우리에게 얼마나 많은 돈을 벌어다 주는지."

모든 첫 직장, 첫 업무가 그렇듯 쉽지는 않아 보이지만 에밀레는 인정받고 싶은 욕구가 가장 먼저 들었다.

"자 오늘 하루도,"

파쿠스가 기분 좋게 박수를 치자 타이밍 좋게 간판에 불이 들어왔다

'MARKET OPEN'

"한 번 살아남아 보자고.

12

딜러 부스

"아니, 대체 왜 이런 사소한 실수를 하는 거야?"

노란색 메모지가 정원에 풀린 나비들처럼 사무실 구석을 헤집으며 날아다닌다. 뱅커스 뱅크를 온 지 벌써 한 달이 넘었는데 그녀는 과연 적응했다 말할 수 있을까? 사무실에서 가장 많이 듣는 소리는 '미쳤어?' '돌았냐?' '제정신이야?' 정도… 다 동의어긴 하다만…

"우리 할머니한테 계산기만 쥐여줘도 너보단 잘하겠다!
그냥 숫자만 복사, 붙여 넣기 하면 된다고!"
"제발 부탁이니까 머리를 쓰려 하지 마.
차라리 그냥 몸으로 익혀! 이렇게!"

"자, 여러분 박수!"

웬일인지 제이제이가 사뭇 상기된 목소리로 사람들의 이목을 집중시켰다. 깜짝 놀란 에밀레와는 다르게 에밀리는 책상에 고개를 파묻고 절레절레 흔들었다.

"축하해, 넌 방금 뱅커스 뱅크에 역사를 썼어. 이제껏 이런 식으로 창의적인 실수를 한 포 시그마를 본 적이 없어. 단, 한 번도!"

그러면 그렇지. 비꼬기의 달인 제이제이가 '칭찬'을 해줄 리 없지. 한 가지 명심하고 있어야 할 것은, 직장에서는 절대 칭찬을 바라서는 안 된다는 것. 그날 하루 욕을 안 먹는 게 최상의 칭찬이다. 그럼에도 불구하고 자존감을 갉아 내리는 그의 한마디가 열 마디가 될 때, '추가 합격자'라는 사실이 회사 생활의 걸림돌이 되는 느낌이다.

하지만, 또 한편으로는 뱅커스 뱅크의 특성을 잘 이해한다면, 정신을 갉아먹는 훈련은 누구나 넘어야 할 관문 중 하나다. 뱅커스 뱅크에서 실수란 용납되지 않는다. 단 하나의 오류로 시장의 질서를 도미노처럼 무너뜨릴 수 있는 최정상의 단체이기 때문에 항상 완벽한 계산을 요구한다.

"뭐야, 누구한테서 내 주문이 밀려 있는 거야? 시장 닫히기 십 분 전이라고! 빨리들 움직여!"

카산드라, 본인의 눈동자 색을 닮은 노란 염색물이 다 빠져버린 중 단발머리에 자기주장 강하게 솟아오른 광대, 두꺼비처럼 두텁고 말린 대추 빛깔 입술 밑 목에 끼인 진주 목걸이, 몸에 붙는

레이스가 달린 검은 원피스, 가죽 벨트 옆 자신의 반려묘가 새겨진 회중 라이터까지. 트레이더들에게 제이제이가 있다면 홀더들에게는 카산드라가 있다. 홀더들의 매니저이자 메델에게 열등감을 가진 그녀는 불같은 목소리로 트레이더들의 기세를 잡기로 유명하다. 그녀 밑에서 일하는 홀더들은 악명 높은 히스테리를 감당하지 못해 잡혀 살기 일쑤다. 고고하게 한두 마디만 툭툭 내뱉으며 상대방을 압도하는 메델과 다르게 사람들의 이목을 끌기 위해서 오늘도 그녀는 귀를 찌르는 목소리로 트레이더들을 꾸짖는다.

"에밀레, 너 부르잖아."

티쉬가 얄밉게 고자질하듯 그녀를 불렀다.

"에밀레,"

아직도 몽크 사용법에 익숙지 않은 에밀레에게 살며시 다가와 파쿠스가 말을 건네었다.

"한 가지 팁을 주자면 뭐든 다 완벽하게 해내려 하는 것보다, 자신이 완벽하게 해낼 수 있는 몇 가지에만 일단 집중해요."

파쿠스는 손쉽게 일을 처리할 수 있는 몇 가지 단축키를 알려주며 막혀 있는 주문을 처리해 주었다. 거짓말처럼 쌓여 있던 주문들이 차례차례 해결되자 그 뒤에 밀려 있던 주문들도 맞춰지는 퍼즐 조각들처럼 하나씩 제 자리를 찾아갔다.

"우리 직업 특성상 한 번에 여러 가지 일을 처리하길 요구하기 때문에 조급해지는 건 이해한다만, 조급해질수록 왔던 길을 다시 돌아가야 하거든."

그제야 한숨을 돌린 에밀레는 목덜미 끝까지 차오른 긴장감이 어느 정도 해소되었다. 홀더들에게 쫓기랴, 장 마감 시간에 쫓기랴, 예측 불가능한 시장 속에서 오늘도 에밀레는 위기를 간신히 넘기며 살아남았다. 그녀는 코끝에 맺힌 땀방울을 손등으로 닦아내며 봄 바다와 가을 바다 시장이 닫히는 15시에 맞춰 환율 전광판을 확인했다.

1 핍스 = 1.5 붉은 다이아몬드
1 핍스 = 5.75 금괴
1 핍스 = 58.5 은구슬
1 핍스 = 274.5 검은 유리 동전

온몸이 녹초가 되었는데 아직 여름 바다 장이 남았다니, 하루가 왜 이렇게 긴 느낌인 걸까? 여름 바다에 적응하기 위해 하루를 24시간으로 나눈 시간 개념에 익숙해져야만 했던 에밀레는 오히려 시간이 더 늘어난 것 같아 괜한 심술이 났다. 분을 삭이기 위해 에밀레는 의자에 기대 고개를 젖혀 잠시 눈을 감았다.

뎅-

그러고 보니 잠시만, 방금 종이 다시 한번 울렸다. 겨울 바다에서는 종이 네 번 치면 하루가 저문다. 첫 번째 종이 울리면 잠자리에서 일어나 유리 동굴로 출근 준비를 하고 두 번째 종이 울리면 식사 시간에 맞춰 식사한다. 세 번째 종이 울리면 집으로 귀가해 저녁 식사를 준비하고 네 번째 종이 울리면 그 다음 날 첫 번째 종이 울리기 전까지 명제를 외우거나 잠자리에 든다.

그런데 여름 바다에서는 종이 오전에 네 번, 다시 오후에 네 번 쳐야 하루가 저문다. 뭔가 이상하다. 하루의 개념이 다르다고?

"제이제이, 종이 전부 울렸는데도 아직 해가 떠 있네요?"

"그게 무슨 문제라도 있어?"

"방금 종이 다시 한번 울렸잖아요."

"이봐, 빨리 퇴근하고 싶은 건 알겠는데, 정신 차려. 원시 시대에서 왔어? 어느 포 시그마가 종소리에 의존해서 시간을 확인하나? 괜히 투정 부리지 말고 남은 명제 테이프들이나 딜러 부스 가서 해독해."

제이제이는 자신의 명제 테이프를 에밀레에게 퉁명스레 건네며 점심시간을 확인했다.

그의 말대로 겨울 바다 사람들 외에는 그림자 시장에서 그 누구도 종소리에 관심이 없는 걸까? 그렇다면 여기 남아있는 검은 눈동자의 모링가들은 이상함을 눈치챘을까? 무언가 이상하다. 시간적 괴리에 무지한 사람들과 무시하는 사람들. 모르는 사람들과 알고 있으면서도 모르는 척하는 사람들. 뱅커스 뱅크에 도착한 모노센더들이라면 시간이 걸릴지라도 이 괴리감을 눈치챘을 게 분명하다. 설마, 모노센더들이 실종된 원인에 관련이라도 있는 걸까? 티쉬는 왜 가만히 있는 걸까? 다른 모노센더 출신의 포 시그마들은 과연 이 모순을 눈치챘을까? 그녀의 금빛 눈동자가 흔들리기 시작했다.

"지금쯤이면 줄이 줄어들었으려나…"

스트레스 볼을 허공 위로 던지며 아이처럼 갖고 놀던 그는 자신의 팀원들이 목소리가 들려오자 자리에서 박차고 일어섰다.

"다들 살판났네 아주. 자리 비울게. 아마 30분 정도 걸릴 거야. 승강기만 여유롭다면 말이지…"

제이제이가 책상 위에 쿵 하고 야구공을 내려놓자 에밀레는 정신이 번쩍 들었다.

에밀레가 겨울 바다 시장을 맡느라 진땀을 빼고 있을 동안 점심을 사러 갔다 돌아온 반푸와 에밀리. 점심시간에 맞춰 밀려오는 인파들을 뚫고 승강기 줄을 기다린 그 둘 또한 넋이 나간 표정으로 의자에 몸을 던졌다.

"내가 봤을 땐, 인원 감축을 할 필요가 있어 보여. 아니면 승강기 개수를 늘리던가. 한 층 올라가면 멈추고, 한 층 올라가면 또 멈추고…"

에밀리가 불만을 늘어놓으며 포장한 연어 샐러드를 비좁은 책상 위에 펼쳤다. 때 마침 리카르도 점심 대신 운동을 마치고 복귀하자 그를 의식한 에밀리는 급하게 브리프 케이스를 열어 새로 산 신상 립스틱을 꺼냈다.

"밥 먹기 전에 립스틱은 왜 바르는 거야?"

눈치 없는 반푸가 돼지 목살 볶음밥을 한 입 들며 꼼꼼하게 립스틱을 바르고 있는 에밀리에게 물었다.

"왜 시비야. 네 도시락이나 신경 써. 다이어트한다며! 고칼로리 다이어트하냐? 돼지가 꿈이야? 흠, 지원자는 향후 5년 계획이 어떻게 되나요? 몰라요, 아마 삼겹살집에 걸려있겠죠!"

그녀는 마치 모자란 남동생을 달래듯 애꿎은 반푸만 꾸짖었다.

"아니 시비가 아니라 진짜 궁금해서…"

반푸와 에밀리가 유치한 싸움을 하는 도중에도 싸늘한 속보는 계속해서 흘러나온다.

"그림자 시장의 속보입니다. 내일 아침 그림자 시장 정부와 뱅커스 뱅크가 그간 모노센더 실종 사건에 관한 공식 발표를 예고했습니다. 긴 수사 끝 어떤 결론이 맺어질지 세간의 관심이 주목됩니다."

에밀레도 그 결말이 궁금하다. 뤼오가 자신을 떠나고 모노센더가 되어 뱅커스 뱅크로 온 날부터 그의 소식을 전혀 들을 수 없었다. 그리고 뜬금없이 뉴스에 나타난 한쪽 귀가 사라진 그림자, 그리고 이제는 그림자 시장마저 의심하는 그의 실체. 특히나 뱅커스 뱅크가 연루된 모노센더들이 벌인 소동에 대해 모두가 쉬쉬하며 불필요한 논란을 잠재우려 한다. 하지만 아직 끝나지 않은 그 사건의 결말이 어떻게 맺어질지 그림자 시장의 눈은 그 마지막 페이지를 향하고 있다.

"'그' 사건 말이에요,"

홀더들 또한 잠잠해진 점심시간을 틈타 세간을 떠들썩하게 만든 모노센터 연쇄 실종 사건을 조심스레 꺼낸다.

"가장 최근에 들어왔던 모노센터 출신 포 시그마, 그 친구 이름이 뭐더라?"

카산드라의 상사 코스모가 홀더 팀 입구 앞에 세워진 명제 테이프 보관함에 팔을 기댄 채 사람들이 지금 가장 궁금해할 미끼를 던졌다. 에밀레는 그들의 이야기를 듣는 둥 마는 둥 고개를 숙인 채 테이프들을 정리하며 귀를 쫑긋 세웠다.

"반 뤼오."

식은 커피를 홀짝이며 메델의 상사 휴고가 매부리코에 걸린 갈색 안경 너머로 나긋하게 그의 이름을 불렀다. 성까지 붙은 뤼오의 본명을 들은 에밀레는 흔들리는 동공을 애써 감추며 태연하게 홀더들의 책상을 돌아다니며 테이프들을 수거했다.

"고마워 에밀레."

휴고는 온기가 식은 커피잔을 지긋이 바라보며 말을 이어 나갔다.

"오드리 밑에 있던 친구 말하는 거지? 듣기로는 꽤나 유능했다던데,"

그 후임에 그 선임인 걸까. 메델을 연상시키는 휴고는 찻잔을 우아하게 내려놓으며 말했다. 에밀레가 뱅커스 뱅크에서 본 포 시그마들 중 가장 세련된 중년 남성이다. 자기 관리를 얼마나 꼼꼼히 하면 손톱에 큐티클 하나가 없는지. 심지어 머리도 먼지 한 톨 올려져 있지 않은 윤이 나는 대머리다.

"유능은 무슨, 허세죠. 자기 말이 전부 옳다 우기질 않나, 나보고 아무것도 모르면 제발 닥치고 있으라 하질 않나, 그러니 사람들이 왕따시키지."

당한 게 많았는지 롤라가 긴 다리를 쭉 뻗으며 기지개를 켜면서 대놓고 그를 비꼬았다.

설마 다른 사람을 이야기하는 건가 헷갈릴 정도로 자신이 알던 뤼오와 포 시그마들이 이야기하는 뤼오의 이미지는 상반된다.

"말조심해 롤라, 실종된 사람한테 함부로 그러는 거 아니야. 그 자의 그림자가 어디서 네 말을 듣고 있을지 혹시 모르잖아?"

겉으로 보기에는 메델이 롤라를 다그치는 듯했지만 새침한 그녀의 입꼬리는 그녀의 의견에 동조하듯 올라가 있다.

뉴스에서 직설적으로 실종된 모노센더들의 정체를 거론하지는 않지만 뱅커스 뱅크 포 시그마들은 이미 그들의 정체를 알고 있다. 생각해 보니 후보자들을 좁히는 건 어렵지 않은 일이다. 겨울 바다에서 4년마다 한 번씩 뽑히는 모노센더들이 흔하지는 않을 테니, 어느 날 갑자기 오피스에서 사라진 모노센더들만 추려도 신상을 금방 유추할 수 있다.

"다른 부서에 있던 친구인데 적응도 잘 못하고 어떻게 보면 참 안타까운 청년이기도 했지. 위에 아웃라이어들 과도 충돌이 꽤 많았거든."

코스모가 금색 회중 라이터를 마른 천으로 닦으며 말을 이었다.

"그렇게 간절히 바라던 포 시그마가 되었는데, 가끔가다 초심을 잃고 목소리가 커지는 친구들이 있지. 추락하니 정말 안타까워, 그렇지?"

"너는 어떻게 생각해, 에밀레?"

먹잇감을 잡은 표범처럼 메델이 홀더들의 시선을 에밀레에게 집중시키며 말했다.

자신이 마음에 들지 않는 걸까. 메델의 의도가 뭔지 모르겠지만 그녀를 곤경에 빠뜨린 건 확실하다. 애초에 제이제이한테 쓸데없는 질문하지 말 걸, 테이프들을 수거하러 홀더 팀까지 오지는 않았을 텐데, 에밀레는 후회를 하며 두 눈을 질끈 감았다.

"… 그러게, 잘난 척하지 말고 가만히 있었으면 좋잖아요. 안 그래요?"

에밀레가 떨리는 목소리를 감추며 애써 냉정하게 대답했다.

"… 뭐, 거만했던 친구는 아니었는데… 흠."

에밀레의 단호한 답변에 당황한 코스모는 차가워진 분위기에 멋쩍은 듯 헛기침을 했다.

그녀는 종으로 뒤통수를 한 대 맞은 듯 머리가 어지러웠다. 공복에 몇 시간 동안 쉬지 않고 일만 해서 그런 건지 일단 이 공간을 벗어나야 한숨을 돌릴 수 있겠다, 에밀레는 판단을 내렸다. 홀더들의 반응을 확인할 새도 없이 그녀는 겹겹이 쌓인 테이프들을 한 아름 안고 좁은 복도를 빠져나갔다.

포 시그마들의 시선을 피해 딜러 부스로 에밀레는 속도를 높여 걸었다. 자신의 메리 골드빛 눈동자는 그대로인데 자꾸만 검은색으로 다시 물드는 것만 같다. 이곳 사람들은 자신의 정체를 알고 있으면서도 모른 척하는 걸까, 아니면 정말 모르는 걸까. 왜 자꾸만 그런 날카로운 질문들을 던지는 걸까. 온갖 잡생각이 머리 한가운데를 휘젓는 가운데 익숙한 사내의 가슴팍에 몸을 부딪쳤다. 강도가 세게 부딪혔는지 에밀레의 품 안에서 튕겨 나간 테이프들이 이리저리 복도를 나뒹굴었다. 고개를 들어보니, 또 그 사람이다.

"괜찮아?"

도밍고. 자신의 금빛 눈동자를 누구보다도 의심스럽게 쳐다보는 자. 에밀레는 자신을 자꾸만 옥죄이는 붉은 눈동자들의 속셈이 두려웠다.

"괜찮아."

그녀는 태연한 척 또다시 그 붉은 눈동자를 외면하고는 테이프들을 서둘러 주워 담았다.

"이 명제들을 네가 전부 다 분석하는 거야?"

차라리 대놓고 자신을 심문하면 이 정도로 가슴이 답답하진 않았을 터, 범죄를 들킨 범인처럼 에밀레는 겉으로 태연하게 자신을 대하는 도밍고 때문에 미쳐버릴 지경이었다.

"내가 괜찮다고 했잖아!"

"아니… 그냥 걱정돼서…"

눈물이 반쯤 차오른 그녀의 눈동자를 마주한 그는 터져버린 그녀의 감정에 어쩔 줄 몰라 하며 주변을 두리번거렸다. 그러면서도 혹여나 다른 사람들이 볼까 복도를 지나치는 다른 포 시그마들로부터 에밀레를 가려주었다.

아, 이대로 그냥 사라져 버리고 싶다. 날 것의 감정을 들켜버린 에밀레는 '미안' 한 마디를 중얼거리고 도밍고를 밀쳐 내었다. 어색하게 그녀에게 길을 내어준 그는 어깨가 무거워 보이는 에밀레가 시선에서 사라질 때까지 지켜보았다.

그 사이 밀크셰이크 두 잔을 양손에 든 채 복귀한 제이제이는 복도 한가운데 서 있는 도밍고에게 반갑게 인사를 건네었다.

"오호, 도밍고. 여기 서서 뭐해. 단추라도 떨어졌어?"

제이제이는 기대도 하지 않았다만, 역시나 농담을 받아칠 여력도 없이 그는 고개를 살짝 숙여 보이며 자리를 피했다.

"참, 둘 다 까다로워. 같은 핏줄 아니랄까 봐."

혼잣말로 알 수 없는 노래를 흥얼거리며 트레이더 팀 자리로 돌아온 제이제이는 차가운 밀크셰이크 한 잔과 해시 브라운을 에밀레에게 건네려 주위를 둘러보았다.

"뭐야, 어리바리 어디 갔어?"

"딜러 부스에 있겠죠, 제이제이가 시켰잖아요."

에밀리가 한심한 눈빛으로 그를 쳐다보며 말했다.

"아하."

♦◇♦

딜러 부스 안으로 도망치듯 몸을 숨긴 에밀레는 숨을 가쁘게 몰아 내쉬었다. 문 앞에 몸을 웅크리고 앉은 그녀는 생각을 정리할 시간이 필요해 보였다.

마치 붉은 공중전화 부스를 연상시키는 협소한 이 공간은 핍스가 사용되면서 쓰인 명제들을 분석하는 공간이다. 그림자 시장에서 누구나 핍스를 소유하고 있다면 주문을 외울 수 있지만 가끔 명제가 역으로 성립되지 않거나 모순이 있다면 주문에 오류가 생긴다. 심지어 역으로 성립하지 않는 경우에도 주문이 이루어질 위험이 있다. 이를 방지하기 위해 뱅커스 뱅크는 핍스가 사용자로부터 쓰일 때마다 명제 테이프에 자동으로 녹음되는 음성들을 전부 기록한다. 딜러 부스는 명제들이 담긴 테이프들을 해독하는 전문 장치이다.

≪딜러 부스 $^{Dealers\ Booth}$≫

안내문처럼 핍스의 사용 조건이 정면에 위치한 검은색 대리석 위에 금박으로 선명하게 새겨져 있다.

'유리 지폐 핍스와의 거래를 성사하기 위한 조건'

빛과 거울, 그리고 소리
빛이 없으면 불을 지피지 못한다
거울이 없으면 완벽하게 대칭시키지 못한다
소리가 없으면 명제를 외치지 못한다

대중적이면서도 엄격하게 준수되고 있는 그림자 시장의 규율이다.

에밀레는 정신을 차리려 마른 세수를 여러 번 한 뒤 물에 빠진 솜처럼 무거운 몸을 일으켰다. 머리가 울렸지만 일단 해야 할 일이 남아있다. 그녀는 바닥에 질서 없이 널브러진 명제 테이프들을 손으로 쓸어 담아 앞에 보이는 작은 책상에 공간을 만들어 차곡차곡 정리했다. 그러고는 딜러 부스를 작동시키기 위해 검은색 장갑을 낀 손으로 검은색 공중전화 수화기를 들어 올렸다. 몸이 처져서 그런가, 에밀레는 평소보다 수화기가 더 무거운 느낌이 들었다. 번호 대신 알파벳이 새겨져 있는 수화기를 들어 올리자 딜러 부스가 기이한 굉음과 함께 빛을 내며 내부에 전원이 들어왔다.

지난 한 달 내내 일에만 사로잡혀 있던 에밀레는 욕조에 발끝조차 담그지 못했다.

'오늘은 정시에 퇴근해서 따뜻한 욕조에 몸이라도 담가야지.'

헛된 희망을 품으며 정리한 테이프들을 하나씩 들춰보았다. 그녀는 개수를 맞춰보던 중 모서리가 접힌 메모지가 붙어있는 테이프를 발견했다. 에밀레는 미간을 살짝 찌푸리며 아리송한 표정을 지었다. 그러고는 접힌 메모지의 가장자리를 펼치자 삐딱한 필기체가 눈에 들어왔다.

To. Moringa

등골이 서늘했다. 누구의 글씨체지? 도밍고? 아까 부딪혔을 때 몰래 테이프를 섞어 넣은 건가? 아니면, 내가 모링가인 걸 아는 또 다른 사람이 보낸 서신인가? 자신의 정체를 들켜버릴 위기에 처한 에밀레는 메모지를 갈기갈기 찢어버릴까 분쇄기에 갈아서 없애 버릴까 잠시 망설였지만 이번에는 달랐다. 모순을 용납하지 않는 뱅커스 뱅크에서 더 이상 도망칠 곳은 없다. 그녀는 수화기를 들어 올려 메모지가 붙어있던 테이프를 공중전화 입구에 집어넣었다.

'그림자 시장의 모순을 입력하시오.'

네 개의 알파벳이다. 에밀레는 곧바로 모순을 탐해서 쫓겨났던 공동 대표 오드가 떠올랐다.

'… 오드, 그 사람은 뱅커스 뱅크에서 쫓겨났어, **모순을 탐한 죄로.**'

에밀레는 자판을 돌려 네 개의 알파벳을 공중전화에 입력했다.

'O.D.D.S'

'2회 남으셨습니다.'

오드가 아니라면, 설마 다른 공동 대표인 이븐?

'E.V.E.N'

'1회 남으셨습니다.'

젠장, 오드도 아니고 이븐도 아니라면 알파벳 네 글자의 모순은 대체 뭐람! 조금 더 신중하게 생각할걸. 에밀레는 지끈거리는 머리를 손끝으로 꾹꾹 눌렀다. 후회해도 소용없다는 듯 공중전화 화면에 비친 단호한 문장이 매정하게 그녀를 바라보았다. 이제 기회는 단 한 번뿐이다.

에밀레는 문득 낮에 제이제이와 했던 대화가 그녀의 머릿속을 스쳐 지나갔다.

그녀는 순간, 정신 나간 겨울 바다 노숙자가 주문처럼 외우던 문장이 생각났다.

'이틀에 한 번 시장이 열린다!', "T+2=T+1"

'겨울 바다에서 하루는 종이 네 번 치면 끝이 나. 하지만 여름 바다는 아니야, 종이 여덟 번 쳐야 끝이 난다고. 그들이 말하는 하루 24시간이 우리한테는 12시간이야. 시간의 흐름이 다르다고? 겨울 바다의 시간이 더 빠르게 흘러가면 어떻게 여름바다와 한 공간 안에 공존할 수 있지?'

그게 바로 모순이지. **'기울어진 시간'**.

화폐의 시간 가치 Time Value of Money. 그림자 시장의 중심축인 에밀레종을 기준으로 시간이 더 빠르게 흐르는 공간의 화폐 가치가 더 빨리 하락한다. 이제야 퍼즐 조각들이 하나씩 맞춰졌다. 왜 검은 유리 동전들이 유리 동굴에 쌓여만 갔는지, 검은 유리 동전들의 가치가 다른 화폐들에 비해 하락할 수밖에 없었는지, 이름 없는 모링가들은 겨울 바다에서 소리 소문도 없이 사라져야만 했는지. 왜 봄, 여름, 가을, 겨울, 사계절이 흐르지 않고 그림자 시장 안에 갇혀 있는지. 정말 어쩌면, 그림자 시장이 숨겨왔던 모순은 시간이 아닐까?

모노센더 실종사건의 실마리가 담겨 있을 수도 있는 수수께끼 테이프를 작동시킬 수 있는 마지막 기회다. 에밀레는 숨을 크게 들이쉬고 드르륵 돌아가는 소리와 함께 천천히 네 개의 알파벳을 입력했다.

"T.I.M.E"

… 딜러 부스가 작동한다.

에밀레는 서둘러 수화기에 귀를 가져다 대었다. 이상하다, 분명 테이프는 돌아가는데 쳇바퀴 굴러가는 잡음 외에는 아무런 음성도 들리지 않는다. 설마 고장 난 건가? 아니면 누군가의 도를 지나친 장난인 건가? 에밀레는 괜히 김만 새었다. 쓸데없는 일에 시간을 낭비한 그녀는 참아왔던 숨을 다시 몰아 내쉬고 수화기 핸들을 당겨 테이프를 꺼냈다. 아쉬움을 뒤로한 채 이 의문의 테이프를 어떻게 처리해야 할까 고민하던 에밀레는 혼잣말을 중얼거리며,

"혹시 모르잖아."

테이프를 뒤집어 역으로 재생시켜 보았다. 그녀는 마른침을 삼키며 다시 수화기에 귀를 가져다 대었다.

"…т, 모링가"

13

장 마감

에밀레는 황급히 수화기를 내려놓았다.

동굴처럼 울리는 낮지만 다정한 음성, 뒤를 돌아보고 있어도 얼굴이 그려지는 나긋한 음성, 에밀레의 마음 구석 한편 아무도 모르게 숨겨왔던 죄책감과 그리움이 사무치게 만드는 그 음성. 그것은 분명 뤼오의 목소리였다. 그녀는 수화기를 들어 지금이라도 다시 확인해 볼까 고민했지만 두려웠다.

'나는 뱅커스 뱅크의 일원인걸, 모노센더 사건에 괜히 연루되어서 괜히 눈도장만 찍히면 어떡해. 포 시그마들의 눈 밖에 나고 싶지 않아.'

'오늘 실종 사건의 결론이 난다고 했잖아. 나만 조용히 있으면, 나만 가만히 있으면 그만이야. 이제 다 끝난 일이야.'

차갑게 식어버린 그녀의 두 금빛 눈동자는 쓰레기통을 향했다. 에밀레는 결심이 선 듯 과감하게 분쇄기 수거함 입구를 열고 결론을 내렸다.

     '그래, 아무 일도 없었던 거야.'

 '모링가에게' 메시지가 적혀 있던 메모지와 어쩌면 모든 사건의 정답이 담겨있을지도 모르는 명제 테이프는 검은색 분쇄기 수거함에 미련 없이 버려졌다. 에밀레는 더 이상 이름 없는 모링가들과 연루되기 싫었다. 모노센터라는 단어가 요동치는 심장을 옥죄이고 그림자보다 더 깊은 어둠 속으로 그녀를 빨아 들었다. 이게 바로 사람들이 말하는 트라우마일까? 에밀레는 어쩌면 어둠 속에 너무 오래 갇혀 있었을지도 모른다. 트라우마가 자신을 옭아매는 줄도 모르고 살아지는 데로 살다가 빛이 드는 양지로 올라오자 그제야 생채기가 드러나는 것 같다.

 딜러 부스에서 시간을 너무 지체해 버린 그녀는 여름 바다 시장이 닫히기 전 자리로 돌아가야 했다. 벌써부터 제이제이가 훈수를 둘 게 눈앞에 뻔히 보인 에밀레는 남은 명제 테이프들은 대충 쌓아둔 채 딜러 부스 양면에 위치한 수납함에 올려 두었다.

 다시 현실로 복귀한 것처럼 딜러 부스에서 빠져나온 에밀레는 사무실 분위기가 뭔가 심상치 않음을 느꼈다. 브리프 케이스들은 고막을 찌르듯 미친 듯이 울려대며 포 시그마들은 부리나케 복도를 뛰어다녔다. 홀더들은 목청이 터지도록 양옆 큐비클 할 것 없이 소리를 질러대었고 트레이더들은 수화기를 쾅쾅 내리치며 반문했다. 심지어 도통 얼굴을 비추지 않던 모순 관리팀 오드리, 팀에서 유난히 키가 큰 여성과 그녀의 팀원들마저 심각한 얼굴로 한자리에 모여 있다. 마치 대공황을 연상시키는 사무실은 그야말로 아비규환이었다. 에밀레는 서둘러 자신의 자리로 발걸음을 옮겼다.

"대체 어디 있다가 이제 온 거야!"

에밀레를 발견한 에밀리가 다급하게 외쳤다.

"미안, 딜러 부스에 있다가 시간 가는 줄 몰랐어. 근데 대체 무슨 일이야? 왜 이렇게 소란스러워?"

장 마감 시간이 가까워지면 사무실 분위기가 전반적으로 분주해지긴 했지만 마른하늘에서 난데없이 소행성이라도 떨어지기라도 하듯 정신없진 않다.

"몰라, 티쉬가 무슨 사고 쳤나 봐."

뒤를 돌아보니 티쉬 주변으로 동료들이 몰려 있다.

"티쉬, 너 부킹 제대로 한 거 맞아? 왜 쉘이 하나 비어?"

쉽게 분을 삭이지 못하는 롤라가 그를 윽박지르며 덫에 걸린 쥐새끼처럼 꼼짝없이 웅크리고 앉아있는 티쉬에게 따지듯이 물었다.

"다섯 자리수가 어떻게 되는데."

일단 상황을 진정시키려 둘 사이의 언쟁에 제이제이가 나섰다.

"여름 바다 3번가 A 번지…46층이요."

기어들어 가는 목소리로 티쉬는 사형 집행을 기다리는 죄수처럼 고개를 파묻은 채 답했다.

"3번가 A 번지 46층이면 맨 위층이네."

그림자 시장의 금고가 위치한 층 중 가장 꼭대기 층에 위치한 이 다섯 자리수 (03A46) 는 여름 바다에서도 규모가 상당히 큰 브리프 케이스 통신 회사다.

"미쳤어, 심지어 여름 바다야. 왜 하필이면 플라밍고냐고! 얼마나 까다로운 시장인데… 이제 어떻게 해결할 거야? 생각이 대체 있는 거야 없는 거야?'

앤서니가 호들갑을 떨며 티쉬를 꾸짖었다.

"아니, 분명히 아까까지만 해도 아무 이상 없었는데…"

딱히 도움이 안 되는 그들의 대화에 제이제이는 체면한 듯 침착하게 몽크를 점검하며 스퀘어 주문 기록을 확인했다.

"보니까 거래 기록은 있네, 그런데 부킹이 제대로 안 된 것 같은데. 티쉬, 제대로 확인한 거 맞아?"

"… 분명 확인했는데…"

"그걸 지금 변명이라고 해? 분명히 확인했는데 지금 이 사달을 내! 대체 포 시그마로서 책임감이라는 게 있긴 한 거야?"

대형 사고를 친 티쉬에게 앤서니가 쏘아붙였다.

티쉬의 우물쭈물하는 태도는 지켜보는 사람들마저 답답하게 했다. 안타깝게도 시간은 그들을 기다려주지 않는다. 곧 있으면 시장은 닫히지만 문제는 아직 해결되지 않았다. 입사한 지 얼마 안 된 새내기들은 아직 감이 안 잡혔겠지만, 지금은 비상 상황이다.

"시장 닫히기 전까지 30분 남았습니다."

파스칼이 경고하듯 팀원들에게 시간의 촉박함을 알렸다.

"미쳤다, 미쳤다, 미쳤어! 어떡해."

이런 비상 상황을 처음 겪은 에밀리는 방방 뛰며 분위기를 악화시켰다.

"만약 해결 못 하면 어떻게 되는 건데요?"

에밀레가 침착하게 앤서니에게 물었다.

"어떻게 되긴! 모순이 생기면 집이 무너지지. 회사 가치가 곤두박질을 치게 될 거야. 고객들은 스퀘어를 팔지도 못하거나 최악의 경우에는 마진콜 $^{Margin\ Call}$을 당할 거고."

"마진콜?"

"세상에서 가장 무서운 전화지. 마진 ^{Margin} (증거금)은 쉽게 말해 보증금이야. 지퍼 빌딩의 가치가 급속도로 떨어지게 되면 스퀘어를 빌려서 산 투자자들이나 고객들은 증거금에서 돈이 깎이게 돼. 그마저도 충분하지 않다면 재산을 강제처분 당할 수 있지."

앤서니가 식은땀을 소매 끝으로 닦아내며 설명했다.

"내가 말했잖아, 지퍼 빌딩은 젠가 같은 거라고. 논리는 단순해, 만약 없는 스퀘어를 팔았다면 그건 역으로 성립하지 않는 명제야. 모순이라고."

제이제이가 스트레스 볼을 책상에 내려놓으며 날카롭게 지적했다.

"팀 전체가 날아가게 생겼는데 시니어들 회의는 아직도 안 끝난 거야?"

"오늘 '그' 사건 결론이 난다고 하잖아요. 다들 신경이 그쪽에 쏠려 있는 모양이에요."

롤라가 손톱을 물어뜯으며 걱정 가득한 눈빛으로 시계를 바라보았다. 평소 같으면 에밀리와 짓궂은 농담을 주고받으며 서로의 패션 센스를 비꼬았겠지만 도도함의 대명사인 롤라가 이렇게까지 안절부절 해하는 모습을 처음 본 에밀리는 오히려 당황했다.

"제가 보드룸에 올라가 볼까요? 누군가는 그래도 윗선에 알려야 하잖아요."

반푸가 올라갈 채비를 하며 의자를 책상 밑으로 밀어 넣었다.

"아웃라이어들을 소집한다고? 너 진짜 모가지 날아가고 싶어? 아주 그냥 윗선들에 보고하지 그래? 내가 처리를 못하겠으니까 제 실수 좀 대신 처리해 주세요! 아, 물론 시간이 삼십 분 채 안 남았지만. 행운을 빌어요!"

앤서니가 다급하게 그를 말리려 속사포처럼 쏘아붙였지만 반푸의 말이 옳다. 상황이 어떻든, 일단 시니어들에게 보고하는 게 우선이다.

"반푸 말이 맞아, 일단 파쿠스나 라파엘 둘 중 한 명을 빼 올 수 있으면 빼 오고, 정 안되면 그때는 칸델라나 노바를 소환해야겠지…"

제이제이가 침착한 목소리로 말을 이어 나갔다.

"한 소리 듣기야 하겠지만, 그 후의 일은 나중에 생각하자고."

"듀스는?"

앤서니가 주위를 두리번거리며 금고지기 듀스를 찾았다. 그걸 눈치챈 것인지 타이밍 좋게 몽크 스피커에서 동시에 듀스의 능글맞은 목소리가 흘러나왔다.

"-다들 나를 찾고 있는 것 같은데, 내 말이 맞지? 오늘의 특식 버터 치킨 커리도 포기하고 지금 부리나케 달려가는 중이야. 승강기 줄이 어지간히 길어야지, 정류장에서 다음 버스를 기다리는 게 더 빠르겠네. 아무튼 잡담은 여기까지. 금고는 열어 놨으니 그곳에서 보자고. 다들 벽돌에 머리 안 치이게 조심하고, 목숨은 보장 못 할 테니. 그럼, 행운을 빈다."

온갖 생색을 내며 스포츠 게임을 중개하는 심판처럼 목소리만 전달한 채 사라진 듀스. 그의 뻔뻔한 행보에 오히려 포 시그마들은 당황한 듯 보였다. 어수선해진 분위기에 휩쓸리지 않게 제이제이가 선수를 치며 팀원들의 시선을 끌었다.

"이럴 게 아니야. 당장 금고로 내려가서 지퍼 빌딩들을 확인해 보자고."

"나랑 리카르도가 장 마감하고 있을 테니 어서들 금고로 내려가 봐. 여기 다들 멀뚱히 서 있는 것보다는 낫겠지."

파스칼이 몽크에 시선을 고정한 채 손만 까딱거렸다.

답답하게 고개만 푹 숙이고 있는 티쉬, 에밀레와 에밀리는 양치기 개를 따르는 양 떼처럼 제이제이와 앤서니의 뒤꽁무니를 따라나서었다.

"저는 메델이랑 다른 홀더들 불러서 금고로 갈게요. 메델이 알게 되면 장난 아닐 것 같긴 한데… 일단 먼저들 가 있어요."

롤라가 다급하게 말을 끝내며 자신의 자리로 돌아갔다. 에밀리는 라이벌 같은 그녀에게 위로의 말이라도 건네야 하나 고민하다 에밀레의 어깨 뒤에 달린 메모지를 발견했다.

"에밀레, 너 어깨 뒤에 메모지 붙었어."

… 분명 아까 분쇄기에서 명제 테이프와 같이 버렸는데 왜 끈질기게 따라오는 거지. 에밀레는 지독하게 붙어있는 메모지를 다시 떼어내 휴지통 안에 구겨 넣었다.

"어서들 서둘러! 장 닫히기 이십 분도 안 남았다고!"

승강기를 붙잡고 있는 제이제이가 꾸물거리는 에밀레와 에밀리를 향해 소리쳤다.

이번 승강기를 놓치면 아마 장이 끝날 무렵에야 또 잡을 수 있을지 모른다. 승강기를 놓치기 전에 그 둘은 전력 질주하듯 사무실을 뛰쳐나갔다.

물론 에밀레는 휴지통에서 기어 나와 엉덩이 밑에 달라붙은 성가신 노란 메모지를 여전히 눈치채지 못했지만 말이다.

◆◇◆

"분명 여기 어딘가 스퀘어 쉘이 있을 거야."

제이제이가 허공을 미친 듯이 활주하는 벽돌 무리를 향해 사뭇 진지하게 말했다. 여름 바다 3번가에 도착한 그들은 고속도로 한가운데 침입한 야생동물 무리 마냥 몸을 웅크린 채 우스꽝스러운 자세로 앉아있다.

"… 그걸 누가 몰라서 하는 소리야?"

어이없다는 듯 앤서니가 머리를 짚으며 실소를 터뜨렸다.

장이 닫히기 십 분 전으로 돌입하면 모든 지퍼 빌딩의 스퀘어들은 거래를 멈추고 최종 종가 $^{Closing\ Price}$ (마지막에 거래되는 금액)를 결정짓는 장 마감 옥션 $^{Closing\ Auction\ Period}$ (장 마감 동시호가 매매) 이 시작된다. 옥션은 쉽게 말해 지퍼 빌딩의 최종 가격을 결정짓는 경매라고 보면 된다.

"자, 장이 닫히기 십 분 전부터 지퍼 빌딩의 최종 종가를 결정짓는 옥션으로 돌입할 거야. 그 십 분 동안은 스퀘어들이 움직임을 멈출 테니 그 타이밍을 잘 잡아야 해."

제이제이가 팀원들에게 방금 머릿속으로 세운 그럴법한 작전을 설명했다.

"에밀레는 A부터 G 번지까지의 빌딩들이 나열된 서쪽, 에밀리는 H부터 N 번지까지 동쪽, O부터 U 번지까지 티쉬는 남쪽, 앤서니와 나는 남아있는 북쪽을 담당하지. 장이 마감하기 1초 전에 벽돌들이 동시다발적으로 움직일 테니 무조건 1분 전에는 안전하게 입구로 돌아와야 해."

"만약에 쉘을 찾지 못하면요?"

에밀리가 넋이 나가 허공만 멍하니 바라보는 티쉬를 한심하게 쳐다보며 물었다.

"… 그건 나도 모르겠어. 한번 알아내 보자고 어떻게 되는지. 하지만 분명한 건 여기서 사람이 죽으면 더 큰 문제가 생긴다는 거야. 그러니 제발, 시간이 다 되면 욕심내지 말고 다들 깔끔하게 포기하도록."

붉은 다이아몬드로 만들어진 벽돌에 치이면 목숨을 부지하긴 힘들 테니 최대한 벽돌들의 움직임이 사그라들 때 몸을 움직여야 한다. 제이제이는 엉거주춤하게 서 있는 에밀레의 목덜미를 세게 눌렀다.

"벽돌들이 언제 어디서 튀어나올지 모른다고, 최대한 몸을 숙여."

장이 한 창 열려 있는 시간에 그림자 시장의 금고를 들어가 보는 건 제이제이와 앤서니도 처음이다. 오늘과 같이 아주 특수한 상황을 제외하고는 포 시그마가 금고에 진입하는 건 스퀘어들의 질서를 망가뜨릴 수도 있는 일이다. 그렇기에 뱅커스 뱅크의 금고지기들은 긴급한 상황을 제외하고는 장이 열려 있는 시간 동안 일반인의 출입을 금하고 있다. 원형 계단 한가운데 추처럼 매달려 있는 거대한 시계의 초침이 한 칸씩 움직이며 옥션까지의 카운트다운을 시작했다. 앤서니는 마른침을 꿀꺽 삼키며 덜덜 떨리는 금빛 눈동자를 시계 초침에 고정했다.

"옥션으로 들어가기 3초…2초…1초!"

'옥션으로 진입합니다.'

불이 들어오자마자 다섯 명의 포 시그마들은 원형 계단에 매달린 거대한 시계를 중심으로 뿔뿔이 흩어졌다. 에밀레는 자신이 맡은 서쪽 구역으로 서둘러 발걸음을 옮겼다. 남은 시간은 단 십 분. 수십 개의 건물 외벽을 살피며 그 안에 잃어버린 스퀘어 쉘을 찾아낼 수 있을까? 무작정 앞 만 보고 내달리는 게 과연 현명한 판단일까? 의문이 든 에밀레는 잠시 멈춰서 생각했다.

3번가 A 번지는 최근에 유상 증자 Rights Issue (기업에서 특정 가격에 스퀘어를 발행하는 행사)를 발표하면서 집의 가격이 하루 만에 15% 나 하락한 통신사 회사다. 그렇다면 규모가 상당한 3번가 지퍼 빌딩중, 외벽에 안착되어 있는 대신 어색하게 자리를 맴돌고 있는 작은 스퀘어 조각이 하나 있을 게 분명하다.

게다가 만약에 주식을 빌려 매도했다면 최근에 발생한 유상 증자 공시를 기반으로 주문을 내릴 확률이 높다. 오래된 주문이 쌓인 아래층보다는 새로운 주문들이 쌓인 위층을 살펴보자.

그리고 또 헷갈릴 만한 게 뭐가 있을까…

액면 분할 Stock Split (액면가를 낮추고 총 스퀘어 수량을 늘리는 행위) 최근에 10 대 1로 액면 분할을 진행한 기업이 있다.

10개의 붉은 다이아몬드 = 1 스퀘어에서, 1개의 붉은 다이아몬드 = 10 스퀘어로 가격이 조정된 회사인데 더 저렴해 보이는 가격 때문에 티쉬가 헷갈렸을 수 있다. 이 회사는 3번가 E 번지, 위층 외벽을 살펴보자.

에밀레는 원형 계단을 타고 올라가면서 벽돌들을 빠르게 훑었다. 옥션 시간 동안 멈춰서 길을 가로막고 있는 스퀘어들에 아슬아슬하게 머리를 박을 뻔한 에밀레는 최대한 허리를 숙여 눈동자를 좌우로 굴렸다.

"분명 이쯤 있을 텐데…"

온 정신을 네모난 벽돌 사이사이에 집중하고 있는데 갑자기 등이 간지러웠다. 에밀레는 어깨 뒤로 손을 뻗어 등을 더듬거리며 신경을 거스르는 말썽꾸러기의 정체를 밝혔다.

"맙소사…"

망할 노란 메모지. 끈질기게 달라붙어 자신을 방해하는 이유가 뭘까. 해야 할 말이라도 있는 걸까? 종이를 구겨서 주머니에 집어넣으려는데 휘갈긴 필기체의 메시지가 눈에 들어왔다.

'위를 봐.'

"위를… 보라고?"

예상이라도 한 듯 메모지가 가리킨 방향에 길을 잃고 엉뚱한 지퍼 빌딩의 벽 외면을 알짱거리는 스퀘어 셸 하나가 허공을 맴돌고 있다.

"있다… 이름이 적혀 있어! 롤라!"

숨겨진 보물을 찾은 것처럼 설렌 에밀레는 원형 계단의 난간에 매달려 동료들을 불렀다.

"찾았어요!"

뛰어다니던 발걸음을 멈추고 동료들은 일제히 에밀레의 목소리를 따라 몸을 돌렸다.

"어디야 에밀레!"

숨을 헐떡이며 제이제이가 끝이 보이지 않는 천장 위로 목을 뻗어 외쳤다.

"E 번지요! 바로 맞은편 골목이에요!"

안도의 한숨과 함께 제이제이와 앤서니는 서둘러 서쪽 구역으로 발걸음을 옮겼다. 중간에 마주친 티쉬는 아무런 소득이 없는 것에 대해 죄책감을 느끼고 있는지 앤서니의 눈살에 어깨를 절로 움츠렸다.

"아니 어떻게 A랑 E 번지를 헷갈릴 수 있어? 알파벳부터 새로 배우고 싶어?"

"잡담은 나중에 하자고. 어이, 듀스! 내 목소리 들려?"

제이제이가 앤서니를 진정시키고는 듀스를 소환하려 대충 아무 데를 둘러보며 소리쳤다.

"-때마침 내가 도착한 건 어떻게 알고, 에밀레가 한 건 해냈네. 축하해 에밀레. 이따 한 잔 살 거지? 심지어 오늘이 첫 월급날이네. 난 시원한 맥주 한 잔 부탁해. 누구들 덕분에 회사에서 오랜만에 유산소 운동했더니 갈증이 다 나네. 저번달 리밸런싱 이후로는 아마 처음이지?"

"축하랑 잡담은 나중으로 미뤄도 늦지 않다고. 일단 이 망할 놈의 쉘 좀 제대로 주차해 봐. 아휴, 숨 차."

"이봐 이봐, 악덕 상사 제이제이 씨. 그건 내가 억지로 할 수 있는 게 아니라고. 이미 몽크에 제대로 입력시켜 놨으니 우리의 시스템 속도를 믿어보자고."

가장 먼저 도착한 에밀리가 신이 난 듯 발을 가볍게 들며 뛰어왔다.
"오, 제법인데 에밀레! 어떻게 찾은 거야."
"뭐, 그냥 운이 좋았지."
에밀레가 대충 얼버무리며 답했다.
"뭐야, 뭘 숨기고 있는 거야. 아무튼 이따 장 끝나고 얘기하자고!"
아무래도 에밀리는 잃어버린 스퀘어 쉘을 찾은 것보다 장이 끝나고 한잔할 생각에 더 설렌 듯 보인다. 아무렴, 오늘은 모든 직장인을 설레게 하는 월급날. 심지어 첫 월급날이다. 하루를 마무리하기 이보다 더 좋은 시나리오는 없어 보인다.

"좋았어! 이제 정산만 되면 끝이야!"

에밀리의 뒤를 이어 헐레벌떡 쫓아온 제이제이가 제자리로 움직이는 스퀘어 쉘을 바라보며 안도의 숨을 길게 내쉬었다.

그런데 어쩐지 도통 마음만큼 빠르게 움직여주지 않는 쉘. 이러다가 장이 다 끝나서야 제자리에 안착할 모양새다.

"…"

"아, 잊고 있었어… 우리 시스템은 쓰레기라는걸…"

에밀리가 상상보다 느린 속도에 벌어진 턱을 다물지 못하며 감탄했다.

"망했어, 이 거지 같은 시스템으로는 역부족이야. 너무 느리잖아! 다른 방법 없을까?"

조급함을 꾹꾹 눌러 담던 앤서니는 더 이상 참을 수 없다는 듯 분통을 터뜨렸다.

장 마감까지 시간이 얼마 남지 않았다. 3번가 A 번지의 꼭대기 층에서 나무늘보처럼 느릿하게 움직이는 쉘이 원망스러운 제이제이가 다른 방법을 모색하려 주위를 두리번거렸다. 하필이면 물리적인 힘도 가할 수 없는 꼭대기 층이라니. 애처롭게 쉘을 바라만 볼 수밖에 없는 자신들이 무력하게 느껴졌다. 몽크 관리자들은 상황의 심각성을 제대로 파악하고 있긴 한 건지, 앤서니는 지금까지도 자리에 나타나지 않는 몽크 총관리자 알리를 찾아 한마디라도 할 기세로 쏘아붙였다.

"알리는 어딜 간 거야?"

"칸델라랑 같이 내려오는 중이래요."

반푸와 실시간으로 메시지를 주고받던 에밀리가 브리프 케이스를 두드리며 답했다.

"이대로 가다가는 장 끝나기 전까지 정산하는 건 무리야. 이제 다 끝났어."

"핍스를 사용하면 되지 않을까요? 역으로 성립하는 명제라도 외워서…"

어디서 용기가 난 건지, 우물쭈물해 하던 티쉬가 앤서니에게 제안을 해보려 입을 열었다.

"오, 티쉬. 솔직히 말해봐. 그 머리로 뱅커스 뱅크에 대체 어떻게 들어온 거야? 이 구역에서 핍스 사용은 절대 금지야. 뱅커스 뱅크의 금고 안에서는 그 어떠한 주문도 개입해서는 안 된다고. 부킹 잘못한 걸로 모자라 그림자 시장의 질서를 아예 무너뜨릴 작정이야? 왜 저런 한심한 애를 센틸리언에 들인 거야… 정 안되면 옥틸리언에서나 데려갈 것이지…"

관리하는 고객의 수와 규모가 가장 작은 팀인 옥틸리언. 앤서니는 그곳으로 티쉬를 당장이라도 강등시킬 기세였다.

초침이 한 바퀴를 돌면 장이 마감된다. 애석하게도 쉘은 아직 제자리를 찾지 못한 채 지켜보는 포 시그마들의 무력함을 비웃기라도 하는 듯 일정하게 느린 속도로 움직이며 죽음의 문턱을 향했다. 손가락 한 뼘도 안 되는 공간을 남겨두고 정말 아무것도 할 수 없는 것일까 망설이던 에밀레는 메모지를 다시 열어보았다.

'그림자를 이용해.'

그림자를 사용하라고? 아무리 생각해 보아도 물리적으로 건물 벽 외면까지 손이 닿는 건 무리다. 하지만 빛에 반사된 그림자라면 그 근처까지 도달하는 건 가능할지도. 에밀레는 겨울 바다에서 자신의 유일한 말동무가 되어주던 도우들을 떠올렸다. 죽은 자들이 빛을 밝히는 도시, 그림자 시장. 과연 그림자는 죽음의 문턱 앞에서도 빛을 밝힐 수 있을까?

'그러니까, 저 쉘을 밀어 넣기만 하면 되는 거네?'

에밀레는 먹이를 발견한 다람쥐처럼 원형 계단을 재빨리 타고 올라갔다.

"무슨 짓이야 에밀레! 미쳤어? 그러다 떨어지면 죽을 수도 있다고!"

에밀리가 애타게 외쳤지만 그녀를 붙들기에는 이미 늦었다. 에밀레는 원형 계단 난간 위에 올라 빳빳한 밧줄을 당겨보며 자신의 무게를 버틸 수 있을지 확인했다.

때마침 반푸가 한창 회의 중이던 상사들을 이끌고 그의 동료들이 서성이는 금고 입구 앞에 도착했다. 칸델라의 뒤를 이어 연달아 등장한 파쿠스와 라파엘. 트레이더들 옆에는 홀더 무리도 자리를 지키고 있다. 메델과 롤라 심지어 도밍고까지. 일이 틀어지면 미스터 메이슨은 둘째치고 닥터 파오의 귀에 들어가는 건 시간문제다. 너무 늦진 않았을까 걱정이 앞선 반푸는 울음이 터지기 일보 직전인 에밀리를 찾았다.

울상인 에밀리와 함께 현장은 그야말로 아수라장 그 자체다. 장이 닫히기 몇십 초를 앞두고 아직 자리를 찾지 못한 스퀘어 쉘 한 조각, 식은땀을 흘리며 째깍째깍 돌아가는 초침에 눈을 고정한 제이제이와 앤서니, 장 마감 시간에 맞춰 허공에서 움직임을 멈춘 채 대기 중인 수많은 벽돌. 누군가는 상황 정리를 해야 했다.

"설명이 좀 필요한데."

한쪽 손을 허리에 얹은 채 칸델라가 심각한 표정으로 물었다.

"조… 좋은 소식은, 에밀레가 잃어버린 스퀘어 쉘을 찾았고 이제 정산만 하면 끝입니다."

앤서니가 영혼이 나가 있는 티쉬를 대신해 미간을 잔뜩 찌푸린 칸델라에게 상황을 설명했다.

"근데 뭐가 문제야?"

"몽크를 확인하는 중이긴 합니다만, 시장이 닫히기 전까지 정산이 될지 확실하지 않아서…"

"않아서…? 알리, 정말 우리가 할 수 있는 게 아무것도 없는 겁니까?"

"장이 열리기 전이였다면 손볼 수 있겠지만 지금으로서는 너무 늦었다고 봐야죠. 시스템의 속도를 올린다고 하더라도 정상 범주 내에서 활동하는 게 원칙인지라 몽크가 해결책은 아닌 것 같네요. 오드리와 함께 일단 오늘의 사건이 얼마나 큰 파장을 불러올지 장 마감하고 확인해 보겠습니다만 좋아 보이진 않아요."

얼마 남지 않은 머리카락을 쓸어 넘기며 알리가 답했다.

"에밀레는 지금 어디에 있고?"

오늘의 주인공이 자리에 보이지 않자 파쿠스가 물었다.

다들 아무 말 없이 에밀레가 간당간당하게 난간 위에 매달린 방향으로 일제히 허공을 가리켰다.

"이런…"

"장 마감으로 돌입합니다."

아, 손을 조금만 더 뻗으면 스퀘어를 밀어 넣을 수 있을 것 같다. 메모지가 알려준 대로 그림자를 믿어보자

"카운트다운 시작합니다."

"제발…"

에밀리가 두 손을 모으며 간절하게 그녀를 바라보았다.

"3...2...1"

　에밀레는 천장 위에서 새어 나오는 빛을 향해 손을 뻗으며 계단 난간 위에서 힘껏 뛰어내렸다. 이미 멈출 수 없는 그녀를 향해 칸델라가 외쳤다.

"에밀레!"

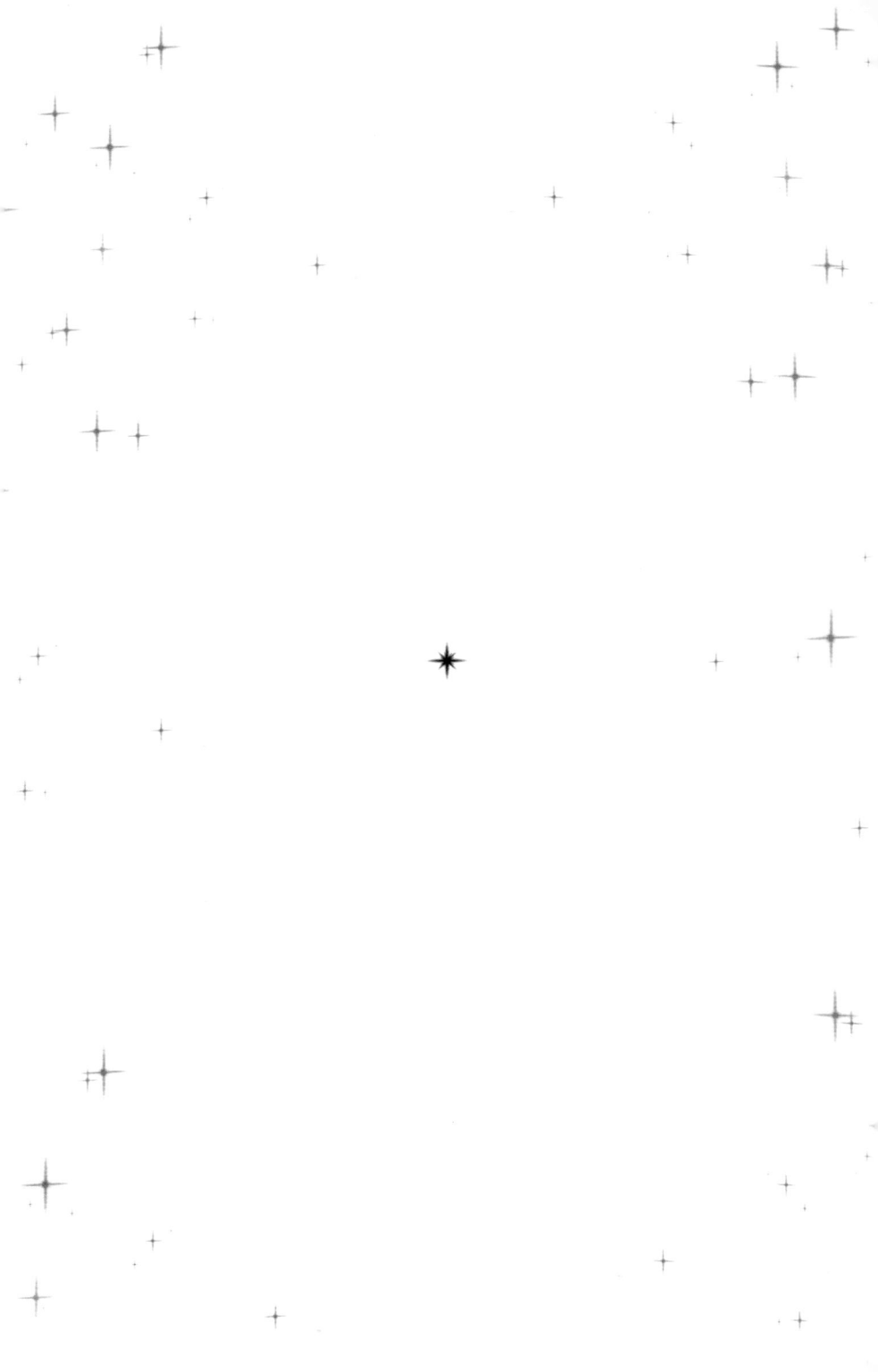

도밍고가 주변 사람들의 눈치를 보는 사이 에밀레에게만 눈을 고정한 칸델라는 반사적으로 그녀를 구하기 위해 벽돌 사이를 가로지르며 뛰쳐나갔다. 공중에서 무력하게 떨어지는 그녀를 두 팔 벌려 성공적으로 받아냈지만 연둣빛 안경 뒤로 비친 그의 검은 눈동자는 소중한 걸 잃은 사람처럼 슬퍼 보였다. 에밀레는 그 찰나를 의식했다. 그걸 또 눈치챈 칸델라는 그녀의 머리를 품 안으로 감싸 안은 뒤 몸을 웅크려 가슴을 바닥에 밀착시켰다.

"장 마감입니다."

교향곡의 클라이맥스를 마무리하는 현악기들처럼 장 마감 신호탄과 함께 얼어 있던 벽돌들이 일제히 허공을 가로지르며 층 전체를 울리는 굉음과 함께 외벽에 박혔다. 포 시그마들은 허리를 숙여 손바닥으로 귀를 막아 파장을 최소화했다. 정말 스퀘어에 머리가 갈려 나갈 수도 있다는 게 농담이 아님을 그들은 또 한 번 실감했다.

"결제 완료된 거지? 듀스! 애태우지만 말고 대답 좀 해봐. 결제된 거지?"
먼지를 잔뜩 먹은 제이제이가 콜록거리는 목소리로 듀스를 불렀다. 그들에게는 확인 사살이 간절했다.

"… 결제 완료"

"성공이에요!"

에밀리와 반푸가 손뼉을 마주치며 가장 먼저 기뻐했다. 뒤를 돌아보니 근심이 한가득이던 롤라도 이제야 멋쩍은 듯 웃어 보였다.

"축하해 롤라, 에밀레 덕분에 보너스는 안 날아가겠네?"

에밀리가 그녀의 긴장을 풀어주기 위해 장난 섞인 농담을 건네었다.

"그러게, 누구처럼 이름값 못 하진 않네. 안 그래 캐쉬?"

물론, 롤라도 지지 않고 그녀의 농담을 재치 있게 맞아쳤다.

자칫하면 뱅커스 뱅크에 큰 모순을 불러일으킬 수도 있던 사고였다. 포 시그마들의 모가지가 날아가는 걸 막은 건 둘째치고 그림자 시장에 걷잡을 수 없을 정도로 커질 만한 파도를 잠재운 건 뱅커스 뱅크에서 인정받을 만한 업적이다.

"제법인데 에밀레!"

자기 제자가 자랑스러운 듯 제이제이가 들뜬 목소리로 칭찬했다.

칸델라의 품 안에서 몸을 웅크리고 있던 에밀레가 주변에서 들려오는 환호 소리에 정신이 들었는지 눈을 살며시 떴다. 사람들은 기뻐하지만 왠지 모르게 칸델라는 화가 나 있는 듯하다. 당연하다, 정상적으로 업무를 수행했다면 이런 사단은 애초에 나지 말

앉어야 할 일. 중요한 회의 도중 불려 나온 것도 모자라 신입까지 사고를 치고 다니니, 기분이 언짢을 만도 하다.

"아무 데서나 뛰어내리는 게 취미인가 봐요, 에밀레. 난 이런 취미 별로인데."

그리고 그 광경이 썩 내키지 않는지, 메델이 그 둘을 날카롭게 노려보며 주시했다. 옆에 선 도밍고도 마찬가지로 칸델라와 에밀레를 씁쓸한 눈빛으로 바라보았다.

갑자기 쏟아지는 사람들의 시선이 드디어 신경 쓰이기 시작한 에밀레는 칸델라를 반강제적으로 밀어내며 자리에서 일어나 몸을 털었다. 어쨌거나 사건은 해결되었고 막무가내로 뛰어내린 벌로 경위서는 써내야 한다. 하지만 오늘은 에밀리가 말한 대로 행복한 월급날. 일단 한잔하고 생각은 나중으로 미루자. 기분 좋게 자리에서 일어났는데 수군거리는 귓속말이 에밀레를 자극했다.

"오늘 안으로 사건 종결짓는다고 하네… 죽음으로 마무리하겠지. 더 이상 실종자들을 수색하는 것도 무리고, 조작설이라 마무리하기에도 너무 많은 의문이 남아있고. 안타깝지만, 사망했다고 내일 아침에 공식적으로 발표가 날 거야."

회의에 참석했던 파쿠스가 간략히 요약한 기밀 사안을 제이제이에게 전달했다. 정말 파쿠스 말대로 모노센터 실종 사건은 이대로 종결되는 걸까. 아직 테이프의 비밀이 밝혀지지 않았는데, 그림자 시장의 모순을 밝혀낸 뤼오는 과연 무슨 말을 하고 싶었던 걸까.

"어이, 티쉬. 에밀레에게 고맙다고 해야지! 덕분에 모가지는 붙어있잖아."

칸델라만큼이나 언짢아 보이는 티쉬. 어처구니없지만 그는 상황이 흘러가는 모양새가 마음에 들지 않는다. 자신 때문에 벌어진 사고이긴 하지만 괜히 에밀레를 빛내준 것 같아 그녀가 괘씸했다. 심지어 자신은 거들떠보지도 않던 동료들에게 인정받는 그녀의 모습에 내심 질투도 났다. 자신이 벌인 사고만 아니었어도 그녀가 이렇게까지 인정받지는 않았을 텐데, 그 흔치 않은 기회를 자신이 마련해 주었으니 고마워해야 하는 건 자신이 아니라 에밀레 아닌가. 티쉬는 생각에 잠겨 있는 에밀레에게 살며시 다가가 조용히 경고했다.

"에밀레, 난 네 진짜 모습이 뭔지 알고 있어. 명심해. 함부로 나대다가는 너도 그들과 같은 꼴이 날지도 몰라."

그는 소심하게 혼잣말을 중얼거리듯 말을 덧붙였다.

"… 추가 합격자 주제에."

에밀레가 날카롭게 그를 노려보며 반문했다.

"그들이 누군데?"

"네 주위를 항상 맴도는 그 녀석들. 항상 기분 나쁘다 생각했지."

그림자가 벽돌을 밀어 넣은 걸 티쉬도 눈치챈 건가. 에밀레는 침묵을 유지하며 그가 말을 끝내기를 기다렸다.

"도우들은 모링가들 눈에만 보이는 거, 알고 있어?"

역시, 티쉬는 처음부터 줄곧 의심하고 있었다. 에밀레의 본래 정체, 검은 두 눈동자 모링가. 아무렴, 결승전에서 마주한 두 사람인데 아무리 눈동자 색이 바뀐들 자신의 최종 경쟁자를 잊을 리가 없다. 그런데 도우들은 검은 눈동자 모링가의 눈에만 보인다니, 이건 처음 안 사실이다. 그렇다면 뤼오는 도우들을 보지 못했던 걸까? 에밀레는 사건의 실마리를 찾으려 기억을 더듬었다.

"경고하는데, 조심해."

정신이 갈기갈기 찢겨 무너질 줄 알았는데 에밀레의 반응은 생각보다 담담했다. 오히려 정체가 들켜버린 한 뱅커스 뱅크에서 물러날 곳은 없다. 에밀레는 이제 이판사판이다. 조금 더 대담해져 볼까.

"너 말이야, 사실은 알고 있었지?"
"무슨 소리야?"
"그림자 시장의 모순."
"대체 무슨 말을 하는 건지…"
"… **기울어진 시간.**"

티쉬는 에밀레의 멱살을 붙잡으며 사람들이 보이지 않는 구석으로 그녀를 벽에 밀어붙였다. 목에 근육이 마비된 듯 숨통이 조인 에밀레는 헛기침했지만 지지 않고 그를 끝까지 노려보았다.

"안 그래도 그 망할 이단아들 때문에 우리처럼 결백한 겨울 바다 출신들이 이 바닥에서 얼마나 난감한 줄 알아?"

"결백? 넌 이때까지 알면서도 모른 척하고 있었잖아. 물론 너뿐만이 아니겠지. 이곳에 남아있는 모든 모노센터들, 다 한통속인 거야? 어디까지가 대체 진실인 거야?"

"... 너 진짜 이 집단에서 매장당하고 싶어? 너나 나나 죽을 만큼 간절해서 여기까지 올라온 거면 부탁이니까 제발 그 입 좀 다물어. 난 뉴스에 나오는 멍청한 낙오자 모노센터 무리와는 달라. 난 절대 안 내려가. 끝까지 살아남아서, 아득바득 올라갈 거야. 무엇을 희생하게 되든 상관없어."

티쉬가 좀처럼 쉽게 흥분을 가라앉히지 못하며 그녀를 협박했다.

"… 네가 내 앞을 막으면, 가만있지 않을 거란 소리야. 제발 네 분수를 알아. 눈동자 색깔만 바뀌었다고 네 본질이 바뀌는 건 아니라고. 지긋지긋한 이름 없는 모링가들."

말이 끝나자마자 그는 에밀레를 조였던 멱살을 풀며 뒤를 돌아섰다.

다리가 풀린 채 바닥에 주저앉아 캑캑거리며 목을 매만지던 에밀레는 아직 할 말이 남았나 보다. 그녀는 크게 숨을 고른 뒤 마지막 질문을 던졌다.

"마지막으로 이거 하나만 묻자, 넌 뱅커스 뱅크로 온 이유가 뭐야?"

티쉬가 어이없다는 듯 실소를 터뜨리며 대답했다.

"살고 싶어서 왔잖아. 왜, 너는 아니야? 무슨 숭고한 이유라도 있으셔? 이름 없는 모링가로 살다가 그림자 시장에서 개죽음 당하는 건 시간문제야. 그러니 쓸데없는 생각 하지 말고 쥐 죽은 듯, 선택받은 것에 대해 항상 감사하면서, 조용히 살다가 가라고."

살고 싶다고? 나는 살고 싶어서 뱅커스 뱅크로 도망쳐 온 건가. 애초에, 살고 싶다는 느낌이 뭐지. 나는 언제 살고 싶다는 생각을 했더라. 행복할 때 살고 싶지 않나? 행복을 잊었다면 살 이유도 없겠지. 그렇다면, 나는 언제 가장 행복했더라.

"정작 별은 자신이 빛나는 걸 알지 못하지."
"너는 웃을 때 가장 예뻐, 그러니 웃음을 잃지 마 에밀레."
"다음에는 무슨 일이 있어도 내가 지켜 줄게.
나를 한 번만 믿어줘."

"그럼, 널 믿어 에밀레."

제이제이가 물었었다. 너는 대체 뱅커스 뱅크로 오게 된 이유가 뭐냐고. 이제는 그 이유를 알 것 같다.

'나는, 내가 잃어버린 삶의 이유를 찾으러 온 거야.'

"어디가 에밀레! 곧 있으면 아홉 시야, 문이 닫히기 전에 나가야 한다고!"

에밀리가 또 혼자서 무리를 빠져나가는 에밀레를 향해 힘껏 소리쳤다.

그녀의 말대로 곧 있으면 하루가 저문다. 오늘이 지나면 사건의 진실은 검은 베일에 가려진 채 평생 묻힐지도 모른다. 에밀레는 분쇄기 장으로 서둘러 발걸음을 옮겼다.

14

To. 모링가

시간이 없다.

모노센더 실종 사건을 마무리 짓는 아침이 오기 전, 뤼오가 전해야 했던 말이 무엇이었는지 알아내야만 한다. 에밀레는 포 시그 마들이 향하는 펜더모니엄 대신 딜러 부스로 발걸음을 망설임 없이 돌렸다. 에밀리가 볼이 빵빵해진 채 투정 부릴 게 뻔하지만, 일단 명제 테이프부터 찾고 생각해 보자.

청소부가 벌써 쓰레기들을 수거해 갔으면 어떡하지 조마조마한 마음에 에밀레는 승강기 버튼을 연속으로 눌러댔다. 물론 아무 소용 없다는 걸 알지만 조급한 마음을 달래기 이만한 게 없다. 승강기의 문이 열리자마자 그녀는 미끄러지듯 오피스 출입구로 몸을 움직였다.

분명히 그 테이프 안에 실종된 모노센더들을 찾아낼 단서들이 담겨있겠지. 하지만 단서들을 찾고 나면? 그 뒤에는 어떻게 해야 하는 거지? 상부에다 보고해야 하는 건가? 그러다가 이상한 일에 휘말리기라도 한다면? 이제야 적응하기 시작했는데, 에밀레는 괜히 사람들 눈 밖에 나기 싫었다. 앞만 보고 내달리던 발걸음의 속도가 더뎌졌다.

그림자 시장의 모순을 찾고 나면, 실종된 모노센더들을 찾아낼 단서들을 찾고 나면, 그러면 그때는 어떻게 해야 하는 거지? 정말 돌이킬 수 없게 되는 거 아닐까. 정말 내 선택에 확신이 있는 건가. 선택의 갈림길에 선 에밀레는 깊은 딜레마에 빠졌다.

이대로 계속 앞만 보고 달리다가 영영 돌아오지 못할 수도 있다. 엄마가 그토록 원했던 뱅커스 뱅크, 메리골드 금빛 눈동자, 동료들로부터의 인정, 최상위 단체에 속한 소속감, 그리고 결정적인 돈이 주는 안정감. 에밀레는 과연 이 모든 걸 포기할 만큼, 자신의 선택이 값어치 있을까 생각에 잠겼다. 그리고 자신의 곁을 계속해서 맴도는 정신 사나운 메모지를 펼쳐 보았다.

Rule Number One – 'Do the Right Thing'

'첫 번째 규칙 – 옳은 일을 하라.'

에밀레는 다시 속도를 높였다.

분쇄기 수거함에 테이프를 넣는 건 잘못된 판단이었나. 차라리 남들 모르게 안 보이는 서랍 안에 숨겨두기라도 할걸. 제발 청소부들이 아직 쓰레기를 수거해가지 말아야 하는데. 퇴근 준비를 하는 포 시그마들의 무리를 역주행하며 에밀레는 불안감을 떨쳐냈다. 드디어 딜러 부스 구간의 마지막 코너를 도는 순간, 또 그자다. 자신을 계속해서 지켜보는 저 빨간 눈동자.

"뭐야, 도밍고? 네가 왜 여기에?"

에밀레는 허탈함을 감추지 못했다.

"역시 너였구나?"

"응?"

"역시 너였어…"

반면 도밍고의 상기된 얼굴은 답답함을 감추지 못했다.

"아니, 에밀레. 나에 대해서 뭔가 단단히 오해를 하는 것 같은데, 나는 진심으로 네가 하는 얘기가 아까부터 하나도 이해가 안 돼. 알아듣게 좀 설명해 줄래? 뭔지는 모르겠지만 난 정말로 억울하거든."

"아냐, 설명은 필요 없을 것 같아."

"... 너 정말 듣고 싶은 말만 듣는구나."

도밍고가 어이없는 듯 이마를 내 짚었다.

그러거나 말거나. 일단 에밀레의 온 신경은 그 명제 테이프에 꽂혀 있다. 그의 시선을 더 이상 아랑곳하지 않고 그녀는 쓰레기 수거함을 뒤지기 시작했다. 왜 안 좋은 예감은 항상 적중하는 건지, 이미 쓰레기봉투는 바닥을 보인 채 깨끗이 비어 있다.

"설마 네가 가져간 건 아니지?"

"뭐를?"

괜히 알고 있으면서 모르는 체하는 그가 얄미웠던 에밀레는 대답도 하지 않고 그를 노려보았다.

"쓰레기라면 방금 아주머니가 수거해 가셨어, 분쇄기 장으로."

웬일인지 그가 도움을 주려 한다. 이게 함정일까 한 번은 의심할 수도 있겠지만, 지금 그녀에게 더 이상 지체할 시간이 없다.

"어디로 가면 찾을 수 있어?"

"오피스 밖에 있지. 포 시그마들이 가끔씩 무리 지어 담배를 태우기도 하는 곳, 오피스 뒤편에 위치한 비어 있는 공터, 검은 매연이 피어오르는 곳이 바로 분쇄기 장이야."

젠장, 하필이면 외부라니. 자칫 시간을 못 맞추면 뱅커스 뱅크 입구가 잠길 수도 있겠다. 분쇄기에서 명제 테이프를 찾아 종이 세 번 울리는 아홉 시에 맞춰 칼같이 닫히는 오피스 내부로 돌아와야 한다. 할 수 있을까? 물론 확신은 들지 않지만, 일단 해 보자.

"저기 에밀레,"

도밍고가 뜸을 들이며 입을 열었다.

"혹시 칸델라랑 무슨 관계야?"

…무슨 관계라니? 예상을 벗어나는 질문을 하며 그녀의 신경을 긁는 도밍고. 그는 과연 무슨 대답이 듣고 싶은 걸까. 차라리

티쉬처럼 속 시원하게 대놓고 비난이라도 하던가. 에밀레는 경계심을 늦추지 않고 대답을 회피했다.

"질문의 의도가 뭔지는 모르겠지만, 오해한 것 같은데."

오피스의 불이 하나둘 꺼지기 시작했다. 모든 시장이 닫히자 오피스 내부는 슬슬 하루를 마무리하기 위해 준비했다.

"미안, 이제 정말 가봐야 해."

"… 내가 뤼오에 대해 알아."

그녀의 동공이 확장되었다.

"그리고 그의 여동생도."

도밍고가 에밀레의 주황빛 눈동자를 주시하며 말했다.

뤼오의 여동생이라고? 에밀레, 본인이 아닌 다른 여동생이 있다는 소리인가? 설마, 피로 이어진 친여동생이라도 있는 건가? 분명, 도밍고가 그녀의 눈동자에 집착하는데 숨겨진 이유가 있다.

"그러니, 혹시라도 궁금해지면 나를 찾아오라고. 해줄 얘기가 있으니."

궁금하냐고? 그걸 말이라고, 당연히 궁금하다. 사실 처음부터 외동인 줄 알았기에 친여동생의 존재는 에밀레에게 큰 충격으로 다가왔다.

그의 숨겨진 진짜 여동생. 뤼오는 단 한 번도 그의 가족사에 관해 얘기한 적이 없다. 어떻게 친엄마를 잃게 되었는지, 아버지와 관계는 왜 서먹한 건지, 왜 겨울 바다에 흔쾌히 이민을 오게 되었는지. 궁금해하지 않았다기보다는 건드리지 않았다. 괜히 자신과 같은 그의 치부를 건드리게 될까 봐, 혹여나 그게 또 상처가 되어서는 안 되니까 조심했던 것뿐. 그의 인생사에 관심이 없던 건 아니었다.

딜러 부스 코너의 전등마저 소등되자 에밀레는 정신을 차렸다. 풀리지 않은 의문들이 아직 많이 남아 있지만, 우선순위를 정하자. 지금은 명제 테이프가 먼저다. 계속해서 응시하던 그의 빨간 눈동자에서 시선을 거두고 그녀는 발걸음을 옮겼다.

그리고 언제나 그랬듯, 도밍고는 멀어지는 그녀의 뒷모습을 지켜봐야만 했다. 물론 언제까지 지켜보기만 할지는, 글쎄, 그를 제외하고는 아무도 모르겠지. 도밍고는 씁쓸하게 홀로 남아 주먹을 움켜쥐었다.

♦◇♦

오늘따라 바람이 유독 차게 느껴진다.

겨울 바다를 연상시키는 날카로운 바람이 에밀레의 뺨을 계속해서 할퀴었다.

검은 매연이 피어오르고 포 시그마 무리가 모여 담배를 태우는 곳? 적어도 자신이 속한 트레이더 무리 중 흡연가는 없다. 지독히도 건강을 챙기는 사람들이니 건강에 좋지 않은 건 돈 주고서라도 피한다. 생각해 보니 점심시간이 끝나는 시간에 맞춰 몇몇 포 시그마 무리가 재건축이 한 창인 사번 가 입구 근처로 몰려다니는 걸 본 적 있다. 에밀레는 기억을 더듬으며 사번 가로 발걸음을 옮겼다.

역시나, 그녀의 짐작이 맞았다. 골목이 딱히 존재하지 않는 뱅커스 뱅크에 사람들이 유일하게 담배를 태울 수 있는 공간, 재개발이 한창인 사번 가 보다 안성맞춤인 공간은 없다. 검은 매연이 모락모락 피어오르는 분쇄기 장. 일반인은 출입 금지라는 문구가 무색하게 포 시그마들이 이미 담배를 태우는 아지트로 공간을 훼손했다. 이게 오히려 에밀레에게 잘된 일이라는 게 참 아이러니하다. 분쇄기 장으로 문제없이 들어갈 수 있게 되었으니, 그녀는 녹이 슨 쇠 철창문을 살며시 밀었다.

칠판을 손톱으로 긁는 소리와 함께 문이 열린 분쇄기 장 내부는 그야말로 도살장 같았다. 뱅커스 뱅크 내부에서 발생하는 쓰레기를 도축하고 불태우는 도살장 말이다. 쓰레기들을 어금니로 음식물을 부수듯 잘게 분해하는 분쇄기, 여름 바다의 더운 열기마저 집어삼키는 뜨거운 용광로, 그 사이에서 피어나는 매캐한 검은 매연. 그만큼 외부의 접촉에 민감한 정보들이 쉽게 유출될 수 있는 경로이기에 뱅커스 뱅크는 쓰레기들마저 철저하게 관리한다. 이곳에서 과연 그녀는 제시간 안에 명제 테이프를 찾아낼 수 있을까.

"자, 이제 테이프가 어디에 있는지 나한테 알려줘!"

뭐가 그리 당당한지, 에밀레가 대놓고 뻔뻔한 말투로 메모지에게 물었다.

'...'

텅 빈 메모지. 쓰레기장 공터 한가운데 어색하게 서 있는 그녀를 우습게 만들기 충분했다.

"내가 묻지도 않았을 때는 잘 만 오지랖 부렸으면서..."

어디서부터 시작해야 할지 에밀레는 도통 감이 잡히지 않았다. 이미 테이프가 불타버렸으면 어떡하지. 이런 에밀레의 조급한 마음을 알기는 하는 건지, 손가락 사이에 끼워둔 메모지가 말썽꾸러기처럼 제멋대로 바람에 날아갔다.

"젠장, 너마저 진짜 왜 멋대로야! 당장 돌아와!"

마치 사람과 대화하는 마냥 에밀레는 메모지의 뒤꽁무니를 쫓아 공터 한복판에서 미친 사람처럼 날뛰었다.

시간은 계속해서 흘러가는데 메모지랑 술래잡기나 한다니. 그녀는 입술을 꽉 깨물며 닿을 듯 말 듯 한 종잇조각을 쫓아 발바닥에 불이라도 붙은 사람처럼 쉴 새 없이 뛰어다녔다.

그러다가 분쇄기 입구로 향하는 검은 레일에 놓인 쓰레기봉투 중 하나에 나비처럼 살포시 앉은 노란 메모지. 그 끝이 어디를 향하는지도 모른 체 에밀레도 거침없이 가동하는 레일 위로 뛰어들었다.

검은 천이 젖히면서 드러난 분쇄기 장 내부는 위아래 구분할 것 없이 24시간 작동하는 검은색 레일로 둘러싸여 있다. 레일 사이사이로 튀어 오르는 불꽃에 하마터면 화상을 입을 뻔한 에밀레는 몸을 움츠려 팔꿈치를 이용해 검은색 봉투 앞으로 엉금엉금 기어갔다. 쓰레기봉투와 간격이 서서히 좁혀지자 그녀는 최대한 조심스레 팔을 뻗어 봉투의 겉면을 더듬었다. 노란 메모지가 붙어있는 부분에 다행히도 사각형의 무언가 만져졌다. 확신이 든 에밀레는 검은색 봉투를 확 낚아채 자리에서 바로 열어보았다. 자신과 아슬아슬한 줄다리기를 하는 테이프를 찾아 자신의 몸짓만 한 봉투에 손을 넣어 열심히 뒤적이는데 눈앞에 거대한 송곳이 보였다.

"오, 이런."

상어 이빨처럼 뾰족한 송곳날이 연달아 나열된 장치에 자칫 몸이라도 잘못해서 끼인다면 보기 좋은 상태로 죽음을 맞이하진 못할 것 같다. 온몸에 소름이 돋는 장치에 몸이 점점 가까워지자 에밀레는 마구잡이로 봉투를 휘저었다.

"… 있다!"

금고에서 잃어버린 롤라의 쉘을 찾았을 때처럼 에밀레는 터져 나오는 기쁨을 감추지 못했다.

그녀는 일어서 분쇄기 밖으로 빠져나가려는데 자꾸만 앞으로 나가는 레일 때문에 몸을 움직이는 게 쉽지 않아 보인다. 제자리걸음만 하며 좀처럼 앞으로 움직이지 못하는 에밀레, 덕분에 그녀는 송곳 날로 둘러싸인 죽음의 문턱 앞에 점점 가까워지고 있다. 망할 명제 테이프 때문에 쓰레기 소각장이 그녀의 무덤이 될 위기에 처했다. 아직 받은 첫 월급도 못 써봤는데, 에밀레는 이렇게 허무하게 생을 마감할 수는 없었다.

"에밀레, 너는 처음 받은 월급으로 뭐 할 거야?"

생각해 보니 오늘은 첫 월급날이다. 에밀레는 허리띠에 매달린 브리프 케이스를 검지로 튕겨 열어보았다. 손을 넣어 브리프 케이스를 깊숙이 뒤적이자 이번 달 월급으로 받은 유리 지폐가 잡혔다. 그래, 여기는 뱅커스 뱅크의 외부. 유리 지폐를 이용한다 한들 규칙에 위반되는 건 없다. 그녀는 서둘러 유리 지폐 끄트머리에 붙일 불을 찾았다. 때마침 옆 레일 용광로에서 불꽃이 튀어 오르자 에밀레는 기회를 놓치지 않고 지폐를 가져다 대었다. 주문은 유리 지폐가 타오르는 순간만 유효하다.

쓰레기장과 관련된 역으로 성립하는 명제, 왜 책에서는 이런 걸 가르쳐 주지 않는 거지? 정말인지 모노를 준비하던 시절을 되돌이켜보니 실용력이란 눈곱만큼도 없었던 무한 암기 방식의 공부였다.

아냐, 긍정적으로 생각해 보자. 다른 건 몰라도 모노는 순발력을 길러주었지. 에밀레는 스스로를 위로하며 조급해진 마음을 달래고 뭐가 있을까 곰곰이 생각했다. 그리고 결심한 듯 칸델라를 떠올리며 두 눈을 감고 주문을 외웠다.

"뱅커스 뱅크에서 발생하는 모든 쓰레기는
분쇄기 장에서 처리되지."
"분쇄기 장에서 처리되는 모든 쓰레기는
뱅커스 뱅크에서 발생하지."
"… 역으로 성립하는 것보다 단단한 것은 없지."

실패를 직감한 에밀레는 고개를 돌려 얼굴을 찌푸렸다. 과연 주문은 역으로 성립했을까? 무시무시한 송곳이 에밀레의 눈동자를 관통하려는 순간, 기계가 드디어 가동을 멈추었다.
"돼… 됐다."
이게 먹힌다고? 뭐, 주문이 우스꽝스럽긴 하지만 어찌 됐든 역으로만 성립하면 그만이니까. 분쇄기에 갈려 하마터면 목숨을 잃을뻔한 에밀레는 자신이 과연 잘하고 있는 걸까, 의문이 들었다. 하지만 그럴 생각을 할 여유가 없다. 뱅커스 뱅크의 출입구가 잠기기 전, 다시 딜러 부스로 돌아가야 한다. 적어도 자신의 목숨 값은 견줄 만한 내용이 담겨있어야 할 텐데. 에밀레는 엉거주춤하게 앉은 자세로 팔꿈치를 당겨 앞으로 몸을 조금씩 움직였다.
'첫 월급을 쓰레기장에서 낭비하다니. 한심하긴.'
에밀레가 첫 월급을 받으면 뭐 할 거냐고 물었다. 그냥 어디에 썼는지 물어보지만 않았으면 좋겠다고 에밀레는 내심 바랬다. 유리 지폐의 끝자락이 전부 타버리자 분쇄기 레일은 땅을 울리는 소음과 함께 다시 가동을 시작했다. 다행히도 이미 그녀는 그곳에서 망할 명제 테이프와 무사히 빠져나와 차가운 여름 바다 공기를 맞을 수 있었다. 실종된 모노센더들이 벌린 수수께끼는 아직 끝나지 않았다. 뱅커스 뱅크의 오피스 문이 잠기기 전 에밀레는 폐가 풍선처럼 부풀어 오를 만큼 숨을 크게 들이쉬고 다음 관문을 향해 전력 질주했다.

뎅- 뎅- 뎅

◆◇◆

깜깜한 오피스 가운데 유일하게 한 딜러 부스 안에 전원이 들어왔다.

고요한 적막만이 흐르는 오피스에 홀로 남아있는 에밀레가 자판기를 손가락으로 돌리며 그림자 시장의 모순을 입력했다. 에밀레는 좀처럼 쉽게 가라앉지 않는 떨림을 달래려 손바닥으로 가슴팍을 연신 쓸어내렸다. 그리곤 수화기를 들어 수수께끼 테이프를 작동시켰다. 짧은 침묵을 깨고 드디어 뤼오가 입을 열었다.

"…모링가에게,

뱅커스 뱅크에 온 걸 환영해요, 모링가.

당신이 이 편지를 듣게 되었을 때는 이미 그림자 시장의 모순을 알아챈 뒤 일 겁니다.

모링가, 우리는 뱅커스 뱅크 안에 숨겨진 멈춰버린 시계들을 작동시켜야 해요.

이미 세상은 모노센더들이 실종되었다 말하지만, 정확히 말하면 숨바꼭질이라 하죠. 우리는 지금 게임을 하는 겁니다. 총 여섯 개의 숨겨진 시계들을 찾아 작동시켜 주세요.

그 시계들을 작동시키는 원리는 간단합니다. 유리 가위를 사용해 시계 뒤에 숨겨진 하얀 그림자, **옴브렐라**의 봉인을 해제시켜야 해요.

어디서부터 시작해야 할지 도통 감이 오지 않는다면 언제든지 승강기 안을 찾아봐요. 승강기가 모든 '경우의 수' 층으로 데려다줄 겁니다.

물론, 포 시그마들의 눈을 피해 시계를 찾는 건 쉽지 않을 겁니다. 이미 그들은 우리의 작전을 눈치채고 움직였을 테니, 우리가 하얀 그림자들을 얼마나 오랫동안 붙들고 있을 수 있을지는 정확히 모릅니다.

하지만 걱정하지 말아요. 역으로 성립하는 명제보다 더 단단한 것은 없으니.

우린 다음 트랙에서 만나요.

추신, 참고로 흰색 앵무새가 탑승하지 않은 승강기를 사용해요.

그들은 모든 것을 듣고 기록하고 있으니…"

그의 짧은 작별 인사와 함께 트랙이 멈췄다.

에밀레는 혼란스러웠다.

"젠장, 이번에는 또 승강기야. 승강기 안에 뭐가 숨겨져 있다는 거야? 그만 좀 숨겨놓으라고! 비밀이라면 이제 지긋지긋하니까!"

해결책 뒤에 또 다른 문제. 문제 뒤에 또 다른 문제. 관문을 넘어 또 다른 관문. 좀처럼 끝나지 않는 어두컴컴한 통로를 홀로 계속 걷는 기분이다. 아니, 애초에 끝은 존재하는 걸까. 본인이 지금 뭘 하고 앉아 있는 건지 에밀레는 자신의 선택에 자괴감마저 들었다.

"간단? 장난해? 전혀 간단해 보이지 않는다고 뤼오! 숨바꼭질? 게임? 진짜 시계들? 옴브렐라는 또 무슨 소리람? 게다가 유리 가위라니. 나는 뱅커스 뱅크 올 때 그런 준비물은 애초에 챙기지도 않았다고!"

그녀는 다리에 힘이 풀려 자리에 그대로 주저앉고 말았다.

"모든 '경우의 수' 층, 거긴 또 대체 어떻게 가는 건데…"

에밀레는 딜러 부스 벽이 울릴 정도로 뒤통수를 연신 세게 박았다.

"제발 그냥 눈앞에 나타나서 시원하게 이야기해 주면 안 될까.

도저히 혼자서는 해결 못 할 것 같다고…"

에밀레는 혹시나 하는 마음에 모든 정답을 알려주는 메모지를 펼쳐 보았지만 백지상태다. 이 정도면 저 메모지의 존재가 커닝 페이퍼가 아닐지, 에밀레는 문득 생각이 들었다.

끝이 나지 않는 스무 고개, 곧 있으면 다가올 아침, 모노센더 실종 사건의 결말, 그리고 사건의 열쇠를 쥐고 있는 모든 '경우의 수' 층. 에밀레는 지끈거리는 뒤통수를 딜러 부스 벽면에 기대었다. 고개를 젖히니 시계가 박힌 딜러 부스 천장이 보였다. 딜러 부스 천장마저 시계를 박아 놓다니. 시간에 미친 자들이 분명하다. 시계 초침이 움직이는 소리에 맞춰 물방울이 맺히는 소리도 들린다. 고개를 살짝 들어 오피스 창밖을 바라보니 비가 내리기 시작했다. 물방울 크기를 보니 금방 그칠 것 같은 소나기는 아니다. 말로만 듣던 여름 장마의 시작인 건가. 에밀레는 결단을 내렸다.

그래, 적어도 이 비가 그칠 때까지 네 장단에 맞춰 줄게 튀오. 그러니 제발, 비가 그치면 그만 숨어 있고 나오란 말이야. 숨바꼭질은 이제 지긋지긋하다고…

기댈 곳이 필요했던 에밀레는 다시 한번 혼자 힘으로 일어나 딜러 부스의 문을 열었다. 어두컴컴한 터널의 끝, 그게 만약 없다면 내가 개척해서라도 끝을 봐야겠다 그녀는 결단을 내렸다. 흰색 앵무새가 탑승하지 않은 승강기라… 혹시 뱅커스 뱅크에 합격한 그날, 보드룸을 올라가기 위해 탑승했던 작은 승강기를 말하는 건가? 그녀는 뱅커스 뱅크에 인터뷰를 보러 온 첫날을 기억한다. 칸델라가 보드룸 맞은편에서 손을 건네며 자신을 뱅커스 뱅크 안으로 들였던 그날. 미쳐버린 겨울 바다 노숙자처럼 비참한 현실 속에서 자신을 놓아버릴 뻔한 그녀를 그가 구원해 주었던 그날. 에밀레는 복도 끝으로 달려가 승강기 버튼을 눌렀다. 어차피 이 시간에 포 시그마들은 전부 퇴근했을 테니, 낡고 작은 승강기를 이용한다 한들 아무도 모르겠지.

텅 빈 복도에 홀로 서 있던 에밀레는 문득 복도가 이렇게 넓었던가? 생각이 들었다. 출퇴근 그리고 점심시간만 되면 사람들로 북적여 항상 좁아터졌다고만 생각했는데, 포 시그마가 전부 사라진 뱅커스 뱅크는 비현실적으로 느껴졌다. 엉뚱한데 한 눈 팔렸던 그녀의 정신이 서서히 돌아올 때쯤, 정차한 승강기 문틈 사이로 누군가를 근엄하게 꾸짖는 언성이 흘러나왔다.

"한심한 놈, 쓸모없는 놈, 약해빠진 놈. 역시, 네 엄마를 닮아 그런지 핏줄은 못 속이는구나. 이름 없는 모링가들."

"실수였습니다. 다음부터는 착오가 없게 잘…"

"듣기 싫다. 조금이나마 너를 신뢰했던 나의 잘못이지. 당분간 너를 부를 일은 없을 거다, 칸델라."

"자, 잠시만 제 말을!"

…안에 있는 사람이 칸델라라고? 설마 낮에 있었던 사고 때문에 위에서 질책을 받는 건가? 하지만 대화를 나누는 둘의 사이가 심상치 않아 보인다. 심지어 칸델라를 질책하는 상대방의 목소리조차 굉장히 익숙하다. 어디선가 들었던 낯선 남성의 음성인데, 마치 아주 어렸을 적 들었던 자장가처럼 말이다. 건조한 잿빛 아침을 깨우던, 악몽이 되어버린 **자장가** 말이다. 조금이라도 그 둘의 대화를 자세히 엿듣기 위해 에밀레는 차가운 승강기 문에 열이 오른 볼을 가져다 대었다. 순간 도무지 열릴 것 같지 않던 승강기 문이 덜커덩거리는 굉음과 함께 세차게 열렸다.

　"에밀레?"

　칸델라는 한 손에 마저 닫지 못한 브리프 케이스를 쥔 채 당황한 얼굴로 에밀레를 바라보았다.

　"… 칸델라?"

　듣지 말아야 할 사적인 통화 내용을 몰래 엿들은 처지가 된 에밀레는 난처해진 상황을 무마하기 위해 무슨 핑계라도 대야만 했지만 아무 생각도 떠오르지 않았다. 하지만 분명한 건, 승강기 손잡이에 기대 심각한 표정을 짓고 서 있던 칸델라는 평소와 달라 보였다. 혼자만의 생각에 빠진 삼엄한 그의 아우라에 그 누구도 쉽게 다가갈 수 없을 것 같았지만 에밀레만큼은 예외였다. 그녀가 통화 내용을 엿들었건 말건, 그는 또다시 에밀레에게 한 치의 망설임 없이 성큼 다가갔다.

　"이 시각에 지금 뭐 하는 겁니까? 미치겠네, 꼴은 또 왜 이래요?"

그가 에밀레의 머리 위에 붙은 쓰레기 조각들을 정리해 주며 자꾸만 걱정하게 만드는 그녀에게 물었다.

승강기 안에서 호되게 질책 받던 그가 오히려 에밀레를 걱정한다. 어색한 분위기를 전환하는 데는 도가 트인 사내다. 에밀레는 잠시나마 고민했다. 저자도 다른 이름 없는 모링가들처럼 혹시 '기울어진 시간'에 대해 알고 있지 않을까. 하지만 모든 모링가들이 겨울 바다에서 나고 자라지는 않았을 테니, 그도 나름의 사연이 있겠지. 에밀레는 그의 짙은 속눈썹 밑 그을린 두 잿빛 눈동자에서 의심을 거두었다.

"칸델라, 지금 내가 미친 사람처럼 보이는 거 알아요."

"사실 지금만은 아니긴 한데…"

"농담할 상황 아니라고요! 혹시 모든 경우의 수 층이라고 들어봤어요? 뱅커스 뱅크에 숨겨져 있다는데, 알까 해서요."

"이것도 농담이 아니긴 한데…잠시만, 무슨 층?"

"잠시 정차하겠습니다."

출퇴근 시간대에 붐볐을 때처럼 승강기가 눈치 없이 운행을 멈추고 정차했다.

'망할 더블덱 승강기. 지금 오피스에 아무도 없는데 위 승강기 밑에서 대기 중이라고? 유령이라도 기다리나 보지? 순 사기꾼!'

에밀레는 승강기의 벽면을 주먹으로 내리쳤다.

평소보다 다소 험악해진 그녀의 성질에 칸델라는 뭔가 이상함을 눈치챘다.

"지금 시간이 얼마 안 남았는데 답이 안 보여…"

마치 약에 취한 사람처럼 초점 잃은 그녀의 눈동자, 에밀레는 금방이라도 쓰러질 것처럼 온몸이 녹초가 되었다.

사실 그녀의 정신력은 이미 육체의 한계를 뛰어넘었다. 체력의 한계에 부딪힌 그녀는 정신마저 흐릿해졌다. 말끝을 무의식적으로 흐리는 그녀의 힘없는 목소리에 칸델라는 그녀가 온전치 못한 상황이란 걸 눈치챘다.

"에밀레 일단은 침착하고 방으로 돌아가요. 아홉 시가 넘었는데 오피스 내부에 있는 걸 알게 되면 상부에서 문제 삼을 수도 있다고. 특히나 오늘처럼 모두의 이목이 쏠린 날에는…"

칸델라의 목소리가 뒷배경처럼 점차 흐리게 들리기 시작했다.

'모든 경우의 수… 팩토리얼? 설마…'

그래, 무식한 방법이지만 어차피 밑져야 본전이다.

에밀레는 마지막으로 온 힘을 끌어모아 승강기의 벽면에 몸을 내던졌다. 쿵 소리와 함께 승강기가 심하게 좌우로 요동치며 같은 말을 반복했다.

"잠시 정차하겠습니다."

"잠시 정차하겠습니다."

"에밀레, 미쳤어요?"

참다못한 칸델라가 에밀레의 어깨를 붙잡았다.

"회사 생활이 힘들면 기물 파손하지 말고 말로 해요, 말로!"

이미 칸델라의 목소리는 그녀에게 음소거 처리가 되었다. 그녀는 아랑곳하지 않고 다시 한번 승강기의 벽을 내리쳤다.

"잠시 정차하겠습니다."

"지... 진정해요. 우리 대화로 하나씩 차근차근 해결해 보는 건 어때요 에밀레?"

칸델라는 항복의 의미로 그녀의 어깨를 붙잡았던 두 손을 들며 에밀레를 차분히 달래 보았다. 하지만 아쉽게도 전략 실패, 이미 반쯤 넋이 나간 그녀를 아무도 멈출 수 없었다. 불도저 같은 그녀는 마지막으로 한 번 더 승강기의 벽을 에밀레종만큼 큰 울림이 느껴질 정도로 세게 내리쳤다.

"잠시 정차하겠습니다."

그리고 마침내, 그녀의 간절함을 알아채기라도 한 걸까, 승강기가 위아래로 세차게 두어 번 진동하며 가동을 멈추었다. 전원이 완전히 나간 승강기 내부는 간신히 진정한 에밀레의 쌕쌕거리는 숨소리와 그녀의 어깨를 어색하게 붙잡은 칸델라가 겨우 침을 삼키는 소리만 들렸다. 시간이 멈춘 듯 바닥에 몸을 고정한 두 사람은 서로의 눈만 조용히 바라보았다. 결국 다 틀린 건가, 낙심한 에밀레는 조용히 고개를 떨궜다. 그런데 어디선가 새어 나오는 전기가 따닥따닥 튀는 소리가 그들의 귀를 자극했다.

"... 맙소사."

잠시 후 승강기의 간판에만 불이 깜빡이며 전원이 들어왔다.

"52!층"

15
모든 경우의 수 층

 평상시와 다름없는 벨소리와 함께 긴장감 없이 승강기의 문이 열렸다.

 겨울 바다 유리 동굴을 연상시키는 모든 '경우의 수' 층. 뱅커스 뱅크 안에 이런 공간이 숨겨져 있다고? 빗소리인지 천장 아래 지하수가 흐르는 소리인지 구별이 안 갈 정도로 캄캄한 어둠, 잠식된 그녀의 정신을 깨울 정도로 크게 찰방거리는 물소리, 천장 위에 아슬아슬하게 매달려 언제 떨어질지 모르는 유리 고드름, 작은 물방울 소리마저 메아리치는 텅 빈 공간, 간헐적으로 들려오는 맑은 트라이앵글 소리, 음산한 기운이 흐르는 차가운 공기 내음, 이건 여름 바다의 것이 아니다. 에밀레에게 익숙한 이 공간은 분명 겨울 바다의 것이었다.
 "여긴 여름 바다가 아니야."
 소심해진 칸델라와 다르게 에밀레는 익숙한 공간에 들어선 듯 자신감 있게 발걸음을 옮겼다.

"어딜 함부로 돌아다니는 거예요 에밀레, 당장 돌아와요! 이건 상사로서 명령입니다."

소용없다는 걸 알면서도 칸델라는 그녀를 말렸다.

예상대로 그녀는 무엇에 홀린 듯 보이지 않는 앞을 향해 걸어 나갔다.

"제발, 말 좀 들으라니까..."

둘이 같이 걷기 비좁은 복도는 지하수로 흥건했다.

칸델라는 계속해서 그녀를 저지하는 대신 그녀의 불빛이 되어주기 위해 손가락을 튕기며 촛불처럼 일렁이는 빛을 밝혔다.

천장에 매달려 크리스털처럼 은은하게 빛이 나는 유리 고드름. 유리 표면을 투과한 빛의 굴절이 만들어 낸 무지갯빛은 마치 프리즘 같다. 출처를 알 수 없는 분산된 빛줄기가 고립된 공간 안에 신성함을 더했다. 이걸 바로 정신이 홀렸다고 하는 걸까? 두 귀를 기울여 들어보니 여자가 흥얼거리는 노랫소리도 들리는 것 같다.

한 방울씩 떨어지는 물방울 소리가 의문의 동굴을 울릴 때마다 그녀는 점점 끝에 다다르고 있음을 느꼈다. 어둠 때문에 그림자는 보이지 않지만 분명 죽은 자들의 그림자, 도우는 그녀와 함께 걸음을 내딛고 있다. 어둠의 색깔이 옅어질 때쯤 낮은 계단에 둘러싸인 둥근 원형 탁자가 보였다. 그리고 출처를 알 수 없는 빛이 탁자를 비추며 에밀레와 칸델라를 환영했다. 드디어 끝이 보이지 않는 컴컴한 터널 끝에 빛이 보이기 시작했다.

조급한 마음에 에밀레는 신발이 젖은 줄도 모르고 계단을 올라 탁자의 정체를 확인했다. 칸델라도 그녀의 뒤를 따라 주변을 경계하며 브리프 케이스에서 손을 놓지 않았다. 넓은 보폭으로 계단을 두 번 정도 건너자 에밀레가 먼저 다가간 원형 탁자에 금방 다다랐다. 그런데 예상치 못한 탁자의 정체에 칸델라는 다시 뒤로 한 발자국 물러났다.

"말도 안 돼."

검은 눈동자 모형의 원형 탁자. 살아있는 검은 눈동자다. 에밀레가 눈동자에 가까이 다가가자 익숙한 친구를 만난 듯 검은 눈동자는 동공을 위아래로 움직였다. 에밀레가 고개를 숙여 움직이는 동공에 눈을 마주치려 하자 칸델라가 그녀를 저지했다.

"에밀레, 잠깐. 아까부터 내 목소리 하나도 안 들리는 거 아는데 이 물체에 더 이상 가까이 다가가지 말아요. 일단 오피스로 돌아가서 진정부터 하고 우리 천천히 생각해 보는 게 좋겠…"

칸델라가 말을 끝내려는데 흰색 앵무새가 들어왔다.

'-까악.'

"그새 따라 들어온 거야? 시시하기는…"

주위를 자꾸만 배회하는 앵무새가 눈에 거슬린 칸델라는 손가락을 살짝 튕겼다. 그의 손끝에서 튀어나온 약한 불이 새의 뒤꽁무니를 가볍게 채찍질하며 위협했다.

"그러게, 가까이 오지 말라니까."

새가 울음소리를 내며 주위에서 사라진 걸 확인한 칸델라는 다시 에밀레에게로 몸을 돌렸다. 그런데 어디선가 드리운 음산한 기운이 그 둘의 발밑으로 스며들었다. 푸드덕 거리는 날갯짓이 거센 바람을 몰았다. 그 바람에 칸델라의 불빛이 반격할 새도 없이 무력하게 꺼져버렸다.

"오, 이런."

에밀레가 제드와 함께 보드룸으로 올라가던 날, 소름 돋는 새 울음소리의 정체가 드러났다. 꽤나 오랫동안 굶었는지 색이 바랜 금빛 눈동자 여덟 개가 징그럽게 다닥다닥 붙어있는 거대한 화식조, 뱀처럼 직선으로 날이 선 동공, 불을 먹은 듯 목에 붙어있는 빨간색 돌기 덩어리, 금방이라도 살을 갈기갈기 형체도 남김없이 물어뜯을 것 같은 사나운 부리, 트럭 한 대만 한 크기의 날개가 어두운 그림자를 드리우며 그들을 향해 거침없이 달려갔다.

"에밀레! 빌어먹을 눈동자에서 당장 떨어져요. 일단 여기서 탈출해야겠어. 나가는 출구는 따로 없는 건가?"

칸델라가 한쪽 팔로 에밀레를 뒤에서 껴안으며 그녀를 원형 탁자에서 떼어내려 안간힘을 썼다. 다른 한 손으로는 빛을 내며 자신들을 향해 다가오는 화식조의 발걸음을 저지했다.

"**저 새가 미쳤다고! 눈이 돌아버렸다니까. 내 말 들려요?**"

하지만 아무 소리도 들리지 않는 건지 그녀의 금빛 눈동자 속 동공은 이미 반쯤 풀려있었다.

"에밀레!"

에밀레는 이미 무언가에 홀린 사람처럼 그리고 검은 눈동자에 투영된 자기 얼굴에 흠뻑 빠진 사람처럼 천천히 검은 두 눈동자를 마주했다.

만일 그대가 나에게 누구냐고 묻는다면, 나는 그대에게
"**검은 눈동자, 이름 없는 모링가.**" 이렇게 대답하겠지.
그대가 다시 나에게
"아니, 이름이 없는 모링가라면 대체 모링가는 누구인가?"
어이없다는 듯 반박한다면, 나는 그대에게
"역으로 성립하지 않는 명제, **모순이지.**"
이렇게 웃으며 답할 거야.

에밀레의 금빛 눈동자에 담긴 두려움과 검은 눈동자에 담긴 죄책감이 드디어 만났다.

무서워. 혼자 남겨지기는 싫어. 정신없긴 해도 안정적인 지금이 훨씬 행복해. 이제 막 인정받기 시작했는걸. 나는 뱅커스 뱅크의 부속품이 될 준비가 되어 있어. 쳇바퀴처럼 굴러가는 인생도 나쁘지 않아. 그러니 제발 나를 내버려둬. 검은 눈동자로 돌아가게 되면 나는 죽어야만 해, 더 이상 쓸모없는 모링가이니까.

하지만 나 때문에 죄 없는 뤼오가 다쳤는걸. 한쪽 귀까지 잃어서 뱅커스 뱅크 사람들에게 무시를 당한 건 아닐까. 그럼에도 불구하고 왜 나에게 따뜻하게 대해주었던 걸까. 그날 나를 제치고 모노센더가 되었어도 그가 보여주었던 따스함만큼은 진심이 아니었을까.

그림자 시장이 숨긴 모순을 밝히기 위해 그는 얼마나 많은 것들을 희생해야 했을까. 알고 보면 자신만큼 외로웠던 사람은 뤼오가 아니었을까. 사실 그림자 시장의 모순이건, 기울어진 시간이건, 포 시그마 건, 역으로 성립하는 명제건, 이제 그녀에게 중요하지 않다. 정말 중요한 사실은,

"다음에는 무슨 일이 있어도 내가 지켜 줄게.
나를 한 번만 믿어줘."

죄책감의 힘은 생각보다 훨씬 강력하다. 자기 자신마저 적으로 돌리니 이보다 더 파괴적인 감정이 있을까. 그 어떠한 욕망도 희열도 그림자에 소멸하는 빛처럼 죄책감 앞에서는 무기력해진다.

"부탁이니 이제 그만 돌아와요 에밀레..."

에밀레가 자신에게 물었다. 나는 그날 모노센더에서 낙방했기 때문에 희망을 잃었던 걸까, 아니면 뤼오를 잃었기 때문에 희망을 잃었던 걸까. 아니 희망을 잃었던 건 뤼오를 잃었던 내 죄책감 때문이 아닐까. 검은 눈동자를 눈에 대자, 길을 잃은 그녀에게 검은 눈동자가 말을 걸어온다.

≪기억해 우리들의 검은 두 눈동자를≫

기억해, 너희들이 가려버린 검은 두 눈동자를.
네 발밑에서 죽을힘을 다해 받쳐주고 있는 이 검은 두 눈동자를.
정답을 말하는 너희들이 가려버린 명제 속 검은 모순을.

역사는 기억해, 진실을 쫓아내는 모순이 정답이 된 세상을.
명제 속 모순이 정답이 된 이 세상을.
그게 바로 죽은 자들이 빛을 밝히는 도시,
그림자 시장이 기억하는 역사지.

하지만 기억해, 진실을 쫓는 모순에 가려진 검은 그림자들을.
가리면 가릴수록 더 빛이 나는 그림자들을.

그러니 기억해, 진실을 말하면 모순이 되는 이 실없는 세상을.
그 속에서 반복되는 검은 눈동자들의 울부짖음을.

모두가 기억해, 역사가 바뀌지 않으면 반복되는 그 모순을.
반복되는 모순 속에서 드러나는 진실을.
진실을 쫓아내려 할 수록 더 쫓게 되는 그 진실을.
진실이 오답이 되는 이 세상 속에서의 진실을!

기억해, 네 발밑이 아닌 네 등 뒤에 서 있는 우리들의

검은 두 눈동자를

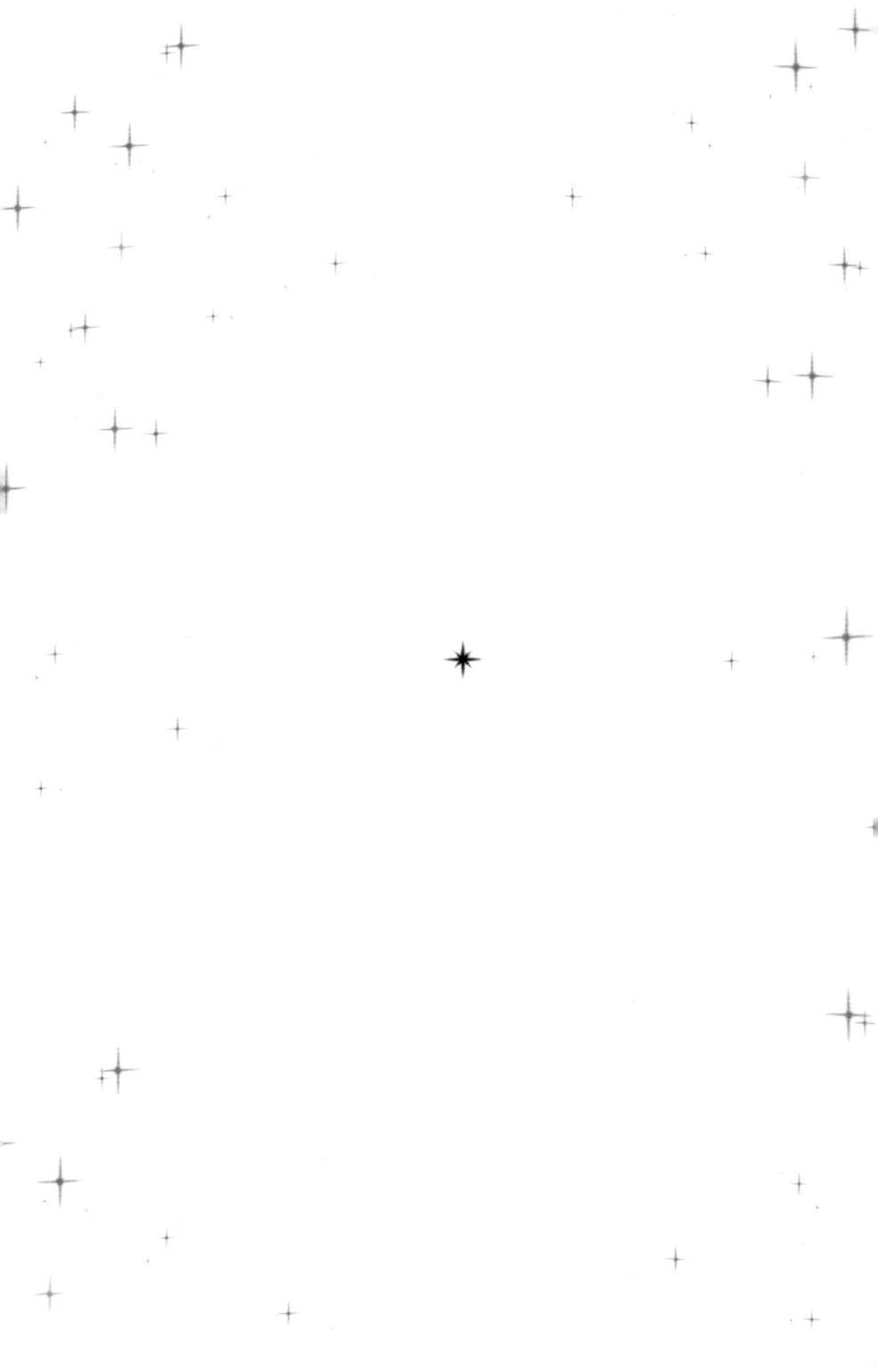

16

검은 두 눈동자, 모링가

얼마나 오랜 시간 기절해 있었을까.

"에밀레, 내 목소리 들려요?"

금방이라도 그 둘을 잡아먹을 기세였던 화식조는 애초에 존재하지 않았던 것처럼 자취를 감추었다. 그런데 뭔가 이상하다. 동굴 안이 어둡기는 했다만 눈앞을 손바닥으로 가린 것만큼 암흑에 가깝지는 않았다. 그녀는 불안한 마음에 팔을 양옆으로 뻗어 주변의 모든 물체에 손을 가져다 대었다. 날카로운 유리 고드름, 선명한 물방울 소리, 어디선가 새어 나오는 차가운 바람, 시각에 외에 모든 감각이 예민해진 느낌은 그냥 기분 탓인 걸까?
"에밀레! 괜찮아요?"
아주 가까이서 칸델라의 목소리가 들린다. 하지만 그의 모습은 보이지 않는다. 그제야 에밀레는 자신이 앞이 보이지 않는다는 사실을 인지했다.

"칸델라! 앞이 안 보여요. 온통 어둠뿐이에요."

앞이 보이지 않는 바람에 방향 감각을 잃은 에밀레는 제자리에서 팔만 뻗은 채 한 발자국도 움직이지 못했다. 검은 안경을 쓴 여자는 정말 장님이 되었다.

"에밀레, 대체 어디예요? 목소리는 분명 들리는데 어디에 있는 건지…"

칸델라가 회중 라이터를 그녀의 목소리가 들리는 방향으로 비추었다. 그가 에밀레를 향해 빛을 비추자, 그제야 시야에 무언가 들어온다.

"칸델라!"

무언가 흐릿하게 보이긴 했지만, 그의 형태가 전부였다. 검은색 테두리의 사람 형태가 계속해서 그녀를 향해 손을 뻗었다. 주위를 둘러보니 검은색 형태로 둘러싸인 건 칸델라뿐이 아니었다. 그녀를 둘러싼 주변의 모든 물체가 오로지 검은색 테두리로만 표시되었다.

"에밀레… 어떻게 이럴 수가."

에밀레는 도우, 즉 죽은 자들의 그림자로 육신의 형태가 변했다. 끔찍한 형태에 칸델라는 동요했지만 분명한 건 그녀는 아직 죽지 않았다는 사실이다. 그녀의 목소리도 선명하게 들리고 손바닥만 남아있는 다른 도우들과는 다르게 멀쩡한 사람의 형태로 그림자가 유지되었다. 칸델라가 그녀에게 닿기 위해 그림자 위로 손을 뻗었다. 그의 손이 에밀레 그림자 위에 닿자 검은색 물감처럼 칸델라도 그림자로 물들었다. 검은색 테두리로만 그려졌던 칸델라가 점점 검은색으로 채워지자 에밀레는 황급히 그를 밀어내었다.

"안돼!"

넘어진 그녀가 유리 고드름 위에 손을 얹자 고드름도 그림자로 물들기 시작했다. 마치 그녀의 몸 전체가 지워지지 않는 검은색 유화 물감이 된 것 같다. 끔찍한 상황을 도저히 납득할 수 없는 에밀레의 호흡이 천식 환자처럼 가빠졌다.

"도와줘요 칸델라, 숨을 못 쉬겠어. 아니, 숨 쉬는 법조차 까먹은 것 같아!"

바다 한가운데 빠진 사람처럼 숨을 제대로 고르지 못하는 에밀레. 칸델라는 서둘러 브리프 케이스 안의 유리 지폐를 꺼내 들었다.

"그림자가 드러난다면 빛과 사물이 있기 때문이지."
"빛과 사물이 있다면 그림자가 드러나지."
"역으로 성립하는 명제보다 단단한 것은 없지."

유리 지폐 끄트머리가 타들어 갔지만 에밀레의 그림자는 변하지 않았다.

"젠장!"

칸델라는 분을 주체하지 못하고 회중 라이터를 벽면에 던졌다. 그림자로 변해버린 그녀를 다시 돌리기 위해 직접 빛을 빚어 유리 동굴 내부를 대낮처럼 환한 빛으로 물들었다. 하지만 소용없었다. 칸델라의 빛이 강해지면 강해질수록 에밀레의 그림자는 더 짙어질 뿐이었다.

"하, 여기까지는 계획에 없었는데 말이지..."

그의 안색은 핏기를 잃은 시체처럼 초췌해져만 갔다.

"정말인지, 한 치 앞을 예상 못 하게 만드네요 에밀레."

에밀레는 그를 더 이상 붙잡아 둘 수 없었다. 그녀는 그날 뤼오를 잃었다. 칸델라마저 잃을 수는 없다. 두 뺨을 타고 흐르는 눈물마저 그림자로 변해버린 그녀는 거스를 수 없는 자신의 운명을 수긍하기로 했다.

"칸델라."

"에밀레."

"미안해요."

"괜찮아요. 침착하고, 내 손을 잡아요."

칸델라가 애써 목소리를 차분하게 가라앉히며 그녀에 손을 뻗었다.

"정말 미안해요."

그녀는 자꾸만 다가오는 그의 손을 차마 붙잡을 수 없었다. 이대로 계속 동굴 안에 갇혀 있다가는 자신이 창조한 검은 그림자가 칸델라를 집어삼키고 말 거다. 에밀레의 검은 그림자는 점점 협소한 공간을 짙은 어둠으로 물들었다. 그림자는 점점 크기가 커져 내부에 거대한 소용돌이를 형성했다. 빠져나갈 방도가 도무지 보이지 않자, 에밀레는 모든 경우의 수 층을 벗어나기 위해 그림자에게 자신의 영혼을 내어주었다. 결국 훔친 금빛 눈동자로도 그녀의 본래 검은 눈동자를 가리기에는 역부족이었다.

'검은 안경을 쓰던…금빛 눈동자로 가리던…나는 이름 없는 모링가, 모순이다.'

땅을 울리는 진동이 느껴진다. 그림자 소용돌이는 검은 태풍을 일으키며 유리 동굴 안을 제멋대로 헤집었다. 그 바람에 천장에 간신히 매달려 있던 유리 고드름 하나가 그만 힘을 잃고 부서졌다. 그걸 발견한 에밀레는 칸델라를 밀어내려 손을 뻗었지만 손에 닿는 모든 것을 그림자로 만들어 버리는 특유의 성질 때문에 주춤했다.

쿵-

미처 제대로 피하지 못한 칸델라의 뒤통수에 고드름이 명중했다. 균형을 잡기 힘든지 그는 한두 걸음마저 제대로 걷지도 못하고 비틀거리다 이내 원형 탁자 밑 계단에 힘 없이 쓰러졌다. 칸델라가 정신을 잃고 쓰러지자 그가 만든 빛도 함께 소멸하였다. 땀에 젖은 그의 갈색 머리가 안경이 벗겨진 그의 눈을 가렸다. 단정하던 검은색 셔츠는 해져서 단추가 풀려있었다. 자신 때문에 괜히 칸델라까지 엄한 일에 휘말린 것 같아 그녀는 죄책감이 들었다. 에밀레는 앞이 제대로 보이지 않으면서도 그를 끝까지 보호하려 안간힘을 썼다.

"제발…"

더 큰 파장이 일어날 것을 예상이라도 한 듯 검은 손가락들이 그의 주변으로 몰려들어 무색투명한 막을 형성했다. 덕분에 파편 조각들이 칸델라 주변에 떨어지는 건 막을 수 있지만 과연 얼마나 버틸 수 있을까.

그녀는 이미 자신이 만든 괴물한테 먹혀버려 힘을 조절하는 방법조차 잊었다. 검은 그림자로 완전히 변한 에밀레는 분화구에서 불길이 솟구치듯 소용돌이를 일으키며 모든 경우의 수 층을 빠져나갔다. 물론 그녀의 그림자가 시장에 어떤 혼란을 야기할지 아무것도 모른 체 말이다.

◆◇◆

"다음은 모노센더 연쇄 실종 사건의 최종 보고입니다."

그림자 시장 정부에서 '모노센더 실종 사건'에 대한 최종 브리핑을 진행한다. 닥터 파오가 메인 뉴스 화면에 등장했다.

오늘만큼 진중한 자리에서 실수는 용납되지 않기에 그는 발판 아래 비치된 프롬프터와 대본이 적힌 원고마저 꼼꼼히 확인했다. 심지어 마이크까지 두드리며 제대로 작동하는지도 확인하는데, 아니나 다를까 머피의 법칙처럼 항상 중요한 날 사고가 터진다.

"으흠-"

닥터 파오가 굉장히 언짢은 듯 산만한 스태프들의 시선을 끌기 위해 헛기침을 크게 했다.

당황한 닥터 파오의 키는 방송사 스태프들을 꾸짖으며 새 마이크를 잽싸게 건네받았다. 첫 번째 종이 울리자 닥터 파오는 이른 아침 뉴스 헤드라인에 자신의 이름이 올라간 걸 확인했다. 드디어 그의 입이 열리자 기자들과 카메라 그리고 세간의 이목이 동시에 집중되었다.

"저희 뱅커스 뱅크와 그림자 시장 정부의 긴밀한 협업 하에 장기간의 수사에 걸쳐 조사해 온 결과, 아래와 같은 결론을 내렸습니다. 실종되었다고 주장하는 모노센더들은, 조사 결과…"

땅의 울림이 느껴진다. 지진인가? 심상치 않은 현상에 카메라 플래시를 정신없이 터뜨리던 기자들도 동요하기 시작했다. 무슨 일인지 사람들의 주머니 속에 숨어있던 브리프 케이스들도 일제히 문을 두드리는 둔탁한 소리를 내며 속보를 알렸다. 모노센터 실종 사건 최종 보고 외에 또 다른 속보가 있다고? 닥터 파오를 포함에 자리에서 속보를 준비하던 기자들은 당황했다. 여름 바다 초고층 건물들에 비쳤던 닥터 파오의 근엄한 얼굴이 순식간에 뱅커스 뱅크의 외벽으로 전환되었다. 파티에 초대받지 않은 손님처럼 뜬금없는 속보가 진지한 분위기를 깨며 실시간 생방송으로 뉴스가 그림자 시장에 전송되었다.

"그림자 시장의 속보입니다. 현재 보시는 바와 같이 거대한 그림자가 뱅커스 뱅크를 집어삼켰습니다. 포 시그마들과 뱅커스 뱅크 경비원들이 대거 투입되어 핍스 승인 요청을 기다리는 중입니다. 전문가들도 그림자의 정체를 밝히기 위해 정부의 긴급한 협조를 요청 중입니다. 그림자 시장의 질서가 어질러진 가운데 뱅커스 뱅크 이사진은 모노센터 실종 사건 최종 보고를 앞두고 긴급 소집되었습니다. 현장 연결하겠습니다."

눈가 위로 빗방울이 하나둘씩 떨어진다. 기절해 있던 칸델라도 새벽부터 난데없는 소란에 정신이 차차 들었다. 얼마나 오랜 시간 쓰러져 있었을까. 그는 몽롱한 정신을 깨우기 위해 호흡을 뱉으며 몸을 일으켰다. 유리 고드름에 박았던 뒤통수가 아직까지 지끈거렸다. 칸델라는 손을 더듬어 바닥에 버려진 녹색 안경을 발견했다. 머리가 어지러운지 고개를 한차례 세차게 흔들며 안경을 썼다. 흐려진 초점을 맞춰보니 이곳은 뱅커스 뱅크의 입구, 차가운 대리석 계단 바닥이다. 그는 축 처진 몸을 이끌며 시선을 서서히 뱅커스 뱅크 외벽으로 옮겼다. 현장은 그야말로 처참했다.

"에밀레…?"

뱅커스 뱅크의 외벽을 타고 기어올라가는 죽은 자들의 그림자가 촉촉한 새벽하늘을 별 하나 보이지 않는 검은 어둠으로 물들였다. 경비원들은 뱅커스 뱅크 주변을 둘러싸 삼엄한 경계 태세를 유지했다.

뱅커스 뱅크 사거리에서 오픈 준비를 하던 쇼핑몰 직원들, 아직 침대 안에서 빠져나오지 못한 에밀리, 흘러나오는 속보를 듣고 반쯤 먹던 팬케이크를 떨어뜨린 반푸, 새벽 공기를 맡으며 아침 조깅을 하고 있던 리카르도, 경이롭게 뱅커스 뱅크 외벽을 바라보는 도밍고, 그리고 그의 옆에 서 있는 메델.

붉은 넥타이, 검은 유니폼을 입은 포 시그마들과 그림자 정부 소속 직원들은 모두 일제히 검은 그림자를 향해 핍스를 꺼내 들었다. 그들은 사격 개시 사인과 함께 벽면을 기어 올라가는 그림자들을 잔인하게 제거할 준비가 되었다.

"역으로 성립하는 명제보다 더 단단한 것은 없지."

"사격 개시"

허가가 떨어지자 유리 지폐들은 총알과 화살촉을 합친 것처럼 뾰족한 송곳으로 형태가 변했다. 그 예리한 날은 스치기만 해도 깊게 베일 것 같다. 모습이 변형된 유리 지폐는 일제히 뱅커스 뱅크 외벽을 타고 올라가는 그림자들을 향했다. 이미 되돌리기 늦어버린 그림자 시장과 죽은 그림자들의 대립, 그들을 도저히 막을 방도가 없던 칸델라는 에밀레를 찾기 위해 그녀의 이름을 애타게 불렀지만 어디에도 그녀의 흔적은 남아있지 않다. 과연 에밀레는 어디로 사라졌을까. 실종된 모노센더들처럼 이미 죽어서 그림자가 되어버린 걸까. 순간, 어디선가 익숙한 그녀의 음성이 들려온다.

"역으로 성립하지 않는 명제 – 모순이라 하지."

"모순을 **헤지**^{HEDGE} 한다"

검은 그림자들을 향해 쏘아 올린 유리 지폐들은 처참하게 산산조각이 났다. 덕분에 잘게 부서진 유리 파편들은 소낙비처럼 하늘에서 우수수 내렸다. 헤지^{HEDGE} (반대되는 두 포지션을 보유함으로써 위험성을 상쇄하는 행위) 그들이 말하는 역으로 성립하는 명제에 반대되는 포지션을 취한 그녀의 한마디에 핍스들이 속수무책으로 으스러졌다. 이게 과연 가능한 일일까? 역으로 성립하는 명제가 만든 주문은 그림자 시장의 모순을 밝혀낸 에밀레의 반격에 상쇄되었다. 당황한 포 시그마들은 정렬되어 있던 무리를 이탈하며 그들을 집어삼키려는 그림자들을 피해 달아났다.

"... 괴물이야!"

에밀레 또한 한계를 모르는 힘을 제어하기 역부족인 듯 굳게 입을 다물고 자신을 괴물이라 부르는 사람들을 외면했다. 끝나지 않는 마라톤 경주를 달리는 것처럼 그녀의 심박수가 요동친다. 정체를 알 수 없는 빛에 눈이 실명될 것처럼 눈동자가 아리다. 당장에라도 이 검은 두 눈동자를 뽑아내고 싶은 에밀레는 앓는 소리밖에 낼 수 없었다. 조금이라도 움직이면 사람들을 해칠 수도 있기에 그녀는 움직임을 최소화해야 했다. 하지만 고통이 극에 달한 그녀는 결국 거대한 그림자의 형태로 자신을 제거하려는 그림자 시장을 향해 힘겹게 손을 뻗었다.

포 시그마들이 제거하려는 그림자의 정체를 알고 있는 또 다른 유일한 포 시그마, 칸델라. 그는 빗물이 고여있는 계단을 거침없이 올랐다. 그의 이마 밑으로 붉은 피가 빗방울과 함께 눈물처럼 흘러내렸다. 그리고 주문을 외우듯 101층 건물의 외관을 타고 기어 올라가는 거대한 그림자 무리를 향해 외마디를 외쳤다.

"에밀레!"

To Be Continued

Before Closing the Chapter...

뱅커스 뱅크 남쪽입구

"뱅커스 뱅크 남쪽 입구로 가주세요."
뤼오가 말했다.

"모노센더?"
낯선 택시 기사 아저씨의 질문을 가볍게 무시하며 뤼오는 수동 창문을 내렸다.
오랜만에 맡는 습한 공기에 익숙해지려면 시간이 필요했다.
"보아하니 여름 바다에 처음 온 사람처럼 보이지는 않는데, 겨울 바다 출신 맞아요?"
뤼오는 모델처럼 생긴 택시 기사를 가볍게 무시하고 창밖으로 들어오는 여름 바람에 정신을 맡겼다.
"표정이 방금 모노에서 우승하고 온 사람이 아닌데?"
날카로운 그의 지적에 뤼오의 신경이 곤두섰다.
"뭐가 그렇게 궁금하신가요?"
슬퍼 보이는 그의 금빛 눈동자, 정말 소중한 걸 놓고 오기라도 한 건지, 아니면 뱅커스 뱅크를 오기 전 사랑하는 사람에게 제대로 된 작별 인사도 못 한 건지, 혹은 앞으로 펼쳐질 여정에 눈앞이 캄캄한 건지. 도무지 알 수 없다.

오지랖 넓은 택시 기사는 무안해진 듯 고물 라디오의 스피커 볼륨을 올렸다. 한 편의 꿈이라도 꾸듯 뤼오는 깊은 생각에 빠졌다.

지금 흘러나오는 노래는 뤼오가 어릴 적 엄마가 부엌에서 이른 저녁을 준비하며 자주 틀어놓던 가사가 불분명한 컨트리 음악이다. 붉은 눈동자이지만 메리골드 학자와 결혼한 그녀, 그리고 엄마에게 방금 만든 양송이 수프를 한 입만 달라며 떼를 부리는 여자아이. 금빛과 붉은빛이 섞인 오묘한 주황빛 눈동자를 가진 뤼오의 여동생이다. 갓 만든 수프를 먹어보겠다며 억지를 부리다 결국 입을 데고 마는 철없는 여동생.

그 둘을 거실에서 멀찌감치 앉아 바라보는 어린 뤼오. 그의 손에는 잉크가 마르지 않는 만년필, 역으로 성립하는 명제 부록, 그리고 아버지가 최근 완성한 논문이 들려 있다. 왠지 모르겠지만 가족으로부터 소외된 것처럼 보이는 뤼오. 그도 자기 여동생처럼 엄마한테 철없는 투정을 부리며 양송이 수프라도 한 입 받아먹고 싶었던 걸까. 유치하지만 그렇게라도 해서 관심을 받고 싶었던 걸까. 연구에 몰두해 집에 좀처럼 들어오지 않는 아버지. 그를 제외하고는 뤼오가 장남이었기에 부엌으로부터 시선을 거두고 밑줄 치며 읽던 명제 부록으로 다시 정신을 집중했다. 자신의 주변에 단단한 벽을 세운 뤼오에게 어린 여동생은 스스럼없이 다가간다.

"오빠! 이것 봐. 요새 유행하는 컨트리 뮤직이래. 들어봤어?"

뤼오는 애써 무관심한 표정을 지으며 만년필 끝에 시선을 고정했다.

"오빠, 내 말 듣고 있냐니까!"

◆◇◆

"…어이, 도착했다니까. 그새 잠든 거야?"

택시 기사가 괴팍하게 그를 깨웠다. 언제 잠들었는지 깜짝 놀란 뤼오는 자리에서 허둥지둥 일어나 택시 문을 벌컥 열었다. 괜히 무안했던 그는 인사도 잊은 채 뱅커스 뱅크 남쪽 입구로 발걸음을 황급히 옮겼다. 물론 택시비도 깜빡한 채 말이다.

그를 조용히 바라보던 택시 기사는 다시 선글라스를 쓰고 입에 물었던 담배를 마지막 한 모금 피웠다.

그러고는 브리프 케이스 뚜껑을 열어 담뱃불을 지졌다.

"싸가지없는 놈."

그는 차가 흔들릴 정도로 기어를 세게 당겼다.

그 바람에 사이드미러 위 간신히 매달려 있던 모서리 접힌 낡은 택시 기사 이름표가 운전대 위에 나풀거리는 낙엽처럼 저항 없이 펼쳐졌다.

 '오드, 베이커'

〈투 모링가〉

1부 마침

<작가의 말>

투 모링가 〈To.Moringa〉는 자칫하면 어렵게만 느껴질 수 있는 금융, 경제, 주식시장을 아이들도 쉽게 이해할 수 있도록 흥미롭게 만든 판타지 소설입니다.

돈이라는 매개체는 과연 어떠한 방식으로 자본시장을 이끌어 나가는지, 시장 안에서 형성된 정의 속 모순이 과연 사회에 어떠한 파장을 일으키는지, 그럼에도 불구하고 우리는 과연 무엇을 궁금해야 하는지, 정답을 알려주지는 않지만 질문을 유도하는 책입니다.

금융과 경제를 어려워하는 사람들도 이 책을 읽으면서 생각보다 복잡하고 난해할 수 있지만 질문만 제대로 던진다면 무서워할 필요는 없다는 걸 알려주고 싶습니다.

앞으로 이어지게 될 투 모링가 제 2 편 〈옴브렐라와 멈춰버린 시계〉, 제 3 편 〈이름없는 모링가와 이름있는 모순〉 에서 더 다양한 이야기와 인물들 간의 서사를 보여드릴 예정입니다.

끝으로 책을 읽어주셔서 감사합니다.
또 만나요.

제이롬 드림

투 모링가 1 권
뱅커스 뱅크와 사라진 마지막 층

TO.MORINGA Part 1
Banker's Bank Where Final Floor Gone Missing

초판 발행 2025년 7월 4일
초판 2쇄 발행 2025년 8월 18일

지은이 제이롬
그림 제이롬
펴낸곳 J.RHOM 제이롬 출판사
발행인 정나현
출판등록 2025년 3월 28일 제2025-000090 호
이메일 문의 jrhom@jrhom.com
ISBN 979-11-992464-0-9 (03810)
정가 17,800 원
주소 서울특별시 강남구 강남대로 112길 47, 2층 (논현동)

Copyright © 2025 by J.RHOM 제이롬
제이롬 J.RHOM Storyteller, who doesn't begin with 'Once upon a time'.
*이 책 내용의 일부 또는 전부를 사용하려면 반드시 저작권자와 제이롬 J.RHOM 출판사의 서면동의를 받아야 합니다.
*이 책은 저작권법에 따라 보호를 받는 저작물이므로 무단전재 및 복제를 금지합니다.
*잘못된 책은 구입하신 서점에서 교환해드립니다.